蒼空を翔る

土方歳三かく闘えり

横山北斗

牧野出版

蒼空を翔る　土方歳三かく闘えり

―― 目次 ――

京都——池田屋事件以後——

転戦

蝦夷地

装　　丁　緒方修一
カバー写真　アフロ
本文DTP　小田純子

蒼空を翔る

土方歳三かく闘えり

＊主な登場人物

土方歳三……一八三五年、三多摩は石田村（のちに日野に編入）で生まれる。新選組副長。

佐藤彦五郎……一八二七年生まれ。日野名主。歳三の姉のとくと結婚。

小島鹿之助……一八三〇年生まれ。町田名主。歳三のいとこのヒサと結婚。

江川英龍……一八〇一年～一八五五年。伊豆韮山の代官で、四民平等の世の中を説く。

松本良順……一八三二年生まれ。天然痘治療の第一人者にして、江川思想の継承者。

近藤勇……一八三四年生まれ。試衛館天然理心流四代目師範。新選組局長。

斎藤一……一八四四年生まれ。京都で試衛館以来の仲間と合流。戦での強さはピカ一。

沖田総司……一八四二年生まれ。一対一の真剣勝負なら史上最強。新選組一番隊隊長。

井上源三郎……一八二九年生まれ。父と兄は八王子千人同心。

山南《さんなん》敬助……一八三三年生まれ。北辰《ほくしん》一刀流の免許皆伝。のちに天然理心流に学ぶ。

藤堂平助……一八四四年生まれ。山南から天然理心流を熱心に勧められ食客となった。

原田左之助……一八四〇年生まれ。槍の使い手として知られる。

永倉新八……一八三九年生まれ。神道無念流の免許皆伝。竹刀勝負なら沖田以上の実力者。

芹沢鴨……一八二六年～一八六三年。新選組の前身、壬生浪士の局長。のちに粛清される。

平間重助……一八二四年生まれ。芹沢家の使用人の子に生まれる。のちに逃亡。

新見錦……一八三六年～一八六三年。壬生浪士の副長。のちに粛清される。

平山五郎……一八二九～一八六三年。神道無念流の免許皆伝。のちに粛清される。

佐々木只三郎……一八三三年生まれ。旗本であり、見廻組隊長。

京都

――池田屋事件以後――

一　禁門の変

閉ざされた門の前で、前途有為な一人の若者が無念の切腹を遂げた時、桂小五郎は邸内にいたのだ。

仲間を見殺しにしたというのか。いや、それは断じて違う。

十日前のことだ。

池田屋には尊王攘夷の志士たちが結集していた。同志の不当逮捕と、その奪還を話し合うために。そこを幕府の走狗、新選組が急襲した。

店からの脱出にかろうじて成功した志士たちは、数軒先にある長州藩邸へ。他に逃げ場がない。

だが、敵は卑怯にも七百を超える軍勢で池田屋を取り囲んでおり、逃げられるものではなかった。捕縛されるか、抵抗すれば切り捨てられるまでだ。

ところがである。数人の志士たちは、市中を逃げ回った末に、長州藩邸まで辿り着くことができたのだ。

これは罠である。

新選組は長州藩邸が仲間を助けようとする、その瞬間を狙っていたのだ。

あの時、門を開いていたならば、幕府の犬どもは雪崩を打って邸内に入ってきたであろう。

そして、血塗られた刃で、この国の未来を切り刻んだに違いない。

そんな策略を見抜けぬ桂小五郎ではなかった。

桂は骨も折れんばかりに拳を握りしめ、叫ぶのであった。

「すまぬ、すまぬ。日本の夜明けのために散っていった同志の命、この桂小五郎、一つとして無駄にはせぬ」

この新選組の許されざる暴挙と、仲間の悲報が届いた長州藩では、

「兵を起こせ。新選組を粉砕するぞ」


「ジャン、ジャン、ジャン。ってなところじゃねえか」

歳三の芝居に哄笑が湧き起こる。勝利の酒宴、どの顔も明るい。

眩しいほどの灯火、障子の開け放たれた室内には涼やかな風がとおる。

「歳さん。そんなんで納得しちまうのかよ。長州人ってえのは」

「源さんの言うとおりですよ。会合をやっているからこいって、呼びにきた者までいたのに、桂は居留守を使ったそうじゃないですか」

体中包帯だらけ。しかし、すっかり元気になった藤堂が言った。

歳三は、「ああそうかよ。じゃあ長州にはどう伝わってんだよ。本来なら切腹もんだろうが、桂なんて野郎は」

島田が言うには、「池田屋に行くには行ったが、集合時間に早く着き過ぎて、まだ誰もい

なかったので、いったん長州藩邸に戻ったと、ご本人は説明しているそうですよ」

原田が大袈裟に笑いながら、

「なんじゃそりゃあ。結局、集合時間になっても行かなかったんだろ。今日の会合は危ないから止めておこうと進言した訳でもなし。全く酷えもんだぜ。我らが大将、近藤勇とはえれえ違いだな。ところで局長、六百両の使い道ですが、私に実にいい考えが……」

コラコラ。と、皆が笑った。

池田屋事件の翌日、会津藩は新選組に報奨金五百両を与えると発表した。また、負傷した戦士たちには、治療費として百両を、死者三名には一人十両の見舞金が贈られることになった。

「六百両って、そりゃどういうことだ。治療費に充てられる百両まで合わせてせしめようとしやがるとは、とんでもない野郎だ」

左手の親指に包帯を巻きつけた永倉が笑顔で憤慨していた。

斎藤はちょうど一年前のことを思い出していた。

たった一年で、自分たちがこんなにも大きな存在になっているとは。

感慨に耽っていると、笑顔の沖田が、

「斎藤君。覚えているかい。去年の今ごろだよ。相撲取りたちと大喧嘩したっけ」

沖田も自分と同じことを思っていたのだ。だが、

「あん時、君に襲い掛かってきた相撲取りを、私が斬り捨てたんだったよね。君は腹痛が痛くて動けなかったから。あれからもう一年かあ」

さすがというか、やはりというか、そこは沖田。たった一年なのに、本気で記憶違いをしているようだ。それに腹痛が痛いって、あんたこそ馬から落馬しやがれ。と、斎藤は思った。斎藤は一八四四年（天保十五年）の生まれだから、二十歳を過ぎたばかりだ。

だが、若者の一年は、中高年者の感じる一年とは長さも重さもまるで違う。斎藤はそんな貴重な日々を、日本の針路を決める最前線の闘いのなかで過ごしてきたのだ。もうすっかり大人である。

入隊が一日違うだけでも、新撰組の隊士たちには先輩と後輩とで大きな差ができた。新選組という組織に身を置いて一日を生き抜くということが、どれだけ厳しいことであったかが分かるというものだ。

一八六四年（元治元年）における新選組の入隊者は六十一名、一方で半分の三十名が仕事に耐えきれず脱退している。

最高の笑顔で勝利を語り合おうじゃないか。勇は出撃前の自らの言葉が、今、目の前で現実のものになっていることに満足していた。

新選組の名は、京阪だけではなく、全国に鳴り響くであろう。浮かれるなと言う方が、無理があると思った。勇自身、この一年を振り返り、感慨とともに心が浮き立つのを感じていた。

しかし、倒幕勢力がこのまま黙っているはずはない。仕返しにくるであろう長州一派を新選組は如何なる立場で迎え撃つのか。

すなわち、新選組は警察なのか、軍隊なのか。

勇と歳三は考えを異にしていた。相談できる山南は病に伏したままだ。幕府や会津藩にしてみれば、どちらにも使える便利な暴力装置であって欲しいところだろう。

だが、歳三にとっての新選組は、彦五郎たちが三多摩で組織化を進めている農兵軍の前衛部隊である。監察を中心とした警察組織であるべきで、幕府軍の一翼に組み込まれていいものではない。この点は、勇も理解しているはずだ。と、思っていたが、そうではなかった。

勇は常在戦場、お呼びがかかればどこへでも飛んでいく。不逞浪士の取り締まりのための出張も、戦場に駆り出されるのも同じ。やれと言われたことを、やるという心意気だ。主君のために、そして、攘夷のために、自らが先頭に立つことを望んでいる。

実際、勇はこの目的にかなう戦力補強を進めてきた。

一八六三年（文久三年）十二月。

勇は、武田観柳斎（生年不詳）なる人物を新選組に迎え入れている。年齢は勇と同じ位、福田廣というのが本名であるが、甲州流の軍学を修めたことで、武田家にあやかって改名したのだという。

水戸天狗党の首領の名が、武田耕雲斎である。これも本名ではなく、本人曰く武田信玄の末裔だから、こう名乗っているのだそうだ。

観柳斎に耕雲斎。紛らわしい。歳三は胡散臭さを感じていたが、勇は武田を重用した。古参隊士たちのやっかみを買ったものの、大規模な戦を仕切れる知識を持った人材は他にいないと、入隊後すぐに副長助勤に任命したのである。

池田屋事件から五日後の一八六四年〈元治一年〉七月十三日。

この武田の指揮のもとで悲劇は起きた。

新選組は会津藩から助っ人隊士を得て、長州一派の残党狩りをしていた。この時、公武合体派という点で友好関係にあった土佐藩の藩士を、会津藩士が長州の一味と見誤り、槍で刺してしまったのである。

刺したのは柴司。一八四四年〈弘化元年〉生まれの二十一歳。斎藤と同年齢であった。

長州一派のよく利用する店として知られた料亭に新選組が踏み込んだ時、座敷にいた一人の男が逃げ出した。その背中を柴が刺して捕縛。しかし、刺されて捕まったあと、男は名を名乗り、土佐藩士であったことが分かったのだ。

逃げた以上、怪しいと判断して捕まえようとするのは当然のことであり、会津藩は柴の行為に何も問題はないと裁定した。

一方、土佐藩士の方も、何かやましいことがあった訳ではない。突然踏み込まれたことに、びっくりして逃げただけである。

極めて不幸な出来事として、片付けるより他はないと思われたのだが……

なんと、この土佐藩士。切腹を命じられたのである。

最初から堂々と名を名乗ればいいものを、慌てて逃げ出し、背中を斬られるという武士としての恥ずべき行動が問題視されたのだ。

会津藩は見舞いの品を送り、医師まで派遣するのだが、切腹を命じられた士道不適格者に手当などいらぬと拒否される始末。土佐藩もここまでは徹底していた。

ところが、問題は切腹のあと。土佐藩の若手が、新選組や会津藩に仕返しすべきだと騒ぎはじめ、これを宥《なだ》めることができなくなったのである。

会津藩に仕返しとは、おかしな話だと思う。きっかけはともかく、命を奪ったのは自分たちの藩ではないか。

しかし、この成り行きに、会津藩もまた、過敏に対応した。柴司を切腹させることで事態を収拾させようとしたのである。

土佐藩はその内部に反幕派を数多く抱えていた。騒いだのはその連中である。

会津藩としては、土佐藩内で幕府贔屓《びいき》の藩主が突き上げられ、その立場が危うくなることの方がまずかった。怒りの矛先がこっちに向いているうちに、事を済ませてしまいたいとする政治的判断が、柴を切腹に追いやったのである。

この事件。店に踏み込んだ時、咄嗟の判断で、「そやつを刺せ」と、柴に指令を出したのは武田であった。御用改めにきたことを、武田がきちんと宣していれば、土佐藩士もその場で名を名乗り、何事も起らなかったかもしれない。

しかし、池田屋事件後もなお、京に留まる反幕派の浪士たちに半端な覚悟の者などいない。残党狩りは、いつ斬り合いになってもおかしくないという心積りの中で行われているのだ。

武田を攻めることはできないであろう。

それでも、歳三にしてみれば、武田はやはりいらぬ存在であった。甲州流の軍学など、そんな知識は新選組に必要ない。不要な知識を豊富に蓄えているから、巡回活動に必要なことを学ぼうとしない。だから、柴のような犠牲者が出るのだ。

七月十六日には柴の葬儀が行われ、歳三をはじめ隊士たちは皆涙した。

今日はそれから二日が経った十八日である。

柴の非業の死など、さっさと忘れて次に備えなければならない。そんな冷酷な日々がこれからも続くであろうことを覚悟しながらの酒宴であった。

果たして、新選組は増幅する倒幕勢力を武力鎮圧するための兵隊として働くのか。それとも、戦になる前に、不穏な動きを察知し、反幕活動の未然防止に努める部隊として、その役割を果たすべきなのか。

酒宴のあと。

「勇さん。新選組は総員でも百人に遠く満たないんだ。その分、個々人の能力を高めることができる。この特性を生かすべきだ。監察方をさらに強靭なものにして、京の、いやこの国の治安を守る中核部隊になっていこう。町奉行の手にあまる仕事をこれからもしっかりとこなしていくんだ」

「歳よ。そうは言っても、上の方からお呼びがかかれば嫌だとは言えねえだろう」

これまではそうだった。しかし、新選組は池田屋事件によって、その立場を高め、もの言える状況にあるのだ。

「勇さん。新選組はその上の方とやらからは、どんな評価を頂いてるんだろうか」

「どうもこうもねえよ。あんだけの大仕事を成し遂げたんだ。京都所司代の就任祝いの時だって、お褒めの言葉をたくさん頂戴したじゃねえか。今はあん時よりさらに重きを置かれる存在になったに決まってんだろう」

「そうかねえ。じゃあ聞くが、いざ戦がはじまったら、新選組は部隊のどの辺りに配置されると思う」

「一番強い俺たちが最前列に決まってんだろ。他にあるかよ」

「だったら、敗走する時はどこにいる」

「敗走なんてある訳ねえ」

「あったとしたら、どの位置だ」

「しんがりだよ。敵の追尾を、身体を張って食い止める。それが俺たちの仕事さ」

「そうだろうな。そうなるだろうな」

歳三は小さくため息をつくと、

「勇さん。それは俺たちなんて、いつ死んでもいい捨て駒に過ぎねえてことだぜ」

そう言って、勇をみた。

「俺たちは運がいいんだよ。だからここまでやってこられたんだ。だけど、そういつもいつも死線を乗り越えて行ける訳じゃねえ。だいいち徳川幕府が、俺たちのお膳立てにもかかわらず、公武合体に動こうとしないんだ。最前線で命を捨てるような真似ができるかよ」

歳三は申し立てするなら、今しかないと強く迫った。

だが勇は、「歳、おめえ確か、主君に仕えるのが武士道とか言ってなかったか。だったら、いいじゃねえか。主君が新選組を捨て駒と思うなら、俺たちの命もそこまでだったってことさ」

本気でそう思っているのか。主君、すなわち将軍に仕えるのはいい。だが、徳川の世はそのままに、武士階級にとって代わるのが、俺たちの目的ではなかったのか。肝心なことを忘れてもらっては困る。

とはいえ、勇のこの武人らしい人柄が多くの人を惹きつけ、最強の武術集団である天然理心流が、最高の警察組織となった新選組が成り立っているのだろう。

勇は続けた。「それにな。さっきのおめえの芝居じゃないが、長州がまもなく攻め入ってくんだろう。そん時、新選組が出て行かなくて済むとでも思ってんのかよ」

八・一八の政変によって、京都から排除された長州藩は、藩の体面にかけても藩主や三条実美の復帰を実現しなければならなかった。

長州藩は使者を朝廷に幾度となく送っては、復活の勅許を得るべく努力を重ねていたが、会津藩に牛耳られた朝廷が許可を与えるはずはない。と、長州藩内の過激分子は、武力行使も辞さずの考えを強くしていた。

この国で最も帝を崇拝しているのは、我が長州藩ではないか。にもかかわらず、朝廷は幕府の側に立つ勢力の言いなりにされて、自分たちを禁裏《きんり》（皇居）から遠ざけている。これは我慢ならないことであった。

そこに池田屋事件の報が届けば、もはや藩内世論を抑えることはできないだろう。

勇は、「奴らは池田屋の仕返しに京に攻め込んでくるんだろう。だがその数は百や二百じゃなく、千、二千という規模だそうじゃねえか。会津や桑名藩兵が迎え撃つのに、まさか原因を作った俺たちが、尻拭いはお任せしますって訳にはいかないだろう」

それはそのとおりかもしれない。歳三は渋面になった。尻拭いというのは語弊があるが、新選組が戦に加わらない訳にはいかないだろう。

それでも、歳三は食い下がった。

「勇さん。あんたの言うとおりさ。だからこそ俺はこの機会に新選組の果たすべき役割を明確にしておかなきゃならないと思っているんだ。我々は諜報活動で不審者を暴き出すことと、そうした輩が徒党を組んで襲撃してきた場合に、機動部隊となってそれを抑え、戦に発展するのを阻止する。こうした役割を担う組織へと特化されていくべきなんだ」

そう言うと、杯に残った酒を呑みほした。

「改めて言うぜ。俺たちの活動は、三多摩で農兵の組織化を進める彦五郎義兄さんたちの運動と連動しているんだ。幕府や会津の駒にはならねえさ。それから、確かに主君に仕えるのが武士道だと言った覚えはあるが、それがすべてという訳じゃねえだろう。それに……」

言いかけて、勇をみた。

腕組みをして目を瞑っている。人は議論をしていて、都合が悪くなったり、面倒くさくなったりすると、自然とこの格好になるものだ。

これ以上は何を言っても無駄か。

「まあいいさ。戦がどれだけの規模になるか分からねえが、軍隊として働くのは、これをさいごと思って、とり敢えずは大将に付き合うよ」

これを聞くと、勇は目を開き、腕組みを解いた。そして、右の眉を少し釣り上げたような表情をして頷いてみせた。決めのポーズらしい。


一八六四年（元治一年）七月下旬。

長州藩兵は真木和泉（一八一三年〈文化十年〉生まれ）と、久坂玄瑞《くさかげんずい》（一八四〇年〈天保十一年〉生まれ）の二人を先頭に進軍を開始した。

真木は、楠正成《くすのきまさしげ》の信奉者として、その名を知られる反幕派の理論的支柱の一人であり、久坂は、宮部鼎三の勧めで吉田松陰の門を叩き、松陰の妹を妻とし、松陰門下の三秀と称された人物である。

三秀とは、他に高杉晋作（一八三九年〈天保十年〉生まれ）と吉田稔麿《としまろ》（一八四一年〈天保十二年〉生まれ）のことであった。

実は池田屋事件の時、閉ざされた門の前で無念の切腹を遂げた前途有為な若者とは、吉田稔麿のことであったのだ。

ところが、長州藩にはかなり違う形で、吉田の死は伝えられていた。新選組と会津藩に襲われた仲間を助けようと、勇猛果敢に長州藩邸を飛び出して行ったものの、大勢の会津藩兵に取り囲まれて憤死を遂げたというのである。

長州藩邸が門を閉ざしていたことは事実なのに、そこから飛び出して行った者がいたとは驚きである。これなら桂を責める者だって現れない。長州藩は吉田の敵《かたき》とばかりに、只々、怒りの炎を燃え上がらせるであろう。

だが、長州藩の挙兵は、敵討ちのためにだけあるのではなかった。

「帝は本意に反し、会津藩に軟禁されているに等しい。帝は我々に助けられるのを心待ちにしておられる。今こそ帝を長州へ遷座《せんざ》すべきだ」

真木が部隊の先頭で、こう煽《あお》ったのだ。

目指すは御所。京の町に火を放ち、混乱に乗じて帝を誘拐するのか。それとも、御所に直接攻め込むのか。やり方はともかく、帝を連れ去る計画が長州藩にあったことは、もはや明白であった。

七月二十七日。

炎暑が続く京都。この日はとりわけ暑かった。

真木と久坂は第一軍三百人を率い、山崎天王山に陣を張った。これを皮切りに長州藩は第四軍まで続々と京都周辺に布陣し、総勢二千の部隊となった。

同日。新選組も会津藩兵とともに、竹田街道南の河原に出陣し、迎撃態勢を整える。

だが、戦闘開始はそれから二十日以上も先のこととなった。

長州藩にしてみれば、怒りに任せて兵を起こしたものの、京に駐留する幕府側の兵は三万。いざ戦いになれば、かなうはずがない。高杉などは戦を構えること自体に反対であり、久坂も当初は慎重な立場であった。

それでも挙兵したのには、それなりの理由も、勝算もあってのことである。

真木は二千の兵を差し向けておいて、御所の手前で足踏みしながら、藩主や三条実美の復帰を改めて願い出るという作戦を立てて時間を稼ぎ、兵力ではほぼ同数の会津藩とだけ戦をするつもりでいたのである。

事実、嘆願書は容保公の個人攻撃に絞った内容であった。戦争に巻き込まれることを好まない諸藩に、これは長州と会津の戦いであると思わせ、手を引かせることを意図したのだ。

結果、朝廷内でも長州が許せぬとしているのが会津だけならば、この際、戦は長州と会津だけで京の郊外でやればいいと意見する者さえ現れた。もちろん、それは八・一八の政変後も、長州藩の立場に同情的な公卿たちではあったが。

一方、三万の兵を率いることになった幕府連合軍の指揮官も甚だ優柔不断であった。

禁裏御守衛総督(御所警護のために朝廷が設置した役職)であった一橋慶喜(一八三七年〈天保八年〉生まれ)は、長州藩に対し、当初は撤退を求めることで事態を収めようとしていた。

だが、振り上げた拳を降ろさせるための手土産を用意していた訳ではない。兵を引かねば長州藩主の入京は金輪際かなわなくなる。と、分かり切ったことを言うのみで、結局は勝てないのだから諦めて帰れ。と、諭すだけの政治感覚のなさが、逆に、開戦機運を高めさせる形となっていた。

会津藩にとっても、慶喜などに任せておけば、長州を叩く絶好の機会を逃すことになる。京都守護職の会津藩主（松平容保）と、京都所司代の桑名藩主（松平定敬）にとって、慶喜は上司であり、親しい関係にあったが、会津や桑名藩内にも過激分子はいる。

両軍の睨み合いから十日あまりが経つと、戦闘開始の号令を求めて慶喜に直談判しようとする者まで現れた。

こうした動きのなか、十二日には上洛中の松代藩士佐久間象山（一八一一年〈文化八年〉生まれ）が木屋町通で、清河八郎や宮部鼎三と親交のあったテロリストに暗殺される。

佐久間は、江川英龍に兵学を教わり、勝海舟（一八二三年〈文政六年〉生まれ）の妹を妻とし、門弟には吉田松陰を持つという人間関係のなかで、公武合体と開国論を説いて回る思想家として知られる人物で、この時の上洛は、慶喜の招きによるものであった。

これにより、慶喜も開戦やむ無しと態度を改めるのだが、数日後には、再び戦闘回避へと考えが変わり、周囲の者たちも只々呆れるばかり。

慶喜が天皇に謁見し、長州藩兵を討つよう進言したのは、八月二十日未明のこと。これは、その数時間前に戦闘がはじまったあとのことであった。

開戦までのあいだ、新選組は与えられた持ち場の守備を固める一方、不審者捕縛のための市中巡回活動に奔走していた。

長州藩の斥候や、変装した間者が次々と新選組に捕えられていくのに対し、新選組の監察方は、敵の奥深くまで入り込んで情報を集めてくる。敵地で駐屯し、暑さにやられながら活動する長州と、地の利がある新選組という条件の違いを考慮しても、力の差は歴然としていた。

「よくやった。これだけこちらに動きを読まれていては勝負にならんな。数日でケリがつくんじゃないか」

監察方の川島勝司（生年不詳）からの詳細な報告文に、歳三は満足そうに頷いた。

新選組は長州藩兵の進軍から一週間後。監察方の活躍によって、敵の位置、人数、武器のすべてを把握していた。敵だけではない。味方の戦力配置についても慎重に分析し、戦う前から勝利を確信していた。

歳三には余裕があった。そのせいであろうか、涼しい顔で、

「こんな内容の手紙を書いたんだが、おまえたち、これでいいか、みてくれるか」

手紙を覗き込んだ監察方は一様に驚き、

「副長、これを、どうなさるおつもりですか」

「どうもこうもない。報告するのさ。宛名にある佐藤彦五郎兄は俺の師匠だよ。池田屋の時だって、一部始終報告したんだ」

山崎が「それは事が済んでからの話でしょう。戦のはじまる前に、こんな内容の手紙を送

るのはちょっと……」

こんな内容とは、川島からの報告文を歳三が整理し直したもので、長州藩兵の動きがつぶさに記されたものであった。

島田が強い口調で、「本気ですか？　万が一、手紙を託した者が長州一派に捕えられでもしたら、どうなさるおつもりですか」

「駄目か」

「駄目ですよ」

「そうか、なら止めておくが、俺は別にみられたっていいと思っているんだ。ここまで戦力を分析されて、それでもやるのかという警告の書にもなるじゃねえか」

そう言うと、歳三は薄笑いを浮かべた。

島田や山崎には察しがついた。長州軍を退かせたのち、征伐は幕府軍が出兵してやればいい。そのための工作をするのが自分たちの仕事である。手紙を書いたのは悪戯心であったにせよ、これが副長の本心なのである。

局長が知ったら、血相を変えるだろう。さて、どうしたものか。

島田と山崎は、歳三の弟子のような立場だが、川島はどちらかと言えば勇の方にかわいがられていた。

歳三は、川島が僅かに表情を曇らすのをみてとると、

「川島、よくぞここまで調べ上げた。見事だ。だがな、これは監察方で使う機密文書だぞ。

そこに報告者の名や、宛名を記す馬鹿がどこにいる。黙って俺に提出すればいい。特にこの近藤大先生へ。ってのは余計だ」

報告書は勇に宛てて書いたものであった。

「す、すいません。これからは気をつけます。すいません。すいません」

平謝りの川島に、歳三は冷たい視線を向けていた。

実は、この川島。池田屋事件では土方隊に属し十七両の報奨金を得たが、要領よく立ち回るところがあり、歳三はそういう人間が好きではなかった。

上に厚く、下には薄い。副長にはペコペコするが、その上の局長にはさらに取り入ろうとする。副長助勤に任命した時には、下の者に威張り散らしていた。いつか締め上げてやらねばと思っていたのだ。

戦は八月十九日の深夜にはじまり、首謀者の真木が二十二日に自刃《じじん》して終わった。

この戦は激戦となった蛤御門の名称をとって、蛤御門の変、もしくは禁門の変と呼ばれる。新選組が陣を張った場所は、主戦場にはならなかった。しかし、この戦いで、真木、久坂という敵の双頭を殲滅したのは、事実上、新選組であった。

真木と久坂は山崎天王山から進軍し、長州藩に同情的だった公卿の一人、鷹司輔熙《すけひろ》の邸宅を出撃拠点に交戦を続けたが、久坂は会津藩兵の撃った弾に当たって重傷を負い、最期は切腹の道を選んだ。久坂とともに戦い続けた兵士たちも、鷹司邸に突入してきた新選組に討ち取られた。

真木は形勢の不利を悟ると、久坂の部隊を残して、再び山崎天王山に登った。勇を先頭に新選組はこれを追撃。真木は山頂の小屋に立て籠《こ》もると、十七人の兵士とともに集団で自害した。十七人の中には、池田屋の敵を討つべく参戦した宮部の弟もいた。

真木は御所に攻め込むことを扇動した戦争の首謀者である。おまけに彼は長州人ではなく、久留米藩士だった。高杉のような戦争反対論者を押し切ってまで他藩の兵を起させた罪はあまりに重かった。長州に逃げ戻ることなどできるはずもなく、天王山で果てるより他はなかったのである。

もっとも、長州に逃げ帰った者も結果は同じであった。禁門の変によって、長州は朝敵となった。軍を率いた者は皆、切腹となった。

鷹司公は邸宅を全焼させられたうえに、もともと八・一八の政変で関白を免ぜられていたが、今度は謹慎の身となった。


勇が、真木の部隊を追って天王山を登っていた時、歳三は会津藩兵とともに麓を固めていた。

「副長、麓にいるより、加勢した方がよろしいのでは。真木の部隊が局長たちを倒すとは思いませんが、手負いの虎ということもあります」

こんな進言する川島を、歳三が睨みつけた。

「余計なことを言いました。すいません、すいません」

敵の部隊は敗走しているのだ。それを大勢でやっつけに行く必要はない。だが、褒美が目当てなら美味しい話になる。池田屋事件の時には丸腰で逃げ惑う反幕派の浪士たちを、ひっ捕らえただけでも多額の報奨金が出た。

川島もそれに味を占めた一人だ。そんな隊士ばかりになってしまっては困る。川島には辞めてもらうか、この際、叱られ役にでもなってもらうか。それしかないな。と、考える歳三であった。

二　沖田総司

勝敗は既に決している。俺には他に行かなければならない所があるのだ。それが歳三の正直な気持であった。

この前日の八月二十一日のこと。

中京区六角通にある獄舎の囚人たちが、全員斬首されていたのである。

禁門の変の当日は北風が非常に強く、戦火があまりに大きかったため、四万戸の住居が消失し、火の手は獄舎にも迫っていた。奉行所のとり決めによれば、火災の場合、囚人たちを逃がし（切り放ちと呼ばれる）、三日以内に戻ってくれば減刑。逃げようものなら厳罰に処するとなっている。

しかし、六角通の獄舎には多くの政治犯が収容されていた。彼らの仲間が京に攻め入ってきているのに、その身を自由にさせる訳にはいかない。

この結果、歳三が身の安全を保証すると約束した古高俊太郎もまた、斬首となっていたのである。

京都奉行所には古高のことは十分言い含めておいたはずであった。一刻も早く事情を聞き、関係者の処分を検討したいところであった。

そして、もう一つ。大いに気がかりなことがあった。

沖田である。

十九日深夜。戦のはじまる直前まで新選組は市内で巡回活動をしていた。この時、気分が悪いと沖田が早退。そのまま寝込んでしまい、結局、開戦時には出てこられなかった。

その沖田が今朝になって血を吐いたという報告を歳三は受けていたのだ。深刻な病であって欲しくない。何かで胃袋が傷ついた程度のことであって欲しい。

天王山には歳三が子どものころから慣れ親しんだ高幡山金剛寺と同じ仏派の寺がある。敵を追った勇や斎藤たちの心配をするよりも、目の前にあるその寺で、総司の無事を祈りたい気持であった。

新選組による残党狩りは、大阪を中心に二十四日まで続けられた。

歳三は一足先に京に戻り、町奉行である滝川具知《ともかず》と会っていた。

「なぜ、古高を殺した。奴とは裏取引をしていたんだ。得られる情報だってまだたくさんあったはずだ。勝手なことをするな」

滝川は千二百石の旗本の子として生まれ、順調に出世街道を歩みながら、一八六一年（文久一年）に禁裏付として上洛すると、そのまま京都町奉行に抜擢され、孝明天皇の行幸にも随行するなど、典型的な選り抜きの官僚であった。

「火の手が近くまで迫っていたのです。切り放ちをするところですが、思想犯となると対応は別になります。反幕派の大物を逃がすか。殺すか。土方先生、あなたは逃がす方を選ぶとでも言うのですか」

滝川はため息をつくと、やれやれという表情をみせて、

「土方先生、ここはどうか現場の判断というやつを尊重してください」

歳三が怒鳴る。

「馬鹿かてめえは。おまえらの言う現場の判断ってえのは、そんな程度なのか。手引書にあるとおりに対応することだけが現場の判断なのか」

すると、滝川は一転して平身低頭に、

「危機が迫った時ほど手引書どおりにする。基本に忠実に動く。私にはそれ以上の能力はございません」

これを聞いて歳三は、力が抜けてしまった。それでも、

「古高を長州一派から匿ってやるためには、奉行所が一番いい。そう話して、奴の身柄をお預けしたはずですが」

「もちろんです。だから、本来なら許されないところですが、古高には食事も贅沢に。書物も差し入れるなど、破格の扱いをしましたよ。ですが……」

「もういい。分かったよ」

火災が発生したのなら、古高を安全な場所へとただちに護送すればよかっただけの話である。

あまりの大火事に、只あたふたしていただけの無能な役人。しかし、事後の言い訳だけは作っておく。まずは相手を怒らせるような言葉と態度で。次に平謝りを装い、さいごは恩を売るようなことも忘れず付け加える。

だが、腹の中は煮えくり返っているはずだ。数年前までは、虫けらのような存在だった一農民が、選り抜きの官僚である自分に意見するなどおこがましいと思っているに違いない。

それでも、丁寧な物言いで、あくまで低く、低く、である。これもまた、苦情対応の手引書にあるとおりなのであろう。

心中治まらぬ歳三であったが、こんな奴と議論していても、時間を無駄にするだけであった。

「いろいろ言って悪かったね。じゃあ、これで」

「この度は大変残念な結果となりました。あれほどの大火事ですから、致し方なかったとはいえ、私の力不足もあったのかもしれません。また、何かありましたら、いつでもお越しください。それでは、お気をつけてお帰りくださいませ」

こう言って、玄関まで歳三を見送る滝川。さいごまで手引書どおりであった。

江戸の体たらくは言うまでもないが、京にあってさえ、こんな役人が幅を利かしているのだ。体制が転覆されるかもしれぬというのに、どうしたらいいのかという危機意識がまるでない。与えられた仕事を権限の範囲内でやるだけである。

身を蝕《むしば》むような暑さのなか、ため息も出ず、歳三は諦めにも似た気持ちで屯所へと向かいながら、古高はどんな思いで死んでいったのだろうかと考えた。

京の町に火を放つという古高たちの計画は、結果的に禁門の変で実現したのだ。だが、その意図したところは何も実現できず、それどころか、自らの計画で自らの死を招いたのである。自業自得と言えば、それまでであろう。

それでも歳三は、複雑な、そしてやり切れない思いを抱いていた。

身の安全は保証すると言ったのに、古高との約束を守れなかった。これは人として、また仕事を続けていくうえでも責められるべき問題であると思った。約束を守れない人間は最低であり、信頼されない。信頼されていない者に、誰が正しい情報を流すであろうか。

「副長、お帰りなさいませ。よくぞご無事で」

前川邸の入り口。普段どおりのおどけた表情で沖田が歳三を出迎えた。

「おまえ、寝ていなくていいのか」

「ええ、もう大丈夫です。少し前から、夜になると気分が悪くなり、早めに寝るようにしてはいたんですが、ここのところ休めない日が続いたもので」

「血を吐いたそうじゃないか」

「ああ、そのことなら、ご心配なく。前にも、ありましたから」

「前にもって、おまえ……そ、それで血の色は？」

「はあ？　色？　赤に決まってんでしょう。何言ってるんですか。冷酷無比で知られる副長こそ、ちゃんと赤い血が流れているんでしょうね」

「い、いや、そういう意味じゃなくてだな……って、誰が冷酷無比だって」

二人は笑った。

沖田の元気そうな笑顔に、歳三はひとまずホッとした。この様子なら大丈夫そうだ。労咳《ろうがい》（結核）を疑っていたのだ。歳三は生まれる三ヵ月前に父を、六歳の時に母をどちらも結核で失っている。鮮血なら労咳を、血が黒ずんでいれば、違う病を疑えと教えられたことがある。

歳三は、沖田を診た医者にさえ、どちらなのか怖くて聞けなかった。

結核菌は他の伝染病と比較すれば増殖が遅い。何年もかけて病変を広げていく。他の病気や疲労の蓄積で身体を弱らせなければ、感染しても症状が表に出てくるどころか、病気自体をやっつけてしまうこともあるらしい。だが、喀血《かっけつ》したとなると、かなりの進行が疑われるのだ。

山南に続いて、まさか総司も失うのか。

剣では殺られるはずのない沖田である。総司が戦線離脱するようなことがあるとすれば、それは不治の病に身体を蝕まれた時かもしれない。歳三は不吉な予感に苛まれるのであった。

「これがなんだか分かりますか」

彦五郎と鹿之助を前に、松本は人差し指と中指、二本の指を開いて立ててみせた。

「Vサインというものです。サインは印という意味です」

「ぶい印ですか」

「ええ、イギリスでは勝利のことをビクトリーと言いますが、その最初の文字をとってVサインと呼ぶのです」

松本によれば、四百五十年昔にイギリスとフランスが戦争をした時のこと。イギリスの強力な弓隊に悩まされたフランスは、捕えたイギリス兵たちの人差し指と中指を、二度と弓が引けないよう切り落としたのだという。

怒ったイギリス兵たちは、合戦前に双方が向かい合う時、二本の指を立て、斬り落とせるものならやってみろと挑発したそうだ。イギリスは七千の部隊で、二万のフランス重装騎兵隊を打ち破り、この挑発行為は勝利のVサインとなって今に伝わるのだという。

「松本先生。それで我々に伝えたいこととは」

一八六四年（元治一年）の九月下旬。

松本は京から戻ると、そのまま彦五郎宅を訪ねていた。歳三から山南の病を診てもらえないかと頼まれ、秘密裏に京に潜入していたのである。

彦五郎、鹿之助の方も、山南の具合はもちろんのこと、京都政界の実情、反幕派の動きなど、一刻も早く生の情報を得たいと思っていた。なのに、こんな話である。

いつもの彦五郎なら、また一つ人にひけらかす知識が増えたと得した気分にもなるところだが、今はそんな気分にはなれない。Vサインの話が何かを示唆したものであるだけに、余計にイラついてしまう。

そんなところに松本は、「この話はね、京都で歳三君から教わったんですよ」

「歳からですって。あいつ何をやってるんだ。そんなどうでもいいことを」

彦五郎はしまったと、「い、いや、松本先生のお話をどうでもいいと思って聞いていた訳ではありませんよ」

松本は笑いながら、「歳三君は捕縛した長州の間者と雑談していて、この話を聞いたとのことでした」と言うと、今度は深刻な表情をして、「その長州の間者、誰からこの話を学んだと思いますか」

鹿之助がまさかと口を開く。「イギリス人から……ということですかね」

反幕勢力がイギリスから大砲を購入していることは承知していた。攘夷を口にしながら、裏ではイギリスと手を結んでいるのか。なんて汚い奴らだと蔑《さげす》み、馬鹿にしてきたのだ。

しかし、イギリスのこんな昔話までが、捕縛されるような間者にまで伝わっているとなると、長州には武器だけでなく、兵学やその基礎にある考え方など、かなり深いところまでイギリス流が深く親しく浸透しつつあるとみていいだろう。

なるほど、よくよく考えてみれば、この国で西洋のことを最も知り得る立場にあったのは長州藩ではないか。

まずは、一八六三年（文久三年）六月二十五日のこと。

この日、長州藩は攘夷を決行した。と言っても、なんのことはない。非武装の外国商船に大砲を放つのだが、後日、仕返しにやってきた戦艦にボロボロにされ、戦争の敗者としての責任をとらされることになった。

ところがこの時、長州は信じられないことを言ってのける。攘夷の決行を宣したのは家茂公であり、自分たちは幕命に従っただけだと。攘夷の決行は、三条実美の影響下にあった朝廷に、家茂公が無理やり約束させられたことだ。家茂公に攘夷を言わせたのは、事実上、長州なのである。

にもかかわらず、責任は家茂公に擦りつけ、結果、多額の賠償責任を負わないことで、長州藩は早期に体力を回復。これ以降も関門海峡を封鎖し続け、攘夷に勤しむことで、西洋との力の差というやつを最も近いところから見続けることができたのである。

そして、ついこのあいだ。禁門の変から僅か半月ののちの九月五日のこと。

この日、長州藩は外国艦隊から総攻撃を受けた。海峡封鎖による貿易上の損失を理由に、イギリスが、フランス、オランダ、アメリカにも参加を呼び掛け、十七隻の連合艦隊をもって長州を襲ったのである。禁門の変で敗走し、朝敵にされて藩内が意気消沈していたところ

なんて」

「イギリスも酷えことをするもんだ。弱っている相手を寄ってたかってやっつけようとする

を狙われたのだ。

と言いながら、どこか愉快そうな彦五郎だったが、

「これで長州の奴らが、ますます外国嫌いになればいいんだが、その逆もあり得るからなあ」

鹿之助も頷きながら、「攘夷の実現と、その攘夷に及び腰の幕府を打倒すること。これが長州の目標だった訳ですが、自らイギリスと戦ってはみたが、かなわないことがはっきりした。だから、目標を倒幕一本に絞ろう。こんな考えに傾いているのでしょうね」

この二人が、今さらこんな会話をするのも、おかしな話である。

反幕勢力の叫ぶ攘夷など、世論を味方につけたいがための方便に過ぎない。奴らの本当の目的は権力を手中にすることだ。と、ずっと言ってきたからだ。

だが、長州一派の攘夷放棄が現実味を帯びてくるとなると、改めて議論しない訳にはいかないだろう。西洋との軍事力の差は歴然たるものがある。戦が幕府対長州ではなく、幕府対西洋の軍事力という図式になれば、どうなってしまうのか。倒幕勢力の信念のなさを馬鹿にしていて済む話ではないのだ。

暫しの沈黙ののち、彦五郎が堰《せき》を切ったように言った。

「松本先生、こうしたことも含めて、家茂公に時勢の流れをお伝え願いたい。主治医になるというお話はどうなりましたか」

「ええ、その話はうまくいきそうです」

「本当ですか」

「それはよかった」

喜ぶ二人に、松本は笑顔で頷いてみせた。だが、一転表情を曇らせると、

「お二人に伝えておかなければならないことがあります」

物言いから察するに、いい話ではなさそうだ。

「実は山南君のことなのですが」

やはりそうか。

「江戸に戻した方がいいでしょう」

鹿之助が「こちらでなければ怪我の治療ができないということですか」

松本はますます言い難そうに、「いや、こちらでもできるかどうか」

そんな。という表情になる二人に、

「山南君と言えば、新選組の参謀だと誰もが思っていますが、それは、つまりその、どう言ったらいいか、永倉君や、斎藤君や、強すぎる連中が他にいるんで、そんな役回りになっていたというか、しかし、彼自身は北辰一刀流の免許皆伝であることを誇りにしていました。それが剣士としての……」言葉が続かない。

鹿之助が「松本先生、はっきりおっしゃってください。山南君はもう刀を握れない。そういうことですね」

頷く松本をみとめ、鹿之助は、

「察しはついていました。たかだか不逞浪士を退治し、怪我を負っただけなのに八両もの見舞金が出たんですから。あの池田屋で死亡した隊士の見舞金が一人十両だったことを考えると……それに実際」

そう言うと、ごそごそと何かを取り出した。

「先生には隠していたのですが、実は歳三君からこんなものが送られてきていたんです」

歳三から鹿之助に宛てられた手紙だった。そこに記されていたのは、山南が不逞浪士たちと斬り合った時に使った刀の押し型である。

松本は食い入るようにみつめると、深くため息をついた。

刃は三分の一ほどが折れていたが、それよりも柄の部分に事態の深刻さをみてとれた。押し型に残る血の塊と思しき厚みは、斬った相手ではなく、山南の腕から流れてきた血でできたものに違いない。これほどの出血で、よくぞ一命を取り留めたものだ。

山南が怪我を負ってから、ほぼ十ヵ月が経っている。松本は京に行って、実際に刀傷の痕をみてきたのだ。その松本にあってさえ、戦慄を覚えざるを得ない当時のあまりに生々しい記録であった。

こんな状態であることが分かっていたなら、江戸に連れ戻すべきだ。と、すぐにでも進言していたであろう。それが医師としての務めである。

だが、山南の置かれている立場を考えれば、そう簡単にはいかない。だから、鹿之助たちは、この手紙を自分にみせずにいたのだろう。なんとも複雑な気持ちになる。

さらに鹿之助が、「松本先生。山南君をこちらに戻した方がいいというのは、心の病を考えてのことですね」

もう、そこまで分かっているのなら、はっきりさせておいた方がいいだろう。

「ええ、そうです。山南君は戦士としての未来を失うことで、理性も知性もなくしている。医学的には大変危険な精神状態にあります。いったん新選組から離れて静養した方がいい。気持ちを立て直すことができれば、戦士としては無理でも、参謀として復活できる。山南君の場合は、まだ助けることができるんです」

「えっ、今なんと」彦五郎が聞き逃さなかった。「山南君の場合はですって、そうおっしゃいましたか？　まさか他にも誰か」

松本はしまったと思ったが、これも仕方ない。隠しとおせるものでもなかろうと、

「沖田君ですが」

「沖田？　沖田ですって」彦五郎も、鹿之助も一瞬にして蒼白になる。

「彼の場合はもう無理でしょう。労咳です」

「労咳、そんな」

「それじゃあ、もう」

「沖田君の並外れた体力と精神力。これが病魔の広がりを抑えていることは確かです。しかし、既に喀血もしている。手遅れです」

確かに、運動神経はズバ抜けていたが、ちょっと動くとゼーゼーするところがあった。だから、体力は案外ない方なのかもしれないと思っていたが、あれも労咳に蝕まれていたせいであったとすれば納得がいく。

山南のことは覚悟していたが、沖田がそんなことになっていようとは。

新選組は池田屋事件と、それに続く禁門の変において、最高の働きをした。

しかし、周りはどうであったのか。

江戸幕府は、長州を京から排除できたという、只それだけのことで、昔日の栄光を取り戻したかのような気になっていた。参勤交代の復活を唱えるなど、古い制度の維持に汲々とするだけで、体制が転覆されるかもしれないという危機感をほとんど抱いていなかった。

江戸のお歴々には、政治の中心は、今や京都にある。そんな空気の漂うことが面白くなかったのであろう。家茂公が先頭に立って長州征伐を行うべきだとする京都政界の進言を聞き入れようとはしなかった。朝廷からも家茂公上洛の要請があったが、長州のことは京都政界の問題だとでも言いたげに、特権の上に胡坐《あぐら》をかき続けようとした。

一八五八年（安政五年）の日米修好通商条約締結に際し、開国には反対、鎖国に戻せとした朝廷が、現実の外交に関わらない無知の姿を晒していたとするならば、長州征伐の要請を無視しようとする今日の江戸幕府もまた、京の現実に目を向けようとしない内政音痴の姿を晒していたと言えるだろう。

京都政界の内部でも、さまざまな思惑が絡み合っていた。特に、優柔不断な慶喜が長州征伐の音頭をとることには、冷ややかな視線が注がれていた。

幕府がこんな有様では、運命を共にしようという藩も、ごくごく限られてくる。倒幕に傾く藩が隣に現れても傍観しているだけで、そうした動きを阻止するために、何かしなければならないという気にはなれない。

いや、それどころの話ではないのだ。

公武合体の必要性を訴えるべく江戸に赴いた薩摩の西郷吉之介（のちに隆盛と改名。一八二八年〈文政十年〉生まれ）などは、勝海舟と面談した際、公武合体など無意味、もはや徳川に統治能力はないと吹き込まれ、反幕派に転んでいたのである。

もちろん、長州では禁門の変ののちも、着々と軍事力の整備が進められていた。

桂の推挙を受けて、医師であり西洋事情に詳しい大村益次郎（一八二四年〈文政八年〉生まれ）が軍政改革を推し進め、西洋式兵制を採用した奇兵隊（武士で組織される正規兵の反対語。農民、町人を加えて作った混成部隊）が高杉の指揮のもとに組織されていく。

大村は昨年の七月、つまり攘夷の決行から一ヵ月後、医師仲間である緒方洪庵《こうあん》の通夜に出席した際、福沢諭吉から外国商船砲撃を詰られ、血相を変えて反駁《はんばく》したという。それが禁門の変、さらに連合艦隊の襲撃を受けたのちは、他の長州幹部と同様、攘夷の旗を降ろし、一路、軍備の西洋化へと邁進していくのである。この変わり身の早さは実に見事であった。

三　切腹理由

白昼、桂は晴れ晴れとした気持ちで京の町を歩いていた。

金看板であった攘夷。それは同時に、天下をとるうえでの重たい足枷でもあった。その足枷を外してもいい。と、倒幕勢力の多くが思うようになってきている。この都合のいいご時勢に乗っていければ、必ずやきっと。

物乞いに変装しながら、コソコソするのも、もうしばらくの辛抱だ。民衆が自分の前にひれ伏す日がやがてくる。そう思うと、自然と顔がほころんでくるのだったが。

「ちょっとこい」

「えっ、わし？　な、何？」

桂はたちまち五人に取り囲まれた。巡回活動中の新選組であった。

「おまえ、桂小五郎だな」

睨みつけてきたのは、本日の死番制度監視役の葛山《かずらやま》武八郎（生年月日不詳）。池田屋事件では土方隊に属し、報奨金十七両を得た指折りの隊士である。

桂は物乞いらしく背中を丸め、

「へ、へえ、か、かるら？　な、なんとおっしゃいましたか」

慌ててとぼけるが、

「かつらだよ、桂。桂小五郎だろう。おまえは」

「ち、違います。あっしはそんな名前ではありません。そ、それにご覧のとおりの身の上にございます」

「物乞いだと申すのか」

「へえ、勘弁してください。人違いにございます」

「物乞いが二本差しているとはどういう訳だ」

「えっ」

歴史に名を残すような大泥棒でも、御用になる時は意外とあっけないものだ。緊張の毎日のなか、ふと気の緩む瞬間に、考えられないような失敗をしでかす。

「ボロは着てても、素顔は晒し、いやはや、たいそうな豪刀をお持ちのようだ」

「さあこい。屯所に連行するぞ」

桂はがっくりとうなだれながら、刀を差し出した。

しかし、次の瞬間、腹に手をあて、そのましゃがみ込もうとする。

「何をするか」と、桂の腕をとり、立ち上がらせようとする隊士たち。

それに構うことなく、桂はいきなり用を足しはじめた。

変装していたつもりだったのに正体がばれた。捕まった。心理的衝撃が急性胃腸炎を引き起こしたようだ。

天下の往来で、爆音を立てて糞尿をまき散らす。

その時だった。

桂の異常な行動に、「どうしたんだ」思わず叫んだ隊士の口に、なんと糞尿が飛び込む。「うぅうっ……」

他の隊士たちが一斉に飛び退く。

隊士たちの受けた心理的衝撃も、ある意味、桂以上に大きい。

「大丈夫かおまえ」

「吐け、吐け、死ぬぞ」

「水はないか、水は」

「あれっ、桂がいない」

はたと気づくと、桂が十数メートル先にいる。

そこへ横道から女性が小走りで現れ、桂とぶつかった。

「きゃああ」

着物に糞尿がついたらしい。

逃がすものか。追いかけるぞ。

が、糞尿で足が滑り、もう一人の隊士が便の海へと、それも顔から……以下省略。

桂が走り去るのを呆然と見送りながら、

「子どものころだけど、桂のようにして逃げた動物を山ン中でみたことがある」

「俺は川の中でみたぞ、なんつう魚か知らないが」

「と、とにかく追いかけましょう。桂を取り逃がしたとなると大問題です」

そんな隊士の一人を制し、葛山が自信ありげに言った。

「心配するな。まずは顔を洗って、口を漱《すす》いでこい。なあに桂の居所などすぐに分かる。この糞尿の後を辿っていけばな」

分かる訳ねえだろ。血痕ならまだしも。

突然の不幸に見舞われた女性の横を、桂を追って葛山たちが通り抜けていこうとした。

だが、気になる。「あ、あの。大丈夫ですか」一応、優しく声だけかけてみた。

別の隊士も、「何か急いでいたご様子にみえましたが」

「はあ、連れの者が突然いなくなってしまって。捜していたところ、こんな目に」

「お連れさんがいなくなった？　一緒に捜しましょうか」

「いえ、結構です。お気遣いありがとうございます」ペコリとお辞儀をする。

この気の毒な女性のために、お連れさんとやらを探してあげたいところだが、桂を追いかけない訳にはいかない。愛想笑いを返すと、隊士たちは立ち去っていった。

隊士たちが去ったあと、「お、おい。どうした。新選組の奴らに何かされたのか」

男が一人、物陰からコソコソと現れた。女性が捜していた男である。

「どこ行ってたの？　突然消えて。酷いじゃない」

「仕方ないだろう。新選組と思しき連中がいたんで、念のために身を隠したまでだ」

「私を放って自分だけ隠れるなんて、あり得ない。酷い」

「なんで一緒に隠れなきゃならん。おまえは関係ないだろう。新選組から狙われているのは俺だけだ」

「だからって自分だけ？　それに私が悲鳴を上げた時は、なんで出てこなかったのよ。私の身に何かあっても平気なわけ」

「悲鳴？　ああ、どうしたんだ。いったい」

「どうしたもこうしたも、下半身丸出しの男が脱糞しながら走ってきて、私とぶつかったのよ。そん時にみてよ、ほら、着物に」

男は女の着物をみると、うっ、汚ねえなぁという表情で、

「それは災難だったな。今度その男と会ったら、俺が叩き斬ってやるからよ」

「今度って、あんなのと二度、三度と会う人なんて、どこに居るのよ。それに何よ、私をみて汚いって思ったでしょ。かわいそうとか、全く思ってないでしょ」

さっきから外が騒がしいと、近所の店から客が出てくる。

「ねえ、どうなのよ。なんとか言いなさいよ」

衆人環視のなか、答えに窮していた男が、「ギャーギャーほたえな。おまん、いや、おまえのような女はもういらん。やっぱおなごは金髪がいい」そう言って立ち去ろうとした。

「信じられない。何この男。いなくなるならどうぞ。だけど、まだお金貰ってないわよ。お金払って、お金」

「寄るな、寄るな。糞がつく。あっち行け」

これは酷い。男の態度はあんまりだ。わあっと、泣き出す女性に、金を渡すと男は平然と

消えていった。

彦五郎たちが倒幕勢力の動向に神経を尖らせていた一八六四年（元治一年）九月下旬の出来事である。

この日、新選組は桂小五郎と、もう一人、坂本龍馬を捕える機会を逸していたのだった。


その晩、新選組の屯所は笑いに包まれていた。

葛山からの報告を聞いて、永倉、原田らが笑い転げる。島田も表情だけは楽しそうに聞き入っていた。

「糞尿の痕はどれ位で途切れたんだよ」

「五間《けん》（十数メートル）ほど先で女性とぶつかったんですが、そっから先はばったりと」

「あたり前だろう。しかし、いい記念になったな。なかなか体験できることじゃないぞ」

「勘弁してくださいよ」

屯所に戻る前、葛山は隊士たちに言い含めていた。

「いいか、お前ら。取り逃がしたのが、桂小五郎だったかどうかは分からないんだ。そっくりだったことは確かだが、そのことも含めて余計なことは一切口にするなよ」

「分かってますよ。本当に桂だったら、俺たち全員、只では済まんでしょう」

「大丈夫です。黙ってますから」

葛山は不審者に声をかけ、連行しようとしたが、その者の逃走（闘争）本能の前に屈したという笑い話のみを報告したのだ。

それから数日が経った一八六四年（元治一年）十月五日のこと。

勇は、永倉らを連れて江戸に向かった。長州征伐に消極的な江戸の幕閣を説得することと、新規隊士の募集が目的である。

局長らを見送った同日夜。

格式の高い料亭で盛り上がる新選組隊士五人の姿があった。桂を取り逃がした隊士四人と葛山である。

隊士たちが次々と冗談を言う。

「葛山さん。我々の口封じに、こんな豪勢な接待はいりませんよ」

「そうですよ。運命共同体じゃないですか」

「池田屋の報奨金。全部吹っ飛んじゃうんじゃないですか」

「支払いの段階になって、やっぱお前らも払えなんて言わないでくださいよ」

こんな気遣いや心配をよそに、葛山はニコニコしながら、

「ほら、小遣いだ」そう言って、隊士たちに金を配りはじめた。

「か、葛山さん。ど、どうして」

「臨時収入があったんだよ。おまえたちと一緒にパーッと使いたくなっちまうような大金が手に入ったのさ」

「俺たちと一緒にですって？　どっから入ってきた金なんですか」

「分からねえか？」

「分かりませんよ。教えてください」

「金が手に入ったのは、桂を、いや桂に極めてよく似た男を取り逃がしたあの日さ。あんな高価な刀を屯所に持ち帰る訳にはいかないだろ」

なんと桂の刀。あれを売り捌いていたのだという。

皆、納得の笑顔になった。

「そんなら糞を食わされた私が一番飲み食いする資格があるってことですね」

「いやいや、顔から突っ込んでいった俺だろう」

不幸自慢をしながら、無礼講となった五人の酒宴は朝まで続いた。

隣部屋に島田が差し向けた監察方がいるとは気づかずに。

翌六日。

葛山武八郎は切腹。死番制度を共にした四人の隊士は、脱退という名の永久追放処分となった。

勇の留守中、裁定を下したのは歳三である。押収した刀を証拠隠しのために売り、その金で飲み食いしたのだ。報告義務違反と合わせて、厳しくはあるが、切腹は免れないところであった。

新見錦、野口健司に続き、隊規違反による三人目の切腹となった。

新選組ではこれ以降、一八六六年（慶応二年）末までに十名の隊士が切腹を申しつけられたとある。

新選組隊士の死亡原因の第一位は切腹であり、不条理な掟に縛られた組織で、幾多の命が切腹によって奪われていったと多くの人が思っている。

だが、これは正しくない。実際、十名のうち五人は切腹理由が明らかではなく、事故死や病死、あるいは自殺であった可能性の方が高いのだ。反幕派浪士との斬り合いで、殉職していたのかもしれない。

他の五名は、二人が横領や押し借りを働いた罪で（禁令四箇条第三条の勝手な金策）、二人が夫人との密通を理由に（第一条の士道不適格）、一人が脱走により（第二条の局を脱するを許さず）、切腹に処せられたとある。

果たして、この時代、如何なる行為が罪にあたるのか。その場合の刑罰はどうなっていたのか。

それは町奉行、勘定奉行、寺社奉行だけが持つ『公事方御定書』に記されていた。

民衆はその内容を知ることのできない仕組みであった。処分が軽いと分かれば、悪いことは百も承知で、罪を犯す者も出てくるであろう。そんな理由で中身が秘密にされたのである。

それでも実際に刑が下れば、刑罰の内容は自ずと知れ渡る。

盗みなら十両以上で死刑。放火は死刑。飛脚が金をくすねれば死刑。ニセの薬を製造販売するのも死刑であった。ちなみに、石田散薬は官許を得ているから大丈夫。効く、効かないは関係ない。

不倫も死刑であり、現場を押さえた夫が、不倫妻の相手を斬殺してもお咎めなしであった。

この『公事方御定書』に照らしてみれば、新選組に対する誤解が解けるというものだ。

まず、二人が金策の罪で切腹になっているが、それぞれが扱った金額は、十両どころの話ではなかったことが分かっている。奉行所に差し出されれば、どのみち死罪の身であったのだ。

さらに、不倫の罪については、奉行所で裁かれれば、引き回しのうえ晒首にされるところであった。

金策と不倫の罪で切腹となった者たちは、新選組の隊士であったことで、武士らしく終わらせてもらえたのである。

さいごに、局を脱したことで切腹となった者について。これが最も大きく誤解されている。局を脱するを許さず。この隊規は、それ位の覚悟も必要だろうという以上のものではなかった。事実、このかんの新選組入隊者の実に四割近くは、激務に耐えきれず辞めている。その際、切腹を申しつけられた者などいない。切腹となった一名は、脱走したからではなく、反幕派に転じる目的で隊を抜けようとしたことが許されなかったのである。

つまり、政敵として粛清されたのであり、切腹に応じない場合は斬殺であった。

確かに、暴力的手段によって政治変革を志向する組織の構成員は、敵と戦うを常としなければならない。これは戦士であり続けるための必須条件である。

そうかと言って、政治変革を目指す組織は少数派として出発するから、時の権力とそういつもいつも武力衝突していたら、たちまち弾圧されて消されてしまう。

直接対決は極力避けながら、きたるべき日に備えて組織の拡大を図りつつ、ではどうやって敵と戦わずして、人を殺せるまでの精神を維持していくのか。組織内部において、不心得な同志をみつけ出す、つくり出す。その者を敵とみなして粛清していくという方法をとるのである。

新選組では新参隊士に切腹の介錯をさせ、人を斬る訓練をさせていたと言われる。だから、新選組もまた内部粛清によって鍛え上げられた組織とみられがちである。

しかし、それは違うのだ。新選組にあって切腹は、奉行所のお手間はとらせません。自分たちのことは自分たちでケリをつけますという論理のうえに成り立っている。

新選組は切り捨て御免が事実上認められた超法規的組織である。そうした性格の組織が、問題を起こした隊士たちに、切腹を迫ることで罪を償わせたと考えるべきなのだ。

四　組織の拡大

十月五日に京を発った勇たちは、九日夕刻に江戸に到着した。早駕籠を飛ばして、たったの五日で着いた。

「新選組の大番頭、近藤勇。公務にて罷りとおる」

こう叫ぶだけで、箱根の関所を素通りできた。そこ退け、そこ退け、新選組がとおるであった。

近藤勇に対する江戸幕府の対応ぶりも格別であった。

勇は江戸の幕閣を前に、高慢な態度をみせることは決してなかった。

「この度、江戸に参りましたのは、容保公の意を奉戴《ほうたい》し、また畏れ多くも長州追討の勅諚を賜りましてのことでございます」

この言葉に幕閣一同が感心した。今や押すに押されぬ新選組である。その局長といえども、きちんと分はわきまえている。たいしたものだという訳だ。

ほぼ同時期に会津藩も、同藩精鋭部隊の部隊長を江戸に遣わし、将軍上洛を促していた。ところが、「容保公は朝廷を守っておればそれでいいのだ。将軍を引っ張り出そうと口出しするなど、権限の範囲を超えておるわ」と一蹴されてしまう。

それが勇に対しては態度が一変する。

容保公の意など介さぬと、会津藩公用人を叱責した連中が、勇の言葉には耳を傾けるのだ。

「徳川の天下、その繁栄がこれからも続くためには、時代にそぐわぬ制度の改革は必要と考えます。参勤交代の復旧など、諸大名の反発を招くだけ。それより一刻も早く長州征伐に乗り出して頂きたく、伏してお願い申しあげるものであります」

幕閣一同、只頷くしかなかった。

本心では江戸幕府が乗り出すまでもないと考えていても、勇の的確な建言の前には、幕府財政が苦しいことを理由に長州遠征に二の足を踏んでいると言い訳するのが精一杯であった。

財政がどうのこうの言っている時ではない。体制の転覆に繋がるかもしれぬというのに。

勇は幕府の危機意識のなさに改めて失望したが、嘆いていても仕方ない。そうであるならばなおのこと、まずは倒幕勢力と最前線で闘う者たちの声を届け、危機意識を共有してもらうことが大切だと考えた。だから、話を聞いてくれただけでもありがたい。と、素直に思うのであった。

江戸に着いてから、ほぼ一週間、勇は精力的に動いた。影響力のある人々に長州征伐の必要性を説いて回った。

十月十八日。

幕府が前尾張藩主の徳川慶勝に征長総督を命じたとの報を受け、ひとまず安堵すると、もう一つの目的である新規隊士の募集にとりかかるのであった。

隊士募集については、勇たちに先んじて藤堂が江戸に入り、環境整備を進めていた。勇が江戸幕府の有力者と会合を重ねていた時には、試衛館では永倉らによって隊士希望者の腕試しが行われていた。

永倉の他に、試験官を務めたのは、武田と尾形俊太郎（一八三九年〈天保十年〉生まれ）であった。

尾形は文に優れた勇好みの隊士であり、武田同様、入隊からほどなくして副長助勤に抜擢された。さらに、勇のたっての希望により、監察方にも配属された。さまざまな部署で経験を積ませてやりたいという親心からであった。それだけ期待されていたのである。

尾形はこの関係で、池田屋事件の時には諜報活動のため江戸に居た。出撃しなかった代わりに、池田屋事件の報が江戸にどのように伝わり、幕府の要人や民衆が新選組をどのように評価したかなど、直接見聞きすることができた。

出府前《しゅっぷ》、「局長。新選組の名は、全国に鳴り響いています。今や箱根の関所なんか素通りできますよ。幕閣も局長の発言とあらば真摯に受け止めることでしょう」

まさしく尾形の言うとおりであった。

隊士募集については、「江戸の浪士たちにとって局長や副長は憧れの存在です。お二人によく似た感じの強者が押し寄せてくるでしょうね。選別するのは大変な作業になるかと思います」

「つまり、俺や歳のような、品のない喧嘩自慢ばかりが集まってくるという訳か」

「えっ……いや、そんなことは言っておりませんが」

さて、どんな奴らが集まってきたのか。期待を込めて試衛館を訪れた勇を武田が出迎える。

「どうだ、有望なのはいたか」

「はい。凄いのが一人入ってきました。なんたって相手をした永倉さんが吹っ飛ばされた位ですから」

「なんだって、永倉を吹っ飛ばした奴がいるのか。そいつは大砲の使い手か？」

冗談を言いつつも、勇はワクワクして道場に入った。

すると、「止めい。我らが近藤先生のご登場である。一同、礼」大声で号令がかかった。

勇は大きく頷きながらも、どこか違和感を覚えた。

はて、号令をかけた奴は誰だ。初めて聞く声だ。

そいつから深々とお辞儀をされた。初めてみる顔だ。

武田が「局長、あいつですよ」

あいつと紹介された大男が、「大石鍬次郎と申します。よろしくお願いいたします」

「おう。よろしく」

ほう、大石と言うのか。いや、それより、なぜこいつが総員に号令をかける立場にあるのだ。永倉を倒したからだというのか。まさか。それでこの場を仕切れる立場になれる訳ではあるまい。野犬や猿の世界じゃあるまいし。などと混乱していると、

「近藤先生、私こと。これまで日野の佐藤道場で修業を積んでまいりました。佐藤先生の部隊からも強く勧誘を受けたのですが、私といたしましては、なんとしても新選組で働きたく、馳せ参じました次第です。以後、お見知りおきのほど、よろしくお願い申し上げます」

大石鍬次郎、一八三八年（天保九年）生まれ。武家の出であるらしいが、事情により日野で大工をしながら天然理心流に学び、新選組の隊士募集に駆けつけたのだという。

大石は入隊試験で永倉と互角に打ち合った。永倉は左手親指の付け根が完治していないが、それを差し引いても、相当なものであろう。

永倉によれば、竹刀を受け止めた腕がしびれ、なかなかやりおると感心していたら、そのまま体当たりを喰らわされ、吹っ飛ばされたのだそうだ。

その対決を見守っていた彦五郎が、

「な、強いだろ。いろんな意味で。だから、うちでは危なくて面倒見切れんのだ。新選組で頼むよ」そう言うと、逃げるように帰っていったという。

なるほど。彦五郎からの紹介とあらば、入隊は決まったようなものだ。それならば、我もと押し寄せてくる入隊希望者を、永倉たちだけで相手にするのも大変だ。お手伝い頂こうということにでもなったのであろう。

だからと言って、なんでこいつが号令をかけたりするのだ。永倉、武田、尾形がいるのに。先輩の顔は立てなきゃならんだろう。でしゃばった真似をしやがって。先輩たちは怒ってるぞ。そう思って三人をみるが、なぜか揃ってニコニコ顔だ。

武田が「佐藤先生によれば、剣の腕は斎藤級、性格は原田、頭の中身は沖田。それがこの男、大石鍬次郎だそうです」

「いやあ、そんな、そんな、自分なんかまだまだです」

なんだ、そういうことか。照れる大石をみて、勇も納得がいったようだった。

馬鹿なんだこいつ。煽《おだ》てられ調子に乗る大石の姿をみて、皆、面白がっているのだろう。農兵軍に勧誘されていたというのも本人の大きな思い違いで、むしろ厄介払いというところか。全くとんでもない奴が入ってきたものだ。

なのに、「大石君。どうだ私と闘ってみるか」

「ほ、本当ですか。光栄に存じます。よろしくお願いいたします」

どんなに偉くなっても、勇は勇であった。

楽しそうに竹刀を交える二人をみながら、永倉が言った。

「武田。佐藤師範は局長にそっくりだとは言ったが、原田たちの名前なんか出してないだろ」

「ええ、ですが局長の前で、局長そっくりと言うのもどうかと思いまして」

「それで、ここに居ない奴を使って局長そっくりを表現したという訳か……」


試衛館での隊士選考をほぼ終了した十月三十日。

勇は、藤堂の紹介で江戸深川の道場を訪ねていた。

道場主の名は伊東大蔵（一八三五年〈天保六年〉生まれ）、水戸で尊王攘夷思想を育み、神道無念流に学んだのち、深川の北辰一刀流伊東道場に勤め、師範の娘婿となって、一八六一年（文久一年）から道場を引き継いでいる。白皙《はくせき》の美青年であり、知識人であった。

出府前、勇は密かに藤堂を呼び出すと、

「これから俺の話すことは、歳には黙っていて欲しいんだ」

「は、はい」

「実はな、山南の代わりになる奴が欲しい」

藤堂はうつむいた。しかし、もうそれは仕方のないことであった。

「はい。それは私もそう思います。組織には参謀役が必要ですから」

だが、なぜそれを副長に秘密にしなければならないのだろう。

「今の新選組にとって必要なのは組織の拡大だ。そうは思わないか」

「おっしゃるとおりです」

「新選組はこれまで同様、反幕派の取り締まりを徹底し、さらに長州征伐、そして攘夷の中核とならねばならん」

「はい、そう思います」

「けどなあ、歳はちょっと考えが違うのだ」

「まさか、どこが違うと言うのです」

「新選組は警察であり、軍隊になるべきではないと考えているんだよ」

「局長、それは違うと思いますよ。このあいだ歳三さんと話をした時には、部隊に鉄砲を学ばせる必要性を説いておられましたし、長州征伐に向けて行軍が必要になる場合を考え、部隊編成も練らなきゃならんと言っていましたから」

「そりゃ本当か？　いつの話だよ」

「ついこのあいだのことですが」

勇は腕を組み少し唸ってから、「さすがは歳だな。しかし、それはそうなった場合のことを考えて準備を怠らないようにしているだけだろう」

歳の奴、俺になんの相談もなく、そんな計画を進めていやがったとは。腹が立つどころか、勇は逆に嬉しくなった。自分とは考えを異にしている。にもかかわらず、局長の意向を踏まえた組織づくりをきちんと考えてくれていたのだ。

だが、それはそれ。勇は、藤堂にしっかり向き合うと、

「歳はな。新選組を警察組織に特化していこうという考えなんだ。もちろん、歳には監察方を中心にこれまでどおりのやり方で新選組を鍛え上げてもらう」

頷く藤堂をみとめると、

「そのうえで攘夷に邁進できる新選組を作っていこうじゃないか。そのためには数を増やすことだ。警察活動はしっかりやるが、それ以外の活動にも対応できるようにしておく。その方がいいとは思わんか」

藤堂は身を乗り出して、

「局長、そのとおりですよ。警察活動に勤しむだけでは、我々は誤解されてしまうんです。私の回りにも、新選組は人斬り集団で幕府の忠犬だ。攘夷の志など微塵もないって。そんなことを言う奴が大勢います。たとえ反幕派の流している噂でも我慢できません」

こう述べたあと、自分が相談された理由を察したらしく、

「私は山南さんに誘われて試衛館に入りました。その人となりは、誰よりもよく分かっているつもりです。山南さんによく似た感じで、新参謀にお迎えするにふさわしい人物。私の知っている方でよろしければ、是非、局長に紹介したいのですが」

それが伊東大蔵であった。藤堂は、勇たちより先に江戸に入り、伊東との下交渉を進めていたのである。

天然理心流の食客となる前、藤堂は、山南と同じ北辰一刀流の門人であった。藤堂はその

のち、同じ北辰一刀流の別の道場に修行に出るのだが、それが伊東道場であった。つまり、藤堂は、伊東の寄り弟子ということになる。

十月下旬、伊東は久々に会った藤堂に、

「今や、新選組の名を知らぬ者などいないだろう。私に学んだ君が、その大幹部になっているんだ。鼻が高いというものだよ」

大幹部だなんて。と、照れながら、深々とおじぎをする藤堂だったが、伊東は、

「しかしね、言い難いんだが、誰にでも自慢できる訳ではないんだ。私は水戸学を修めた。天狗党の武田耕雲斎とも親しい仲だ。言いたいことは分かってくれるよね」

水戸？　天狗？　藤堂はギクリとした。しかし、さりげなく、

「はい。重々承知しております。そうであるからこその、お願いでございます。先生を新選組にお迎えしたい。局長の近藤も強くそれを望んでおり、すぐにでもお目にかかりたいとのことです。新選組には先生のお力が必要なのです。先生をお迎えすることができれば、新選組に対する誤解も一気に氷解することでしょう」

「いやいや、私にそれほどの力はないよ。しかし、君がそこまで言うのなら。しかも近藤先生、直々にお会い頂けるというのは本当かね。いやはや光栄の至りだよ」

どうやら余計な心配であったようだ。

藤堂は水戸学、天狗党と聞いて、平間のことを思い出したのだ。水戸に逃げ帰り、芹沢粛清について何かしら語っている可能性はある。だとすれば、水戸派の大道場主である伊東の

耳に入らないはずがない。

平間が黙っているのか、それとも芹沢家が話を表に出さないようにしているのか。どちらにしても、新選組の名が轟くご時勢であることを考えれば、黙していた方が賢いというものだろう。

こうして、十月三十日。

「伊東殿。新選組がこれまでにも増して尊王攘夷に邁進できるよう、是非お力をお貸し頂きたいのです」

勇の言葉に、伊東は只々感激するばかりとなった。

勇から直接勧誘を受けたのだ。出自の知れぬ者たちが、新選組を出世の登竜門にしようと隊士募集に殺到している。それを横目に大道場主の師範たる者が江戸の片隅でくすぶっている訳にはいかなかった。新選組に対する批判など、もはや反幕派の悪宣伝にしか聞こえなくなる。

伊東はこの年の干支である甲子《きのえね》（ねずみ）にちなんで、伊東甲子太郎《かしたろう》と改名。勇の訪問を受けてから、僅か半月で道場をたたみ、やる気のあるところをみせ、主だった門人六名を連れ、十一月十四日には京へと向かうのである。

その翌日には、試衛館で採用の決まった十七名が、勇らとともに京へと向かった。

双方は二日後に合流。藤堂は引き続き江戸に留まり庶務をこなすことになったので、総勢二十八名となった。

行きの道は早駕籠を飛ばしたが、京への帰り道は双方が親しく会話しながらの十日間であった。歩きながら、宿をとりながら、土地の名物を堪能しつつ、お互いを知る会話が増えていく。

「去年の春だったなあ。この道を歩いて上洛したのは。いろいろとあったのに、まだ二年と経っていないとは、とても信じられん」

感慨深げな勇に永倉がニコリともせず、「局長、この道ではありません。ここは東海道です。浪士組の上洛は中山道でしたから」

いちいち細かいことを言う奴だ。どこをとおったかは問題ではないのに。少しムッとした勇は、永倉を無視して伊東に話しかけた。

「あの時は二百五十人でぞろぞろ歩きましてね。なんだなんだと沿道に大勢人が出てくる。そうしたなかに、赤ちゃんを抱いたお母さんがいてね。赤ちゃんが泣き出すんですよ。ガラの悪い連中もたくさんいたんで、きっと怖かったんでしょうな。そこに私が行って、よしよしとやると、これがピタリと泣き止むんですよ」

「ほう、そうですか」

頷きながらも、あり得んという顔に、ついなってしまう伊東。

そんな表情をみとめ、ますます不愉快になる勇。

その時、ちょうどいい具合に、赤ちゃんの泣き声が聞こえてきた。

どれどれ。と、勇が標的に向かって進もうとすると、

「局長、ここは私にお任せを」

大石であった。いらんことをするなと思いつつも、それならやってみろと、

「大石君。君にできるかな？」

大石はニタリとして頷くと、赤ちゃんめがけて突進していった。

すると、「ひっ、ひっ」引きつるように赤ちゃんが泣き止んだのだ。だがまもなく母親の手を伝《つた》い、液体がしたたり落ちてきた。

それをみて勇は一つ賢くなった。

恐怖で泣き止んだのか。それでお漏らしを。なんてことだ。自分の時もそうだったのか。

スタスタと戻ってきた大石が、「局長、ピタリと泣き止みましたよ。俺のような怖い顔が、逆に赤ちゃんには優しくみえるんでしょうか。どう思います」

なんと、台詞まで自分と同じだ。それで勇は思い出した。あん時、歳の奴は何も答えなかった。きっと笑いを堪えていたに違えねえ。もし、山南だったら、優しく思いやりをもって勘違いを正してくれていたことだろう。

やっぱり、俺には山南のような人間が必要なのだ。そう思い、勇はチラリと伊東の様子をうかがうが、

「永倉さん。新選組は男所帯ですよね。すると衛生面はどうなっていますか」

話題を変えている。こいつなりの誤魔化し方なのだろう。山南のような参謀を求めていたのに。勇は少し不安になった。

伊東が連れてきた門人のなかに、どこかよそよそしい感じのする者がいた。篠原泰之進（一八二八年〈文政十一年〉生まれ）、柔術に優れ、伊東と同様、水戸学を修めた。伊東についてはきたものの、新選組に入るかどうか、未だ決めかねているという。

攘夷の志高く、横浜で外国人居留地の警備員であった時には、税関に乱入してきたイギリス人を捕まえたまではいいが、必要以上に暴行を加えてしまい、暫く身を隠していたらしい。

伊東が「このお人はね、尊王攘夷はもちろんですが、倒幕派の志士でもあるんですよ」

「い、伊東先生。何をおっしゃるんですか」とんでもない紹介のされ方に、篠原は慌てた。

だが、伊東は平然と、「隠すことはないでしょう。篠原さんだけでなく、私の弟だってそうだよ」

伊東の実弟は、鈴木三樹三郎（一八三七年〈天保八年〉生まれ）、伊東道場に勤め、新選組入隊に際しては、三木三郎（三木が苗字）と改名している。

「近藤先生。篠原さんは柔術に優れ、三木三郎は逃げ足が速い。過去はどうあれ、この先は新選組の隊士として間違いなくお役に立てるはずです」

「兄さん。お褒め頂いて光栄だがね。逃げ足が速いって。それのどこが役立つんだよ」

一同笑いに包まれるなか、篠原はとにもかくにも頭を下げ、

「近藤先生、よろしくお願いいたします」

「こちらこそ、よろしくお願いします。そうですか、篠原さんは柔術が得意なんですか。私の学んだ天然理心流も先代が剣術師範であった関係で、今では剣に特化されてしまった感が

ありますが、元は、剣術、柔術、棒術、気合術の総合武術だったんですよ」

「そうでしたか。私の場合ですと、まず槍を学び、次に剣を学び、さいごに学んだ柔術に嵌りました次第でございます」

するとと、再び伊東が、

「篠原さんはね、ちょうど去年の今頃の話ですが、狼藉を働いたイギリス人をたちまち組み伏せ、縛り上げ、それはそれは見事な腕前だったそうですよ。ただ、そのあとイギリス人をボコボコにしてしまったらしく」

「い、伊東先生、そ、そんなことしておりませんよ」

またしても慌てる篠原だったが、

「隠さずともいいじゃないですか。だって、そのあと身を隠さねばならんことになったのでしょう。その時、篠原さんを匿ってくれたのが、窪田鎮勝《くぼたしげかつ》という講武所の柔術師範なんですよ」

「い、いや、それは逆でして、柔術を学ぶために窪田師範の所に居候になりましたあと、師範が頭取取締でありました神奈川奉行所に私が雇われることになりまして、その時に起こした問題でして」

「ほら、やっぱり問題を起こしたんじゃないですか。イギリス人をボコボコにして」

「だから、そこが違いまして」

二人の会話を楽しんでいた勇だったが、

「窪田？　どこかで聞いた名だな」

首をかしげる勇に、永倉が「浪士組の取締役だったお方ですよ」

「取締役？　それは山岡鉄太郎だろう」

「いえ、浪士組取締役は山岡一人ではありません。他にもいたんです。ただ、隊士募集に関わっただけで上洛されてはおりません」

「ほう、そうだったのか。えっ、あれ、講武所の師範？　ということは」

「はい。近藤先生が昵懇にしておられる佐々木只三郎先生とも、窪田先生は親しい間柄にございます」なんと、篠原が即答したのだ。

「そうかね。いやはや人と人とはどこでどう繋がっているのか分からんものだな」

そう言うと勇は唐突に、「篠原さん。私は前々から隊士の質の向上のために、学校のようなものを作りたいと思っていたんですよ。そこで是非あなたには、新選組の柔術の師範になって頂きたいのですが。京に戻り次第、組織を再編しますから」

「そ、そんな、私などが、そ、それに、私は未だ」

戸惑う篠原に、伊東が「篠原さん。入隊するか否か迷っている時ではないでしょう。ここは近藤先生の器の大きさを、しっかりと受け止めなければなりませんよ。三木三郎、おまえもだ。倒幕なんて言うのは、金輪際、口にしないことだ。分かったな」

篠原も、三木三郎も苦笑いで頷くのだった。

すると、再び赤ちゃんの泣き声が聞こえてきた。

新たな標的へと突進する大石。それをみながら勇が、

「武田、尾形。新選組の隊士はどうも知に欠けるなあ。文学師範というのも作らにゃならんな。おまえたち二人に任せるよ」

これを聞いた伊東が、「近藤先生。でき得れば私も、その文学師範にご任命頂けると嬉しいのですが」

「えっ、いやそれはもう、先生の方からそう言って頂けるとは願ったりかなったりですよ」

いい感じで話が進んでいくなか、ひとり憮然としていたのが永倉だった。試衛館以来の同志を差し置いて、新参者を次々と重要職に登用する勇に対し悪感情が芽生えていた。

そこにもってきて、「おお永倉、そうだ、そうだ、お前もいたんだった。しかし、お前の場合は剣以外にとりえがないもんなあ。沖田と斎藤もそうだ。他にねえんじゃしょうがない。揃って撃剣師範ってことでどうだ」

剣以外にないだって？　あんたも一緒だろう。と、ますます不愉快になる永倉であった。

ともあれ、こんな感じで、試衛館採用組の十七人と伊東道場の七人。皆、親しく交わりながら、十一月二十六日、京へと戻るのであった。

しかし、気になることがある。なぜ篠原は、勇と佐々木が昵懇の間柄にあることを知っていたのだろう。世間的には新選組と京都見廻組とは不仲な関係にあると思われている。ただ、この時はそんなことに疑問を感じる者は誰もいなかった。

五　路線転換

「歳、俺は嬉しいよ。なんだかんだと言いながらも、俺の希望どおりの組織づくりを進めていてくれたんだな」

京に戻った勇は喜々として歳三の部屋を訪ねた。

「なんだかんだってえのは余計だがな。そりゃ当たり前のことだろう。あんたが局長なんだから」

「鉄砲調練もはじめたそうじゃねえか」

「まさか、そんな重要なことを局長に黙ってやるはずがないだろう。急に銃が手に入ることになったんで試しにちょっと撃ってみたまでさ。手紙で報告もしたはずだが」

「手紙？」

「彦五郎義兄さんに宛てて書いたんだ。勇さんに渡して欲しいって」

「受け取ってねえなあ。俺があっちこっち行ってたせいで、彦五郎さんも渡すことができなかったんだろうな。おおそう言えば、彦五郎道場の門人で物凄く腕の立つ奴が入ってきたぞ」

一八六四年（元治一年）十一月末のこと。

勇からは江戸の幕閣との議論内容や、大石、伊東、篠原など新規加入者の人となりが伝えられた。

歳三の方からは葛山を切腹させたことの他に、佐久間象山の息子が父の敵をとりたいと入隊してきたこと、象山の妻が勝海舟の実妹であったので、息子の入隊を勝にも知らせたことなどが報告された。

勇は、「そうか、葛山を切腹に処したのか。おめえがそう裁定したのなら、それでいい。俺の留守の時は、これからも全部お前に任すよ。おめえの考えで戦をはじめたって構わねえ位に思ってるさ」

新選組は警察組織として特化されるべきなのか、それとも軍隊としての役割も担うのか。歳三と勇のあいだに考えの違いはあっても、局長の意向はきちんと踏まえる副長に対し、信頼と感謝の言葉が述べられた。

そのうえで、「歳よ。伊東ってえのは、かなりできる男だ。参謀を任せたいと思って勧誘したんだ。古参隊士たちの反発は出るかもしれねえが、お前の手で組織の再編を進めてもらいたい。それと気は進まねえかもしれねえが、長州征伐に向けた行軍録も作っておかねえとな。それも任すよ。できたもんに文句をつけるようなことはしねえからよ。やってくれるよな」

歳三は怪訝な顔になった。「そこまで俺に任せちまって、あんたは何をやるんだよ」

勇は大きくため息をついてから一言、「金策をする」

「金策？　隊士が増えたからか？」

「いや、新選組のための金策じゃないんだ」

「なんだって」

「江戸と京都との対立。こいつがかなり深刻なんだよ。倒幕勢力と最前線で闘っている俺たちにしてみれば、江戸の幕閣どもは何をしているんだ。高みの見物をしている時かと言ってやりたいところだ」

歳三も頷きながら、「全く誰のために闘っているのかと言いたくなるぜ」

「だがな歳。江戸の幕閣にしてみれば、そのことで京都政界のお偉方が、今や政治の中心は京にあるってしてることが面白くねえんだよ」

「お偉方っていうのは、あんたもその一人なのかい」

「歳、冗談言ってる場合じゃないんだ。道中、会津の遣いの者から聞いたんだが、江戸幕府は財政難を理由に、こっちに金を回さなくなったらしい」

「金を回さない？」

「ああ、兵糧攻めってやつだな」

「馬鹿な。それで我々がやられてしまったらどうするつもりなんだ」

「そこなんだよ。江戸の連中はそうなったらそうなったでいいと思っているのさ」

「はあ？　どういうことだよ」

「簡単なことさ。俺たちがやられたら、そん時は自分たちが出陣すればいいと思っているのさ」

にわかには信じがたい話である。しかし、勇は江戸中の有力者を回ってみた感触として、これは確かな話だと言う。

勇によれば、江戸の幕閣には武士たちが平和ボケしているという認識はまるでなく、旗本八万騎と呼ばれた軍事力は健在であり、長州をはじめとする一部の藩の反乱などいつでも捻り潰せると考えているのだそうだ。

歳三は恐る恐る尋ねた。

「勇さん。俺たちは本当に最前線で戦っているんだろうか」

「ん？　それはどういう意味だ。最前線での戦いでなくてなんなんだ。おまえまで変なことを言い出すんじゃねえ」

歳三が黙ってしまったので、話は終わったと勇は席を立ちながら、

「俺は明日から豪商回りをするよ。会津藩を支えてやらなきゃならん。こんな時、芹沢先生がいてくれたら助かったんだがなあ」

きつい冗談に、歳三は苦笑いをしながら、「あんたが回って歩くことはねえべ。どっかの料亭にでも呼びつけてから頼めばいい話だろ」

「おお、そうだな。それ位のことは俺にもできるようになったってことだな。それでは今日のところはこれで」


勇がいなくなったあと、歳三はひとり考えた。

ここでの闘いは、本当に最前線での戦いなのだろうか。ここが最前線だと言うのなら、後方にも強力な部隊がいなければならない。

しかし、江戸にいる武士連中をあてにしていいものなのか。

江戸の幕閣は、財政難を理由に長州征伐に二の足を踏んでいるという。危機意識のなさの表れには違いないが、どうもそれだけではないような気がする。まとまった数の軍隊を動かせる力なんて、本当はもうないんじゃないか。

だとしたら、ここを突破されたら、どうなる。終わりではないか。

いや、それは最初から分かっていたことだ。だからこそ、腐敗した武士連中に自分たちがとって代らねばという思いでここまでやってきたのだ。

逆に言えば、京での最前線の戦いに敗れた時にこそ農兵軍の出番がくる。農民の力を徳川将軍に知らしめて、四民平等の世の中をつくる機会が訪れるのだ。

だからといって、故意に敗れるような真似はできないし、そんな芸当もあろうはずがない。ならばいっそのこと最初から農兵軍を上洛させればいい。そのための金策こそが求められているのではないか。

会津藩に恩義はあるが、中央が地方にお金を回さないという政府間関係の問題にまで新選組が関わるのは如何なものだろうか。

などと、いろいろ思慮をめぐらしてみても、勇が金策に走るのを今さら止められる訳でもなし。まずは局長から任された仕事にとりかかるより他はないな。と、歳三は詰めていた息を吐き、肩の力を抜いた。

勇の行動は素早く徹底していた。

十二月一日。大阪の名だたる両替商十六人を料亭石町丸屋に集めると、いきなり十五万両もの用金を申し入れた。両替商が自分たちだけでは手に負えぬ額であると答えると、九日には別の両替商三十五人を呼び出して同様の要求をした。

新選組が途方もない額の金集めをしているとの噂が商家のあいだに広がると、勇は十二月十三日付で、実に百を超える商家に宛てて御用状を送付する。

そこには、用があるので石町丸屋にお越し願いたい。主人が病気などやむを得ぬ理由でこられない時には、代理の者で構わない。と、記されていた。

こうして、十二月一日、九日、十六日と、三度に渡って百以上の商家が呼び出された。場所は料亭の二階であったが、勇は食事どころか水さえ出さずに京都守護職のご恩に報いるべきことを切々と訴えた。

その際、当初示した金額が十五万両であったことは勇の頭のなかから消えていたようで、店の規模に応じて用立ててもらいたい金額を希望した結果、百を超える商家に対する要求額の総計は八十万両にもなってしまった。

これには会津藩の方が恐縮してしまい、結局は自らが商家と交渉にあたることで、最終的には十五万両の支援金を獲得できる運びとなったのである。

新選組を介さなければ、中央に話もできない京都政界のお偉方は、ついに財政面でも新選組に支えられることになった。

そうなのだ。会津藩が長州征伐の必要性を唱えても相手にされない。それが勇だと、本心はどうあれ、江戸の幕閣は耳を傾ける。今や新選組の存在抜きに、徳川の政治は成り立たないまでの状況になっているのだ。

それでも、新選組が松平肥後守預の立場にあることに変わりはない。自分たちがどれだけ重きを置かれる存在になっているかに気づかないまま、勇は主君を助けたいという一途な思い、すなわち武士道というやつを貫いているのである。


歳三は、島田、山崎とともに長州征伐に向けた行軍録の作成にとりかかっていた。

「副長、こうしたことは私も山崎も門外漢です。武田に相談なさった方がよろしいのでは」

「島田さん。武田なんか論外ですよ。甲州流なんて、もう古いでしょう。我々でやりましょう」

「副長がそれでいいとおっしゃるのなら、私は構いませんが。まあ確かに古いと言われれば、そのとおりかもしれませんね」

くさい芝居を演じる島田と山崎。

歳三は、「俺はな、一度、長州にやられちまった方がいいとさえ思っているんだ」

意味が分からない。と、山崎が、「なるほど、そういう訳で我々に陣法を練らせるんですね」

冗談を言う。

歳三は苦笑いをしながら、「なあ、山崎。幕府は長州征伐を決めるには決めたが、将軍自らが出陣なさる訳じゃねえんだ。それだけ相手を舐めてるってことだ。それで大丈夫だと思うか」

「大丈夫な訳ありませんよ。長州は裏でイギリスと組んでいるんです。物凄い武器を手に入れているかもしれません」

「そう言うことだな。そこが江戸の幕閣には全く分かっちゃいねえ」

西洋の近代兵器が相手となれば、鉄砲の弾は百メートル先から狙いを定めて飛んでくる。そこまで走っていって狙撃手を斬り捨てるまでに、どれだけの犠牲者が出ると思っているのか。まとまった数で一斉に向かっていけば、今度はドカンと大砲を喰らわされるだろう。

「江戸の幕閣は、旗本八万騎はご健在だと思っているらしい。たとえそうでも人数の問題じゃねえのにな」

歳三の指摘に、山崎は深刻な表情で頷くと、

「幕府も外国製の武器を導入しなければ、正直な話、戦になりません。そのためには副長の言われるとおり、一度痛い目にあって目を覚ますことが必要なのかもしれませんね」

ところが。

「副長、私はそうは思いません。私は幕府が負けた時の各藩に与える影響の方が大きいと考えます」

島田が反論した。

「影響？」

「そうです。柴司に腹を斬らせた時のことを思い出して下さい。今は幕府の側についていても、いつ反幕派に転ぶか分からない、そんな藩はたくさんあるんです。そういうところは倒

幕の旗を揚げるための、きっかけを欲しています。長州との戦に敗れようものなら、雪崩を打って……」

歳三の表情がみるみる変わってくのをみとめ、島田は口をつぐんだ。

暫しの沈黙ののち、「島田、お前の言うとおりだ。俺が間違っていたよ」

新選組が警察組織として機能できるのは、別にしっかりした軍隊があればこその話だ。しかし、強力な武器を手に入れて、まさに黒船の如き存在となって立ち現れようとする長州を迎え撃つだけの軍事力が今の徳川にあるとは思われない。

幕府に危機意識を持ってもらおうなどという悠長なことを言っている時ではもはやない。新選組は西洋の近代兵器に勝つための方策を、無能な幕府に示してやる必要性にさえ迫られていたのである。

新選組の組織者である土方歳三は、この日、島田の進言を受け、新選組の軍隊化に舵を切る決断をしたのであった。

六　山南敬助

年が明け、一八六五年（元治一年）一月二十六日。

長州は罪に伏し、征伐はとり止めになった。

薩摩の西郷が、幕府と長州のあいだに立って事を収めさせた。

高杉、桂など反幕派はそのままに。処分の内容は藩主が謹慎で済み、詰腹を切らされたのは三人の家老であった。

倒幕勢力に密かに寝返っていた西郷による斡旋である。西郷は戦わずして長州を屈服させてみせる。と、こんな調子のいいことを言って幕府を信用させ、この任を仰せつかったのだった。

裏では着々と軍事力の増強を進める長州が、表向き恭順の姿勢を示しただけなのに、幕府はすっかり騙されてしまったことになる。

長州軍の近代兵器と比べれば、飛距離に劣る鉄砲、穴しか開かない大砲、さいごは白兵戦で勝敗を決する幕府軍など、恐れるに足らない存在となっていくのは時間の問題であった。

すべて西郷のおかげであり、長州藩は二ヵ月と経たないうちに、再び倒幕の旗を掲げるのであった。

一八六五年（元治二年）三月十九日。

幕府が第二次長州征伐の必要性を唱えはじめたころのことである。

歳三は、山南の部屋を訪ねていた。東帰させ、治療にあたらせるためである。

勇も出府中に松本と会い、山南を江戸で静養させることについては賛成であったが、山南の説得は、勇にやらせてはならないことであった。

病気治療のためとは言え、「今のおまえは役に立たない」と宣告されるに等しい言葉を、山南が慕う勇の口から言わせる訳にはいかなかったからである。

それだけ山南の心の病は繊細かつ重症であった。

代わりに歳三が、「山南さん。俺は近々、江戸に行く。長州征伐に向けて、さらに隊士の数を増やしておかなくちゃならねえ。一緒に行かないか」

「……」返事がない。

仕方がない。無理に口実をつくる必要もないか。正直に言おう。

「山南さん。ほら松本先生、前に診てもらった先生だよ。あの人がな、自分なら山南さんを治せるって言うんだよ。ただ、松本先生も仕事の都合で江戸を離れる訳にはいかないから、きて欲しいってことなんだ」

「……」反応がない。

だったら、少し話を変えてみようと、

「山南さん。長州の軍事力は相当なものらしい。刀で斬り合うんじゃなくて、遠くから鉄砲で撃ち合う。どうもこんな戦になりそうなんだ」

「……」聞いているのか、いないのか。

「いや、それはつまりどう言ったらいいかな。黙々と剣の修行に励んできた俺たちにしてみれば、なんだか残念な時代になったっつうか」

その時だ。「副長。何を言ってるんですか。誰が黙々と修行に励んできたですって」

沖田であった。相変わらず神出鬼没な奴である。からりと障子を開けて勝手に部屋に入ってくる。

「副長なんか稽古はサボってばかりで天然理心流の目録止まりじゃないですか。それに対して総長は、名門、北辰一刀流の免許皆伝ですよ。今の言い方だと、まるで同格扱い。心外ですよね、総長」

「……」

沖田は構わず続けた。「それにね。たとえ武器が剣から銃に変わっても強い奴は強い。できる奴は何をやってもできる。それがこの世の常ですよ。文に優れた者は武もできる。その逆もまた然りです」

歳三がやり返す。「あに言ってやがる。総司、てめえのどこに文があるんだ」

「私には学問に励むだけの金と時間がなかったんです。もしあったなら、総長より文に優れた人間になっていたかもしれませんよ」

ここで、「総長ねえ……」やっと山南が口を開いてくれた。

目線だけ二人の方に向けると、「そう呼ばれるのは不愉快だよ。もう私は総長ではないんだろ。長州への行軍録にも、私の名前などないじゃないか」

沖田が慌てて、「総長、違いますよ。別に役職を降ろされた訳ではありません。ねえ副長、そうでしょ。まずは治療に専念してもらおうということではありませんか。それに山南さんを総長と呼ぶのは、新選組にあっては愛称のようなものだし」

歳三もそうだそうだと頷きながら、「行軍録には永倉の名前だってない。全員出て行って、それこそ大砲かなんかで吹っ飛ばされたらどうなる。そういうことも考えて……」

「もういいよ。うるさいから出て行ってくれないか」

目を合わせ小さなため息をつく歳三と沖田。それでも、歳三は、

「もういいよじゃないだろ。江戸に行くという話をどう思っているんだ。今は治療に専念しなければ駄目だろうが」

今度は山南がため息をつく。それもわざとらしく大きなため息である。

「戦場で死ねないのなら、せめて武士らしく終わりたいものだな。そうだ、総司。ちょうどよかった。介錯を務めてくれないか」

周囲の思いやりなど、今の山南にとっては迷惑なだけなのかもしれない。

歳三はそれなら仕方ないと、「そうかい、分かったよ。そこまで言うんだったら、こっちは縄をかけてでも、あんたを江戸に連れて行くからな」

沖田も、「総長。総長の腕が治って、それでもあの世に行きたいというのなら介錯して差し上げますよ。でも今は駄目です。力の入らない腕で中途半端にやっても格好の悪い切腹になってしまいますからね」

「……」山南は何も答えず、今度は大あくびをしてみせるのだった。

その日の夜、山南は姿を消した。

以前に藤堂が、「山南さんの部屋には、外側にも鍵を用意した方がいいかもしれません」

こんなことを言っていたが、そのとおりになってしまったのか。

思い詰めていたことは、皆が分かっていたことだ。箝口令《かんこうれい》が敷かれ、試衛館以来の同志たちが行方を追った。

いつもなら組織的、計画的に動く新選組であるが、事態はあまりに急だ。この時ばかりは散り散りばらばらに追った。井上が、藤堂が、永倉が、原田が、斎藤が、それぞれが思い当るところをひたすら走る。

そして、「総長。こんな時間に一人で出歩かないでください。呑みに行くにしたって護衛の者をつけないと」

探しあてたのは原田だった。

なんのことはない。山南は馴染みの遊郭楼にいたのだ。

心配していた仲間たちが、安堵の、さらに幾分だが怒りの表情を浮かべるなか、ほろ酔い加減の山南が言い放った。

「私がどこに行こうと、何をしようと勝手だろう」

無気力に苛まれているかと思えば、突然、口を開いて突拍子もないことを言い出す。少し前は鋭いことも言っていたが、今では憎まれ口ばかりだ。

やはり、縄をかけてでも松本先生のところに連れて行くしかない。

歳三は改めてそう思いながら、床に就くのだった。

翌日。三月二十日のこと。

どうした訳だろう。

「歳三さん。いろいろ迷惑かけてすまなかったね」

山南は一転、江戸で治療を受けることを承諾したのだ。

そしてこれもどうした訳か、歳三が江戸までのお供をしていた。

歳三が隊士募集のために江戸に赴くのは、もう少し先の予定だったのだが……

暫く二人で歩いていると、「歳三さん。何かいい句を思いつきましたか。道中、俳句を詠まれるのが、ご趣味だそうじゃないですか。薬売りに変装して仕事をしていたころからの」

山南の奴、改めて聞いてきやがった。この質問に答えるため、俺がちょっとの時間稼ぎをしているあいだに、あんたは斬られたんだろうが。

どうしようかと迷っていると、「いや、俳句なんかどうでもいいんです」そう言って、山南は一気に核心に迫ってきた。

「局長によれば、あなたはどうしようもないバラガキで、十五歳で天然理心流に入門したが長続きせず、たいした金にもならない家業の薬売りを二十五歳まで手伝いながら、道場破りの真似事をして剣の腕を磨いたそうじゃないですか」

山南は足を止めた。そして歳三をみつめながら、

「そんな話、信じる方がどうかしていると思いませんか。バラガキだったうえに、二十五歳になっても、遊び半分で好き勝手な生き方をしてきた者が、どうして京にきた途端に頭脳明

こ断になって、それで新選組の組織者になれたりするんですか。そんな訳がないでしょう。ここにくる前に、私なんかよりはるかに多くのことを、あなたは実践をとおして学んできたはずだ。絶対そうに決まっている」

一呼吸置くと、山南はしたり顔で、「新選組の若手を、特に監察方を鍛え上げていくやり方をみて分かったんですよ。あなたの正体がね。薬売りは仮の姿で、本当は隠密だったんでしょう」

ズバッときやがった。さて、どう答えようか。と、その時だ。

近くの店から怒涛と悲鳴が聞こえてくる。

これもあの時と一緒ではないか。

気づくと山南はもう店の方へと走っている。

歳三も後を追う。加勢するために。いや、今度こそ二人で戦うために。

店に近づくと、そこは池田屋である。

池田屋？　なぜ、こんな場所に？

しかし、山南はもう店に飛び込んでいる。急いで歳三もなかへ。

敵もあの時と同じく三人。自分たちが入ってくるのを待っていたかのように抜刀し、こちらを睨んでいる。

見覚えのある顔だ。なんと芹沢、新見、そして平山ではないか。

こいつらと真剣でやり合う日がくるとは。

山南は、平山と向かい合っている。

平山にしてみれば、山南に寝込みを殺られたのだ。自らの仇を自らで討つ。この日を待ち詫びていたことだろう。

それじゃあ俺は切腹させた新見のお相手をしようか。それとも……

「えっ？」違うだろう。

ひょっとして。そうか、これはきっと……

歳三は生まれてはじめて、ゆめのなかで自分がゆめをみていることに気づいたのだった。

その瞬間から、歳三は傍観者となった。

ゆめの結末は、山南は斬られ、芹沢たち三人は暗闇のなかへと消えていった。

ゆめなんだから、どうでもいい話だ。と、思いつつも、山南を抱き起こす。

山南は息も絶え絶えに、「歳三さん。さっきの答え……ま、まだ聞いていませんよ。どうなんです」

どうせゆめだ。認めてしまおう。その方が俺も楽になれる。

「ああ、そうだよ。俺は忍びの者だった」

すると山南は安堵したように微笑んだ。「でしょう。よかった」

「よかった？」

「ええ、忍びの者が正体を見破られてどうするんですか。見破った私の方が上だったってことをさいごに証明できましたから……」

「あに言っていやがる」

「みんなと一緒に闘っている時が……私の誇り……そ、それに生きているってことを実感できました。でも、もうそれができない……ここまでで満足だし、もうここで……ここで終わりにしたい。歳三さん。──が・ん・ば・れ・よ」

歳三は目を覚まし、潤んだ瞳をぬぐった。

ゆめなのに泣いちまったじゃねえか。俺も歳をとったもんだ。いや、まだガキなのかなあ。

そんなことを思いながら、厠に立とうとするが、自然、足が山南の寝室へと向かっていた。

部屋を覗く。

「いない。いないじゃないか」

歳三はひとり屯所を飛び出した。

山南がいなくなったと叫んでみたところで、「またかよ」となるだけ。誰も一緒に探してはくれないだろう。

そうか、そうだったのか。山南の奴、わざと。

山南は隊士たちからも、界隈の人々からも慕われていた。慕われたまま去るのでは、残された者が嘆き悲しむ。

だから、故意に嫌われるような、あいつなんか、もうどうでもいいと思わせるような所作に努めていたに違いない。歳三は唇を血が滲《にじ》むほど強く噛んだ。

「大馬鹿野郎が」

歳三は四条通を東に走った。
山南は池田屋事件の時、戦士の列に加わることを望んだ。死地を求めたのだ。
「戦場で死ねないのなら」さっきもこんなことを言っていた。
だから、池田屋へと向かうのではないか。なんとなくそんな気がした。
池田屋に着く。もはや廃屋となった激闘の場所。
しかし、山南の姿はなかった。
その時。「ピキィ、キィ、キィ」
時刻は午前三時ごろ。
千鳥が騒ぐ。
何かに驚いた様子だ。
そうだ。山南とともに白刃をかざし、反幕派浪士と斬り合ったあの場所。
そこで幾度も聴いてきたあの鳴き声だ。
鴨の河原へと走る。
みつけた。遠くからではあるが、山南に間違いない。
近くまで駆け寄る。
山南の周りだけ、鴨の川面が赤く滲んでいるようにみえた。
一八六五年（元治二年）三月二十日未明。
新選組総長、山南敬助。三条大橋より飛び降り、三十三歳の生涯を閉じる。

新選組総長の自殺を公にはできなかった。その真相は伏せられ、各人が都合のいいように山南の死を語った。

沖田は、歳三とは全く違う考え方をしていた。

沖田にとって、山南の死に様は、飼い猫が死期を悟ってどこかに姿を消すような、そんな姿にも映った。

飼い主を悲しませないためではない。一番休める場所を探すために猫はいなくなる。もし、飼い主の膝の上で息を引き取る猫がいたとすれば、そこが最も居心地のいい場所だったということになる。

だが、山南はひとり姿を消した。可愛がってくれた飼い主さえも鬱陶《うっとう》しく思えるようになった猫の如くにである。だから、憎まれ口を叩いたのも、それが山南の本性だったのかもしれない。ずっといい人を演じて、さいごは草臥《くたび》れてしまったのかもしれない。

それなら、あの人の望みどおりにしてあげよう。

沖田は、山南の死の翌日、彦五郎に自身の近況を記した手紙を送り、「そう言えば、山南さんが亡くなりました」と無感情に書き添えたのである。

伊東甲子太郎は、山南の死の理由は語らず、武士らしく立派に切腹して果てた。と、その死を惜しんでみせた。

そして、

〝春風に　吹き誘われて　山桜　散りてぞ人に　惜しまるるかな〟
〝吹風に　しほまむよりは　山桜　散りてあとなき　花そいさまし〟
〝皇の　守りともられ　黒髪の　乱れたる世に　死ぬるみなれば〟
〝雨風に　よしさらすとも　いとうへき　常に涙の　袖にしほれば〟

山南に捧げる歌を四首詠んで、それを隊士たちの前でも披露した。

京の桜が散りはじめるのは、四月に入ってからである。藤堂を筆頭に山南を慕ってきた隊士たちの心を掴《つか》むため、伊東は早々にこんな歌を詠んだのであろう。

山南の死については、勇や歳三との確執が原因であった。と、のちに指摘する輩も現れている。

出所は、六条は本願寺御門跡（皇族、貴族が出家して住んだ寺。通称、西本願寺）である。山南の死から一週間が過ぎた三月二十七日。西本願寺は会津藩より、新選組の屯所移転を打診されることになる。

もっとも、屯所の移転は決定事項であり、寺のどの場所を提供するかについての打診であった。

西本願寺は新選組がくること自体に断りを入れたが、聞き入れられるものではなく、本堂の北にある北集会所《きたしゅうえしょ》（全国から僧侶が集まって説法を行う場所であり、普段は使われないいま、実に三百畳の面積を有していた）と、浄土真宗の寺院のなかでは最大規模の太鼓楼《たいころう》（時報や緊急事態発生の伝達用の太鼓を設置する建物）を供出させられた。

この時、新選組は軍隊化を目指して組織の再編を進めており、隊士の数も百五十人規模になることが予定されていた。雑魚寝するにしても一人に二畳があてがわれる北集会所は、丁度いい物件であったのである。

ところが、この話には裏があった。

新選組が西本願寺への転居を完了したのが四月五日なのだ。手際が良過ぎる。

新選組の組織再編が決まったころから、勇と歳三は西本願寺に狙いをつけ、移転の準備をしていたに違いない。だから、大人数の転居をたちまち完了することができたのだ。

寺との交渉を自分たちが直接やらなかったのは、京都守護職という権力の後ろ盾を利用した方が、事が円滑に進むと考えたからなのだろう。だが、そんな策略はバレバレで、結果、西本願寺の恨みつらみは、当然の如く勇と歳三に対して向けられることになる。

特に、歳三は僧侶たちの目の敵にされていた。西本願寺に対して住環境の整備をはじめ、借用の申し入れなど、本人曰く「甚だ無体なる願いを」要求し、実現させていたからである。

西本願寺にしてみれば、住まわせてやっているだけでもありがたいと思ってもらいたいところであり、そのうえ住居のあそこを直せ、ここを改善しろと言われれば腹も立つだろう。

その結果、山南の死が都合よく語られていくことになった。

その内容とは。

新選組のなかで最も人望のあった山南は、僧侶に迷惑のかかる屯所移転には反対であった。いやしくも総長職にあるのに、「その言の容れられざるは土方らの奸媚《かんび》（悪者にへつらうという意味の中国語）による」と記された置手紙を残して新選組を抜けようとした。だが、これは局を脱するを許さずとした隊規違反行為にあたると歳三が主張し、勇も同調。江戸に逃げ戻る途中、沖田に連れ戻され切腹させられたというのだ。

この話を作ったのは、西本願寺の侍臣であった西村兼文である。

西村は新選組が転居してきた時には、二ヵ月ほど寺を不在にしていた。直接、見聞きしたという話ではなく、置手紙とやらも、その存在を確認した者はいない。


新選組は引越しに際して、八木家、前川家、そして周辺の家々に挨拶回りを行った。

「長いあいだ、お世話になりました」包みを差し出す歳三。

「互いに御国のためですから」

八木家の主人は、受け取りをやんわり断った。

それでも、まあ、そこは気持ちの問題ということで収めることにしたのだが、開けてみると五両。本当に気持ちだけの問題であった。

二年間、無償で住居を貸し、おまけに芹沢暗殺の血塗られた現場にもされたのだ。大笑いするしかないだろう。主人はその金で酒を買い、隊士たちに引っ越し祝いを振舞うのだった。

八木家の主人は、このとおりの太っ腹であったが、西本願寺の僧侶たちの場合は、そうはいかなかった。本願寺御門跡二十世の広如は、倒幕勢力と親しく、そんな寺の敷地内で新選組がきたるべき長州征伐に向け軍事演習をはじめるのである。許しておけるはずがない。

西本願寺は、「檀家の者が銃声に驚いて困っている」、「爆音で建物が破損した」と、さまざまに理由をつけては京都守護職に訴え、数ヵ月のちにはとうとう軍事演習を中止させてしまう。

これに怒った新選組は、壬生寺に軍事演習の場を移動させるまでの期間、門主がつく鐘に合わせて一斉射撃の練習を行うなど、つまり嫌がらせで応えた。

他にもある。新選組は敷地内で豚を育て、それを煮炊きしていた。隊士たちの体力増進を目的に松本良順が提案したことなのだが、僧侶の食生活には馴染まない行為である。西本願寺にしてみれば、これもまた嫌がらせと映ったことであろう。

西本願寺は僧侶が隊士と直接対応することを禁じ、外出の際も隊士たちと会わないよう、わざわざ遠くの門を使用した。その毛嫌いぶりは徹底していた。

対する歳三の方も、「俺は織田信長の生まれ変わりなんじゃないかなあ」

島田や山崎の前で、冗談半分に語るのだった。

織田信長は自分に刃向かう浄土真宗の石山本願寺を焼失させた。豊臣秀吉はその地に大坂城を建設している。

三百年後、反幕派の寺に屯所を構えた歳三にしてみれば、信長のような心境になっていたのかもしれない。

七　歳三の東帰

一八六五年（元治二年）四月十七日。

京都を出立した歳三は空を見上げた。二年前に上洛して以来、江戸に帰るのは初めてである。早駕籠を飛ばした勇とは対照的に、歳三は東海道をゆっくり進んだ。民衆の暮らしぶり、地域社会の実情、その変化に目を配りながら。

歳三とともに東帰するのは、伊東と斎藤であった。伊東は京にきてから、まだ半年と経っていない。斎藤は旗本を斬り、京に身を隠して以来だから、三年ぶりの江戸であった。

「歳さん。本当に久しぶりっすよ。でも、俺の役割はあくまで副長の護衛ですから、どこまでもお供いたします。その代り、いろんなとこ連れてってくださいよ」

「いや、ついてこなくていい。江戸についたら、隊士募集の時以外は、それぞれ別行動でいいだろう。ねえ伊東さん」

伊東はもちろん了解であったが、斎藤は、「そんなこと言わないで、あっちこっちでご馳走してくださいよ」

「ああ、それは心配するな。美味いもんはたくさん食わせてやるから」

「だったら、しっかりお供させて頂きますって」

「だから、ついてこないでいいって」

「ああそうか。久しぶりに江戸の女のとこに顔を出したい。そんなところですか」

「い、いや、それは」図星であった。

　動揺する姿をみて、斎藤と伊東は笑っていたが、確かにこの時、歳三はかつて長兄から婚姻を勧められた女性の所に会いに行っている。

　京の土産を渡したあと、「いつ死ぬとも分からない私のことなど、どうかお忘れになって、他のどなたかと幸せになってください」そう伝えるためにであった。

　今回の東帰の名目である江戸での隊士募集はもちろん重要な仕事である。人材を江戸に求めるのも、「兵は東国に限る」という局長の考えからであった。勇は反幕派の集う京阪では間者が紛れ込んでくる可能性もあるが、御料地の浪士なら、その心配は要らないと思っていたのだ。

　しかし、隊士募集だけなら、藤堂に任せておけば十分である。新選組の副長がきたとあらば、入隊希望者たちの士気はさらに上がるだろうが、それだけのために歳三が東帰する意味はない。

　歳三が東帰を望んだ本当の目的、しかも単独行動を望んだのは、彦五郎、鹿之助、そして松本たちと、こっそり会うためだった。

　この三人に勇と斎藤が加わって、ちょうど五年前、世の中を変えていこうと誓い合ったのだ。隊士募集という名目で東帰し、この機会に改めて同志たちと時世を語り合うことで、迷うことなく大義の道を進みたかったのである。

　だとすれば、斎藤が一緒にいても何も問題はないのだが、歳三には別に考えるところがあった。

「斎藤、頼んだぞ。上手に芝居しろよ。はじめのうちは警戒心を抱いているかのような態度で、それから徐々に打ち解け、さいごは俺や局長の悪口を言って取り入るんだ」

「歳さんの悪口からはじめるなら、簡単なんすけどねえ」

「まあな、って茶化してんじゃねえぞ」

歳三は、斎藤を睨みつけながら、

「伊東も、奴が連れてきた連中も、そう簡単に信用する訳にはいかねえんだ。勇さんは東国から引っ張ってくれれば大丈夫だと思っているらしいが、いつどう変わるか分かったもんじゃねえ」

斎藤は数回頷きながら、伊東派への潜入を承諾するのだった。

だが、そこは斎藤というべきか。

「歳さんも昔はあんな感じじゃなかったんすよ。もっと面倒見のいい人だったのに、副長になった途端に変わっちまって。変わらねえのは、女好きっていうところだけ。全く困ったもんです」

いきなりの悪口であった。

しかし、「そうか、そんな上司ではなあ。まあそういう時は不満をパーッと吐いてしまうことだよ。私でよかったら、今夜はとことんつき合うぞ」

あっさり、取り入ることに成功していた。

伊東にしてみれば、局長直々の誘いに感激して新選組に入ると、今度はいきなりの幹部登用である。気分はよかったが、欲というやつはどんどんと膨らんでいくものだ。

三多摩の農民が、たった二年のうちに全国にその名を知られる武士になったのだから、少しは名の売れた存在だった伊東にとっては、焦りもやっかみもあった違いない。

さらなる地位の上昇、機会があれば組織の乗っ取りさえ視野に入っていたかもしれない。それを早期に実現したいとする欲と焦り。これが自派に間者を招き入れてしまう失策につながった。斎藤は素のままで、伊東の信用を獲得していくのであった。

風は夏の匂いをはらんでいる。五月。元号は慶応と改まった。

歳三は五月五日に故郷日野へと戻り、兄弟や友人と心和むひと時を過ごした。

そして、一八六五年（慶応一年）五月八日。

彦五郎宅に歳三、彦五郎、鹿之助、そして松本が顔を揃えた。

農兵軍組織化の進捗状況と、今後の活動方針について。四人の話は、この点に絞られた。

山南と沖田のことは、話題にならなかった。彦五郎たちが気遣ったのだ。

山南と一緒に居て、彼を救えなかったことを歳三は悔いている違いない。また、沖田の病気についても、それが伝染病である以上、注意を促す必要性はあったが、戦線離脱は避けられないと分かった時の落胆の大きさを考えれば、これもまた、おいそれと口にすることはできなかった。

農兵軍の状況について、彦五郎が申し訳なさげに口を開く。

「歳よ。正直なところ百人も集まればいい方だ。一揆は起こしても、世の中そのものを変えようという意識を持った農民は極々僅かしかいねえ」

鹿之助が続く、「勧誘は続けてはいるけど、密告されては困るから、あまり手広くやる訳にもいかず……」

新選組の活躍に比べて、本当に情けない限りだ。と、彦五郎も、鹿之助も頭を下げるのだった。

だがこれは、改革を志す者のすべてが共通して抱えていた悩みでもある。

どんなに生活が厳しくても、何かしら仕事が与えられれば体制側を支持する。清河八郎もそんな民衆の愚かさを嘆いていたではないか。一揆の首謀者もせっせと年貢を納め続ける同じ農民の愚かで保守的な日常に対して憤りを感じていたではないか。

まして、現体制を支持しながら、その体制を支える武士階級を打倒する必要性を、攘夷との絡みで理解させようとしても、なかなかできることではない。

それなら、民衆感情に訴えて、夷狄を撃ち払え、それのできない幕府は倒せ、暮らしだって悪くなる一方じゃないか。と、した方がずっと分かりやすい。倒幕勢力の尊王攘夷論に多くの人々が惹きつけられていったのも、こうした単純な理由からであったと思われる。

思想や信条がどんなに立派であっても、それを支持する人々が多数派を形成しないことには目的は達成されない。そのためにはあまり難しいことは言わない方がいいのだ。

歳三の考えも、「世の中を変えることに無関心なら、それはそれで仕方ないでしょう」

自分に非協力的な者のすべてを許せないとまでなってしまえば、芹沢と同じだ。

「我々が敵とすべきは、徳川へのご恩を忘れた連中ですよ。反幕派だけではない。徳川の権威にぶら下がっているだけの武士階級も同じです」

彦五郎が「徳川へのご恩か。そうだよ、そのとおりだよ歳」

歳三はニコリとしながら、「結局、そこが一番の違いじゃないっすか」と言った。

松本も頷きながら、「五年前でしたね。徳川から受けたご恩には報いる。しかし、平和ボケした武士連中では、もはや夷狄の脅威には立ち向かえない。だから、天然理心流を結集軸に武士階級にとって代わり、四民平等の世の中を築き、国民一丸となって外交という未知の分野に挑んでいこうじゃないか。我々がこう誓い合ったのは」

彦五郎、鹿之助、歳三が大きく頷く。

「だったら、お二人とも。農兵軍のことは、そんな気になさらないで、今は歳三君に頑張ってもらいましょう」

そう言われても、そういう訳にはいかないだろうという表情になる彦五郎と鹿之助。

歳三が「要は時勢に乗っかっていこうという連中が多いんだよ」

これを肌感覚というのだろう。歳三と松本の方が、二人の名主よりも民衆のなかに入っていく機会に恵まれているようだ。

民衆、特に農民は生きるのに精一杯であるがゆえ、物事を考えるだけの余裕を持てないでいる。だから、決起を促しても、まして世の中を変える思想信条を語っても、「ほう、そんなもんですか」と言うばかり。ほとんど理解されることはなかった。

ならば、農民を説得するために労力を費やすよりも、新選組を強化し、そこに世論の関心を惹きつけておいた方がいい。新選組でなければ駄目だ。今の武士連中では、到底この国を守ることができないというのがご時勢になれば、新選組と連携する農兵軍にも自ずと兵士が群がってくるだろう。

これが「今のままでいたいのなら、変えなければならない」こう農民たちに説いて回るたび虚しさを募らせていた松本の結論であり、歳三もまた、同じことを考えていたのだった。

歳の奴、随分と成長したもんだ。彦五郎は目を細めながら、

「歳よ。それにしても徳川へのご恩とは、よく言ったもんだ。いい言葉じゃねえか。おめえの口から自然とそんな言葉が出てくるようになったんだな。立派なもんだよ」

鹿之助は、「彦五郎義兄さんだから、そんなふうに思うんですよ。新参隊士の前で歳三君が同じことを言えば、尊敬の眼差しが注がれるってところじゃないですか」

「そうか、そうかもしれねえなあ」

しかし歳三は照れるでもなく、「彦五郎義兄さん。俺は何も格好つけて言ってる訳じゃないんだよ」

そう言うと、「俺だって今の徳川幕府には大いに不満があるさ。変えなきゃなんねえとこだらけで嫌になるぜ。それでも二百六十年ものあいだ泰平の世を築いたつう徳川の功績は、この国がこれからも守っていくべき最高の価値だと思うんだ」

そのとおりだ。と、松本も、「我々がそうした守るべき価値観を持てずにいたら、社会不安や不満につけ込む扇動者に簡単にやられてしまう。そういう輩が次々と現れて民衆の期待と支持を集めていることは確かなんですから」

世の中を変えるのだ。そう誓いを立てたあの日から五年。

歳三たちは改めて、変わらぬ志を誓い合うのだった。

翌日もまた、四人は集まることになった。

松本は遅参してくるとのこと。

彦五郎が「歳よ、聞いているとは思うが、松本先生は、家茂公の主治医になる。これは本決まりだ。家茂公が長州征伐に向けてご出陣なさるなら、そん時は松本先生も一緒だ」

「屯所にも是非きて頂きたいですね。許可をとれば問題ないんでしょう」

「ああ、それは大丈夫だと思うぞ。それにしても松本先生がお前の代わりを担うことになるとはなあ」

感慨深げに言う彦五郎。歳三にはなんのことだか分からない。

「俺の代わり？　いったいなんのことっすか」

「ほら、おめえが修業をはじめたころの話だよ。人が座った位の大きさの藁の塊に着物をかけて、それに向かって何か囁いてたじゃねえか」

えっ。と、あたふたしながら、歳三は年甲斐もなく真っ赤になった。

「藁を徳川将軍に見立てて、今半蔵こと土方歳三が政情を報告する。ありゃあ忍者のつもりだったんだろう」

鹿之助も大笑いしながら、「そんな練習してたんだ。やるなあ歳三君」

「そうなんだよ。芝居の見過ぎなんじゃないかと思って心配したぜ。膝をつく格好まで研究してたもんなあ」

「な、なんだよ。人の部屋を覗いてやがったのかよ」

「当たり前だろう。お前だって俺の部屋を覗いたりしたことあんだろ」

「何が当たり前なんだよ。俺はしねえよ、そんなこと」

「一度も？　覗いてみようとは思わなかったのか」

「そんなこと思わねえよ。そんな趣味はねえよ」

「そうか、そうか。歳よ。お前は忍びには向いてなかったんだな」

ハッとする歳三。一本とられたという表情になる。

どんなに偉くなっても、師にはかなわないらしい。

だが、彦五郎からすれば、こんな昔話でも暴露して歳三をからかってやる位しか、師らしさを発揮する場面がもう残っていなかった。

歳三は既に時代を動かす主役の一人になっているのだ。時勢を語っても、俺の上をいくようになった。大笑いしながら、大きくなった愛弟子に、改めて目を細めるのだった。

松本がきてからも、しばらくは雑談が続いた。

歳三は適当に返事をしながら、松本が主治医になったことの意味は途方もなく大きい。と、感激にも似た思いでいた。

服部半蔵が徳川家康に進言し、自らの政策を実現していったように、松本が病気の治療をしながら、それとなく家茂公に語り掛ける。これは効き目があると思った。

家茂公の病は、江戸患いである脚気《かっけ》と、心理的圧迫を理由とした胃腸障害である。前者は食の改善で治る。栄養指導のできる松本はうってつけの医師だ。

後者については、松本が家茂公に語り掛けるという行為、それこそが病気を治していくだろう。松本の口から新選組の活躍を聞く度に、将軍の心の病は癒されていくに違いない。そうだ。松本はいつだって自分の理解者でいてくれる。やがて自分の進言が松本をとおして家茂公に伝えられ、それが幕府の政策となって現れる。期待に胸膨らまさずにはいられない。

そんな思いのなか、歳三は前々から温めていた考えを、この場で述べてみようという気になった。それは普通の人なら拒否するか、採用するにしても、まずは躊躇するところであるが、松本なら聞いた途端に大いに賛意を示してくれるに違いないという考えであった。

同時に、そういった考えを提示した自分に対する松本の評価が、これでますます高まるだろうという少し狡猾《こうかつ》な思いもあった。

歳三が口を開く、「一つ考えがあるんだけど、果たして皆さんがどう思うか、ご意見を頂戴したいんだ」

「いったいなんだ」と彦五郎。

「農兵軍は四民平等の世の中をつくるための軍隊ですよね」

「なんだよ、改めてそんなこと確認してどうすんだ。農兵軍は江川英龍先生が提唱して以来、ずっとそういうもんだよ。別に農民だけの部隊って訳でもないしな」

それならばと、「この国に生まれたもんが皆等しく扱われ、努力次第でなりたいもんになれる、それが四民平等の世の中ですよね」

誰からも異論が出ない。

「だったら、彦五郎義兄さん。俺はさあ、穢多《えた》や非人《ひにん》も加えるべきだと思うんだ。本当に平等な世の中を考えてんなら、被差別民がいるってえのはおかしいじゃねえか」

穢多非人を仲間に加える。さすがの彦五郎も腕を組みながら唸った。

そして、チラリと鹿之助をみる。お前の意見はどうなんだという顔である。

鹿之助は、「私は反対じゃありませんね。むしろいいところに目をつけたと思ってますよ。なるほど、穢多非人ですか」

しかしなあ。と、彦五郎が「確かに、戦力の拡大を思えば、それもいい考えなのかもしれねえ。ただ、被差別民ってえのは、あれはあれで自分たちだけの閉ざされた世界を作ってるんだぞ。説得するのだって農民以上に難しいはずだ。そもそも誰がどうやって奴らと接触するのか。その方法だって分からないだろうが」

すると松本が、「いや、そこは大丈夫です」

「大丈夫ですって？　そんなことは……いくら先生でもそう簡単にはいかないと思いますよ」

無理でしょうという表情の彦五郎に、松本は、

「穢多頭とは面識があります。と言うより、私の往診先の一つですよ」

「お、往診先ですって！」これには歳三もびっくりであった。

穢多頭は全国の被差別民を統括し、号令を下す権限を有している。その権限は幕府より付与されたものである。しかし、それは平時にあっては、穢多非人を一般の民衆から遠ざけ、戦時にあっては、武士たちの楯となるべく戦地に赴かせるためのものでしかない。

そんな穢多非人の居住地に将軍の主治医になるほどの人物が治療に赴いていたとは。

さすがは松本であった。

改革者を自称する者の多くは、只の頭でっかちでしかない。民衆の暮らしを一段高いところから眺めては、難しい内容の改革案を提示し、うわべだけの尊敬を集めているだけだ。

だが、松本は違う。一般の民衆が敬遠する世界の住人のなかにさえ入って、どん底の声を吸い上げる努力を惜しまないでいるのだ。

その松本が、「さすがは歳三君だ。国がひとまとまりになることが求められている時に、穢多非人などと呼んで差別する方がどうかしているよ。そのことに気づいて、共に闘おうとまで言えるなんて、たいしたもんだ」

「な、何をおっしゃいますか、松本先生。先生から、お褒めの言葉を頂き光栄の至りです」

歳三は恐縮した表情で頭を下げると、

「それでは松本先生のご指示を仰ぎながら、まずは早速に穢多頭と面談し、この話を進めさせて頂くということで、よろしいでしょうか」

皆、賛成であった。

うまくいった。最高の結果だ。

だが、一つだけ失敗があった。言葉づかいが丁寧になっている。

この世で只一人、彦五郎だけがその癖を知っていた。

何を企んでいるのやらとは思ったが、どんな裏があろうとも、歳のやることなら、俺は支持するぞ。と、そんな気持ちになる彦五郎であった。

それから十日あまり、歳三は入隊希望者を選抜し、五月二十一日、五十二人の新入隊士を得て、江戸を出立。

入梅間近の六月三日。京に戻るのであった。

八　剣から銃へ

きたるべく第二次長州征伐に向け、新選組は組織を再編した。

新選組が軍隊としての機能を担う。それは幕府軍がだらしないからだ。今のままの幕府軍では、近代兵器で武装した長州軍にやられてしまう。とすれば、新選組が幕府軍の指揮の下、その一翼に組み込まれたのでは意味がない。特殊な任務を担うものでなければならない。

「勇さん。遊撃隊ってもんの必要性を分かってもらいたいんだよ」

「遊撃隊？」

「ああ、これからは戦い方だって違ってくる」

「戦い方が？」

「そうさ。現状では､武器の性能が違い過ぎる。幕府軍の銃なんて三十間（五十メートル位）先の敵兵にだって当てられやしねえのに、長州軍の銃は六十間（百メートル位）先から狙いを定めて飛んでくるんだ」

「そうか、もう刀槍の時代じゃないってことだな」勇がしみじみと言った。

そうじゃねえよ。何を聞いてやがんだと思いつつも、

「そのとおりさ。刀槍では太刀打ちできない。銃や大砲の性能にも劣る。だったらどうする」

「数の力で圧倒する。そういうことだな」

違えよ。その逆だろと思いつつも、

「数の力で圧倒するのもいいけど、それよりも、いいか勇さん、よく聞けよ。こっちの射程距離が三十間（五十メートル位）なら、そこまで相手を引きつける陽動作戦が必要になるとは思わねえか。あるいは夜襲をかけて、すぐに撤退し、こっちは無傷のまま、少しずつ敵の戦力を削っていくような戦術もとらなきゃならねえ。それを新選組がやるのさ」

「歳よ、それはつまり、幕府軍の一員には加わらねえってことか。そいつは幾らなんでも無

理だろう」

「長州なんかいつでも捻り潰せる。江戸のお偉方は、そう思ってるんだろ。そんな幕府軍に組み込まれていたら、やられちまうじゃねえか。戦い方はこっちに任せてもらわねえと」

「まあ、おめえの考えは分かったよ。ちょっと考えさせてくれねえか」

そう言って席を立とうとするが、

「勇さん。新選組も表向きは幕府軍の一員なるんだぜ。表向きはな」

「なんだって？　表向きは？」

「そうだよ。幕府軍の編成を記した文書程度のもんだったら、簡単に敵の手に渡るだろ。そこに新選組の名がなかったら、我々が別働隊であることが分かっちまうじゃねえか」

「なるほどな。いやはや、いつもながら、おめえの物の見方、考え方には感心させられるぜ」

とは答えたものの、武器の性能に差があると言われても、実際に体験してみないことには分からんだろう。一万の軍勢に、数百人が挑むというのなら分かるが、数に優る幕府軍が遊撃戦を演じるのは変じゃないか。と、考えてしまう勇であった。


一八六五年（慶応一年）六月下旬。

新選組は総員百四十名を超え、概ね以下のように組織を再編した。


局長、近藤勇。

副長、土方歳三。

組長九名。

一番隊隊長、沖田総司。

二番隊隊長、永倉新八。

三番隊隊長、井上源三郎。

四番隊隊長、藤堂平助。

五番隊隊長、斎藤一。

六番隊隊長、武田観柳斎。

七番隊隊長、谷三十郎。

八番隊隊長　伊東甲子太郎。

小荷駄係長、原田左之助。

監察方、山崎丞。篠原泰之進。三木三郎。尾形俊太郎他。

勘定方、河合耆三郎。


この番付は確定的なものではない。概ねとしたのも、そのためである。

組織編成はしばしば行われ、その度に二番隊隊長の以下の名が変わっている。

規律の厳しい新選組では、幹部隊士といえども謹慎処分を受けることがある。その時、組織再編が行われれば、その者の名前は番付から消える。

また、特別な任務を帯びて、一時的に要職を外れる場合もあるだろう。

例えば、歳三の最側近である島田魁は、この時の組織編成では、監察方ではなく、平隊士で登録されている。

島田には特別な任務が与えられていたからだ。そう、遊撃隊の指揮官である。

同じく、第一次長州征伐の行軍録では、組長として登録されていた松原忠司（一八三五年〈天保五年〉生まれ）も、平隊士扱いであった。

松原は坊主頭に白鉢巻の風貌から、今弁慶の呼び名を頂く一方、壬生界隈の人々からは「いい人は山南さんと松原さん」と言われるほどに親しまれ、温厚で面倒見がよく、引き続き組長を任せるにふさわしい人物であったが、この時は病のため前線で指揮をとるのが困難と判断されたのである。

一方で、勇が直々に勧誘した伊東甲子太郎はいきなり組長に抜擢され、篠原と三木も、新選組の最重要部門である監察方の幹部に配属されている。

生え抜きのなかでは、この時は、原田が兵糧や武具を戦場に運ぶ騎馬隊の長である小荷駄係長に任命されているが、七番隊隊長であった時期もある。

永倉にしても番付順位は二であったり、三になったり、何か不祥事でも起こしたのか、外されたことさえある。

ただ、さすがは沖田と言うべきか。沖田だけは不動の一番であった。

「新選組一番隊隊長、沖田総司」史上最強の剣客集団になんとも相応しい響きではないか。

壬生浪士結成後に入隊した者のなかからは、組長に谷三十郎（一八三二年〈天保三年〉生まれ）。勘定方に河合耆三郎《きさぶろう》（一八三八年〈天保九年〉生まれ）が入っている。

谷は池田屋事件で十七両の報奨金を得る活躍をみせ、勇のお気に入りとなった。谷の実弟二人も新選組の隊士となり、その一人、谷周平は、近藤勇の養子となっている。

河合は兵庫の富裕な米問屋の子息であったが、武士になりたいとして入隊。池田屋事件では報奨金を得る活躍をみせたが、実家が蔵元ということもあって、壬生浪士のころからの勘定方配属であった。

ただ、金勘定は得意だが、金の扱いにしてもなんにしても融通が効き過ぎて隊の規律を厳守するという自覚に欠けるところがあり、歳三からはしばしば窘《たしな》められていた。

この他、隊士の質の向上のためにと勇が構想していた隊内での学校づくり。その師範には、文学師範に伊東、武田、尾形が、柔術師範に篠原が、撃剣師範に沖田、永倉、斎藤が収まり、他に砲術、馬術、槍術担当の師範がそれぞれ任命された。槍術担当の師範は、谷のもう一人の実弟、万太郎であった。

そして、禁令四箇条とは別に、軍中法度が定められた。

一、隊士は持ち場を守り、定められた兵法に従い、組長の命令に服する。

二、味方の部隊に弱いところがあるとか、仲間への批判の一切を禁じる。

三、戦場で出される食事に文句をつけない。

四、如何なる緊急事態が発生しても動ぜず、静かに指示の出るのを待つ。
五、私怨があろうとも、共に闘う仲間同士での喧嘩口論は禁じる。
六、武器確認と整備を怠ることなく、食事も戦闘前にきちんととる。
七、敵とのあいだに利害関係があれば遠慮なく申し出るように。
八、組長が討ち死にしても、その屍を乗り越えて闘う。臆病にも前線から退けば、その者は斬る。
九、組長、他兵士の死骸を引いて退くを許さず。さいごまで忠義のために闘う。
十、戦に勝利したのち、敵陣営からの略奪行為を禁じる。
以上、十カ条であった。


軍中法度は歳三の手によるものであった。

歳三はその第八条において、「退く者は斬る」を明文化した。

新選組は引き続き警察活動にも従事したが、そこでは歳三の発案である死番制度が定着し、ますます威力を発揮していた。死番制度では二番目以降の者は死を恐れることなく事にあたれる。だから思い切ったことができる。死番制度の一番になった者の心構えは、もう命はないと覚悟を決めて突っ込むことであった。

そう、戦地にあっては全員が死番制度の一番を背負うことになるのだ。歳三は「退く者は斬る」の明文化によって、生きるための選択肢を前進突破以外になくしたのである。

「勇さん。あんたと俺の署名入りで、この法度を公布するが、いいかい」

「すばらしい内容じゃないか。そうさ、俺たちに敗走なんてねえんだよ」

「まあそこは状況次第だよ。勝負をかける時に臆する者が出れば本当に斬るさ。けど、戦況によっては出直さなきゃならねえことだってあんだろ」

「まあ、それはそうかもしれんが」

「そこを判断するのが指揮官である近藤勇の仕事なんだぜ。猪突猛進とはよく言ったもんだ。猪じゃねえんだからよ、そこんとこはしっかりやってくれよ」

少しからかったつもりだったが、

「猪だと。そうか、そうだなあ、法度のできた祝いに今夜は猪鍋でも馳走するか。ああそうか、そうだったな、歳。確かおめえは食わねえんだったな、ああいうのは。よし、原田と一緒に呑み食いするとしよう」

「はあ？　法度を作ったのは俺だろう。なんで原田がいい思いをすんだよ」歳三は口を尖らせた。

上手くやり返したものだ。賢い奴と付き合っていれば、自然と賢くなっていくものらしい。


一八六五年（慶応一年）七月十四日。

徳川家茂将軍の入京である。二条城までの道のりを新選組が警護に当たった。

同日。家茂公に随従した松本が新選組の屯所を訪ねてきた。

これまで山南の治療や、歳三との打ち合わせのために、こっそりきたことはあったが、新選組に正面からお迎えされるのは初めてであった。

屯所内を案内したのは歳三である。

梁山泊（豪傑が集う所の意）に入るが如き思いで、隊士たちとの出会いを期待していた松本だったが、まずその眼に飛び込んできたのは、愕然とする男所帯の実体であった。

裸のまま無気力に床に転がり、こちらをみても挨拶一つしない。不潔な無礼者の集団、その数ざっと五十人あまりという有様に、

「勇君、あれはなんだ。失礼極まる。歳三君の顔をみても挨拶一つしない。愚連隊の集まりだって首領格の者に挨拶ぐらいはするぞ。それを天下の新選組がなんたる……」

大変な剣幕に圧倒されてしまう勇だったが、

「せ、先生。ちょっと待ってください。私にはなんのことだかさっぱり」

「あの寝っ転がったままの連中のことだよ」

ああそうか。と、勇は「先生。あいつらみんな病人なんです。薬を与えてはいるんですが、とにかく寝て治すことが一番かと思いまして」

「病人だって」

一転、松本の表情が変わり、少しオロオロと、

「そ、そうか。それは失礼した」

自分は医者なのに。気づかなかったとは。

「いやはや、とんだ恥をかいてしまったよ。想像していた姿との落差が大き過ぎたもんで。さて、どう対処するかだが」

そう言うと松本は、屯所を区切って病室を作り、そこに布団を敷いて病人を寝かせ、集中治療にあたること、また身体を清潔に保つために浴槽を設けるよう指示を与えた。

すると歳三は三時間後、急ごしらえの病室を作り、必要な数だけ布団を用意し、風呂桶も三個揃えて、松本を呼びに行った。

「これは臨時の措置ですが、兵は拙速《せっそく》を尊ぶと言います。ひとまずここに病人たちを運ぶことにいたします」

「電光石火の早業というのはこういうことを言うのだろうな」松本は満足そうに頷くのだった。

松本は他にも炊事場をみたいと言い出し、そこでも不衛生さに顔をしかめた。

そして、鶏と豚を飼育し、残飯を腐らせる前に、その餌とするよう進言した。鶏からは卵を、豚からは肉を隊士たちの栄養源としてとるよう教えると、家茂公のもとへと帰るべく屯所をあとにするのだった。

見送る歳三に、「君がついていれば、勇君に間違いはないだろう」

またまた、株を上げる歳三であった。

ただ、専門の病室を設けても、梅毒の進行や、肺結核、心臓病などで命を落とす隊士はあとを絶たなかった。

幹部隊士も例外ではない。隊長職にあった者でも、松原が十月二十日に亡くなり、谷三十郎も翌年五月に病死している。

家茂公は新選組の警護を受けて七月十七日、大坂城に入った。

ここを本陣とし、家茂公を総大将に、いよいよ長州征伐がはじまるのである。

それにしても、徳川将軍直々のご出陣とは驚きではないか。

長州藩は一年前の禁門の変で惨敗している。江戸の幕閣は、長州征伐をやるにしても、自分たちが出て行くまでもないと考えていたのだ。それがこの変わりようである。江戸幕府が漸《ようや》くにして、長州の脅威と、自らの権威の失墜を認めざるを得なくなった。そういうことなのであろう。

いったい誰の責任で、こうなったと思っているのか。なのに、江戸は血を流さず、諸藩にだけ戦をやらせるつもりなのか。おまけに参勤交代の復旧まで言い出してくるとは。

これでは江戸からの号令に、藩主たちが聴く耳を持たなくなるのも当然だ。

第一次長州征伐の時に家茂公が先頭に立っていれば、諸藩の気持ちも少しは変わっていたかもしれないが、今回は江戸の総大将自らが兵を率いることなくして、誰が三つ葉葵のために命を捨てるようなことができようか。そんな時勢を受けての、やむ無くのご出陣なのである。

いや、それならば、まだいい。

家茂公を総大将に、江戸幕府が本気の姿勢をみせはじめたというのに、長州は全くビビッていないのだそうだ。

諸藩も適当に理由をつけては、長州征伐の列に加わることを拒むという状態らしい。将軍が起てば士気も上がる。そんな期待さえ裏切られるほどであった。


それでも勝たねばならぬ。と、新選組は鉄砲調練に励んでいた。

隊士たちが手にしているのは、フランスで生まれオランダで改良されたゲーベル銃である。価格は二両。弾の形は丸球で、弾込に二十秒はかかった。狙えるのは三十メートルから五十メートル程度であった。

これに対して長州は、イギリス製のエンピール銃。価格は二十両。弾込は数秒で完了し、百メートル先の敵を狙い撃ちできた。

同じころ、薩摩でもこのエンピール銃の改良型であるスナイドル銃が導入されはじめていた。


幕府は第二次長州征伐に向けて、長州藩への武器輸出を禁じる旨、各国に通達。違反すれば、その国は貿易上の不利益を被るとしていたが、長州はいとも簡単にこの措置をすり抜け、武器を手に入れていた。

策を授けたのは、武器商人、坂本龍馬であった。

薩摩をとおして、長州に武器を流したのである。薩摩は長州からすれば憎き敵。幕府の味方だと思われていた。しかし、西郷より二年早く勝海舟の薫陶《くんとう》を受けていた坂本は、幕府が信用している薩摩が、実はこっそり寝返っていたことを知っていたのである。

坂本は長崎に立ち上げた商社（亀山社中）通じて、イギリスの同業者（グラバー商会）と交渉し、最新兵器を買いつけ、まず薩摩に、そこから長州へと流すやり口で、幕府の目を欺いたのである。

これだけ性能の違う武器が敵の手に渡れば、士気にもかかわる。武器輸入の抜け穴に気づかなかった幕府の失態は致命的であろう。

だが、歳三は敢えて嘆かなかった。

幕府軍の主力銃であるゲーベル銃は、十八世紀の発明品である。生産国ではとうの昔に廃品であり、阿漕《あこぎ》な外国人商人が在庫処分を目的に大量に売りつけてきたものであった。

雨の日でも使えるが、命中度は火縄銃にも劣ると言われた。

そうした銃が未だに戦に登場してくる。それはこの国に戦がなかったからだ。武器を開発する必要性に迫られてこなかったからだ。それを誇りに、徳川が築いてきた泰平の世をこれからも守っていこうではないか。

自分は使命感に燃えている。だから、武器が劣っていても一向に構わん。与えられた条件のなかで、どうやって勝利をもぎとるのか。それを考えるだけでもワクワクしてくる。

そうだ。ゲーベル銃でエンピール銃の部隊を倒す。それこそが、この戦の意義なのだ。

歳三は満足そうな笑みを浮かべ、まばゆい陽ざしのなか鉄砲調練を見守るのだった。

沖田が近づいてくる。「副長、なに呆けてるんですか。気味悪い笑みまで浮かべて」

「はあ、呆けてるだと」

格好よく精神武装を進めていたはずが、こいつには俺がボサーッとしているようにみえていたのか。なおかつ、気味悪いとまでぬかしやがるとは。

「副長。私が撃つところ。ちゃんとみてましたか」

そう言われれば、テキトーにみていた。

「もういっぺんやりますから、よくみててくださいよ」

沖田はそう言うと、素早い動作で弾を込め、標的を見事に撃ち抜いてみせた。

ゲーベル銃は銃身内に施条（命中率を高める機能）がないから、撃つ度どこに飛んでいくか分からないという代物だ。

総司が使うと性能まで変わってしまうのか。歳三が驚いていると、

「こいつはいいや。刀を交える闘いってえのは、力によっぽどの差があればいいんだけど、そうでなければ、こっちの剣が先に届いても、相手だって刺されたまま斬りかかってくる訳だし。まして敵味方入り乱れる戦争になれば、どこからどう斬られるか分かったもんじゃない。だけど銃なら、こっちは無傷のまま遠くの敵を仕留めることができる。凄い、凄い」

沖田は嬉しそうに、「史上最強の狙撃手、その名は沖田総司」そう言って、再び銃を構えるのだった。

史上最強の狙撃手ねえ。そいつは無理だろうな。歳三はそう思うと同時に、今、目の前にいるこの男。沖田総司こそが、史上最強の剣士として、未来永劫その名を語られることにな

る。そう思うのだった。

塚原卜伝《ぼくでん》（戦国時代）、伊東一刀斎（戦国時代末）、宮本武蔵（江戸初期）。こうした伝説の剣士たちが、時空を超えて剣を交えることはできない。

果たして最強は誰なのか。興味は尽きないところだが、答えははっきりしている。

それは個人の身体能力を試す競技の記録をみれば分かることだ。ダントツの強さを誇った選手でも、数字に残された記録をみる限り、昔の選手と今の選手とでは比べものにならないほどに差がある。用具の性能差はあるにせよ、今、最強である者が史上最強なのだ。

刀槍の時代はもう終わりになる。真剣士が姿を消す。

だから、ここ京にあって、今、最も強いと恐れられている者が、永久に最強剣士の称号を頂くことになるのである。

「総司、それがおめえだよ」

けどな、史上最強の狙撃手にもなりてえんだったら、銃も大砲もいらねえって。我々だけじゃなく、西洋の野蛮人どもが、そうなってくれねえと。


一八六五年（慶応一年）十月下旬。

新選組は行軍録を再編成した。

刀槍から銃と大砲へ。そのための部隊編成である。

大将、近藤勇。

副将、土方歳三。

軍《いくさ》奉行、伊東甲子太郎。武田観柳斎。

以下、七部隊。

小銃頭（鉄砲）、沖田総司。

小銃頭、永倉新八。

槍頭、斎藤一。

槍頭、井上源三郎。

大銃頭（大砲）、谷三十郎。

大銃頭、藤堂平助。

小荷駄奉行、原田左之助。


鉄砲調練は銃声が響く。西本願寺から抗議を受けていた新選組は、十月以降、訓練の場を壬生寺に移していた。

壬生寺にあっても訓練は制限を受け、毎月、四と九のつく日のみが鉄砲の調練日となった。戦が迫っているというのに、制約を受けるというのもおかしな話である。ほどなくして二と六のつく日も調練日となり、鉄砲調練は月十二回行われることになった。

訓練に際しては、信者に迷惑をかけないようにとの取り決めがあったが、なかなかそうもいかなかった。壬生寺は新選組が約束を反故にしていると、朝廷にまで申し出たほどである。

九　長州征伐

「全く何を考えているんだ」激昂する勇。

「何も考えていないんでしょ、きっと」師に同調する沖田。

「局長。怒るなんて変ですよ。名誉なことではありませんか」宥める永倉。

「そうですよ。こんな重責を任されるなんて凄いことです」藤堂が続く。

歳三は含み笑いをしながら、そんな議論を見守っていた。

家茂公がこちらにきたのが七月十四日だ。

徳川将軍が総指揮をとれば、周辺の諸藩も奮い立つだろう。そうなれば、今度こそ長州も嘘偽りのない恭順の意を示さざるを得なくなる。当初はこんな見込みもあったに違いない。

それが日に日に崩れ、もう五ヵ月になろうとしていた。

長州は戦になっても構わない。くるならこいという態度で、再三の呼び出しにも応じない。もはや仕方なくと言うべきか、家茂公が参内して、長州征伐のための勅許を得たのが十一月十日。この時点で既に四ヵ月が経っている。

ところがこの日、兵庫開港を求めて外国の連合艦隊がやってきたのだ。

イギリス公使パークスは、幕府の独断で兵庫開港はできない、勅許が必要になるはずだとして、天皇との直接交渉を要求するが、さすがにそれを呑む訳にはいかない。

長州征伐はいったん停止となって、家茂公が猶予を求めて交渉にあたるが、パークスは即座の兵庫開港を譲らない。それどころか、長州征伐はいつはじめるのか、なんなら助太刀しようかとまで言われてしまう。

事態を打開しようと兵庫開港を進めた老中は、朝廷から処罰を受けるなど、徳川の権威の失墜を思い知らされた家茂公は無気力状態になり、十一月二十日、さいごの力を振り絞り、将軍職を投げ出すことを決意する。

翌日、朝廷は辞表を却下し、家茂公も、慶喜、京都守護職、京都所司代らに説得されて将軍職に留まるのであったが……

歳三が「連合艦隊の来襲は長州と示し合わせてやったことに違えねえ。長州は強がっちゃいるが、実は戦の準備が整っていないんだろう。だから、引き延ばし作戦に出たのさ」

「長州征伐の命が下りたその日のことだからなあ」井上も同じ考えだ。

だが勇は、「俺はそうは思わねえ。歳よ、そんなのは深読みってやつだ。グズグズしてっからこういうことになるんだ。時機を逸すれば、運だって、なんだって逃げていくんだよ」

伊東の意見も、「情報漏えいがあったとしても、海の向こうから一っ跳びでこれる訳ではないし。局長の言われるとおり、グズグズしていた幕府が悪い。そういうことかもしれませんね」

原田が「ほう、参謀は局長に軍配を上げますか。まあ、どちらにせよ、長州征伐はこれでまた延期ってことですね」と結論を出した。

それから二十日あまりのち。

幕府の方針は、武力行使から、話し合い解決に転換した。

しかし、長州は大阪城に赴く気はさらさらない。こちらも長州に行くのは躊躇う。

結局、広島で双方代表者が交渉しようということになるのだが、

「広島で交渉するだと？　あそこは倒幕勢力の一つじゃないか。そんなところでやるとは、どこまで馬鹿なんだ」歳三が吐き捨てた。

歳三は、山崎を広島に送り込み、広島藩がイギリス製の大砲を購入しているという情報を既に一年前には掴んでいる。

状況を説明しようとする山崎を制し、勇が口を開いた。

「その交渉とやらに、行ってこいと言うんだよ。この俺にね」

冷静にものを言えたのはここまで。あとは怒り爆発の勇であった。

勇は長州訊問《じんもん》使に任命された大目付の永井尚志《なおゆき》に随行する形で派遣されるという。

永倉と藤堂にしてみれば、これは感激の思いを持って受け止めるべきことであった。

話し合い解決のために局長近藤勇がご指名を受けたのである。内政の最大課題の解決のために、政治家としての役割が新選組に託されるのだ。

新選組は人斬り集団で、幕府の忠犬である。こんな印象を持った人々の誤解を解くことだって、これでできる。

永倉が改めて、「局長、ここはどうかお怒りを鎮めて。堂々と幕府を代表して長州とやり合ってきてください」

藤堂も、「お願いしますよ、局長。新選組の名をますます高める絶好の機会じゃありませんか」

だが、勇は分かってねえなあという表情で、

「そうはいかねえよ。誰もが俺たちのように常在戦場の心意気を持っていればいいがな。ほとんどの者はそんな日々を送ってねえだろうが」

私もそう思いますと沖田が、「将軍がおいでになって、さあ戦だと。死する覚悟を決めた者たちだって、こう長々と待たされたのでは精神的にも参ってしまう。もし、話し合い解決が駄目で、やっぱ戦だとなっても、果たして戦えるでしょうか」

なるほど、それはそうだ。歳三は、勇と総司の指摘は全く正しいと思った。

だが、永倉と藤堂の気持ちも分かる。

歳三は、これが徳川の政治というやつなのだろうな。と、つくづく思った。内戦もない、侵略もしない、それで二百六十年もの泰平の世を築いたのだ。徳川の政治思想の根底には、なんにしても戦は悪い。そんな思想が流れ続けているのではないか。それは呆れるほど立派なことだ。

とは言っても、全くもって肩の凝る話だと、天井を仰いで大きく首を回すのだった。

勇は交渉事であることを考え、伊東、武田、尾形を知恵袋として同伴させることにした。新選組文学師範の三人である。

他に長州や広島の事情に精通した山崎他四名の、計八人を連れて、一八六六年（慶応一年）十二月二十四日、永井とともに大阪を発ち、一月二日に広島に入った。

このかん、歳三は次の手を打っていた。交渉が決裂し、戦になることを想定して、極秘裏に容保公に謁見したのである。

歳三が申し上げたことは。

兵士たちが戦をやりたがってるのであれば、大将もその気になれる。しかし、兵士に士気がなく、こんな状態で戦っても勝てるのかと、大将が不安になれば、交渉もしくは撤退の道が模索される。

今の幕府軍は、まさしくその状況にある。

闘う気概に欠ける兵士たちが、話し合いによって事が収まるかもしれないと期待したあとで戦になっても勝敗はみえている。幕府軍は敗れるのではないか。

そうなれば、反幕派は勢いを増す。

だから、さいごの砦として、新選組は残しておきたい。

様子見の諸藩に対し、第二次長州征伐の時には、新選組はいなかった。さらに、江戸には何万という軍勢が控えている。たった一つの勝利に沸いて、倒幕の旗のもとに結集していたら、あとあと大変な目に合うぞ。

こう思わせておくことが必要ではないか。

容保公は即座の回答を避けたが、数日後、公用掛より、

「土方先生。先生が京都守護職と謁見したこと自体をなかったことにして頂きたい」

険しい表情になりかける歳三だったが、

「容保公は、あくまでご自身の判断に従って、この度の長州征伐から新選組を外すとのことです。ですが、そうなると近藤先生を納得させるのは難儀なことだ。その役目を土方先生にお願いできないものか。そう仰せられました」

歳三は過分なまでの心遣いに深々と頭を下げるのであった。


そのころ、広島では実りのない交渉の日々が続いていた。

長州の使者は宍戸備後助《びんごのすけ》という名で、永井と相対した。

もう一人、谷千歳を名乗る目つきの鋭い頬のこけた男がいた。詰問をのらりくらりとかわす宍戸の横で、たまに助け舟を出す程度の役割であったが、勇は本能的に、こやつを斬り捨てねばならぬ。という衝動に駆られていた。

「長州藩では恭順派が一掃され、今や倒幕一色だと言うではないか」

「悪質な噂にございます。権力争いが起こり、誰が実権を握ろうとも、それは我が藩の内政問題でありまして、それにしても幕府にご心配をかけていることは誠に不本意に思っております」

「権力争いの本質は、恭順か、倒幕かであろう」

「とんでもありません。港のある関係で、外国との貿易とか、藩内にはいろいろ面倒なことがありまして」

「外国との貿易？　そう言えば、イギリスとはかなり親しくしているそうじゃないか」

「ですから、そこが港町の宿命でして」

ここで勇が、「長州は尊王攘夷とか言ってたんじゃねえのか。変われば変わるもんだ。信念がないというかなんというか。それでも、自分たちを正義派。幕府のことは西洋好派と呼んでいるそうじゃないか。どういう感覚をしてるんだよ」

宍戸は薄笑いを浮かべたが、谷の表情はみるみる変わり、勇を睨みつけてきた。

分かりやすい男だ。これでは谷とやらに交渉はさせられんな。やり合うのは宍戸に任せるが、話がおかしな方向に行かぬよう監督するのが、こいつの役割なのだろう。つまり、宍戸より格上ではあるということか。

そう思いながら、勇はお返しとばかりに、谷を睨みつけた。すると目を逸らすではないか。なんという気の弱い野郎だ。勇は呆れた。

まあ、勇とガンを飛ばし合える奴がいるとも思えないが……

宍戸は前名を山県《やまがた》と言い、交渉上手として藩内では重宝される存在であった。佐久間象山を長州藩に引き入れるべく、中岡慎太郎や久坂玄瑞とともに口説きに行ったこともあるという。

今回は長州訊問を切り抜けるための大抜擢であったが、だからこそ名前を変えねばならなかった。なぜなら、永井は大目付。幕府の命を諸大名に伝える将軍の代理人である。幕府がそれだけの者を送ってきたのに、一藩士が代表として応対していいはずがない。この会談のために山県は、わざわざ宍戸という家老の養子になったのだった。

だが、もう一人の方は、「局長、あの谷を名乗る男。間違いありません、奴が高杉晋作です」

一回目の尋問が終わったあと、山崎が教えてくれた。

なんと、長州の方は事実上の最高指導者のお出ましであったのだ。

「ほう、そうだったのか」思惑ありげに笑みを浮かべる勇。ちょっと前なら、どうする、どうすると尋ねてきたものだが。

勇は、谷をからかってやろうと思った。

初対面では只ならぬ雰囲気を感じたが、正体が分かればなんのことはない。禁門の変で惨敗している長州の幹部など、どうせたいした奴ではない。気の進まぬ交渉に付き合わされているのだから、少しぐらい楽しませてもらおうという訳だ。

永井も似たような思いであった。

会談次第で、状況が変わる。いい方向に持って行ける。と、長州が考えているのなら、大坂城どころか、江戸にだって赴いてくるはずである。呼び出しに応じない時点で、幕府の質問に答える気も、説得に応じる気もないのは明らかなのだ。

そんな所に行かされる者の身にもなってみろ。内心そう思っていた。

だから、勇が谷を挑発しても、面白がってみているだけ。

さらには、「近藤先生。先生はもうお帰りになって結構ですよ。新選組の局長はお忙しい身だ。時間を無駄に過ごされる必要はありません」とまで言ってくれた。

大目付がそうおっしゃってくださるのなら。と、勇は、谷にお別れの挨拶をするが、

「ええっと、なんて名前でしたっけ。忘れてしまったな。まあ、あんたでいいですね。あんたで」

小刻みに震える谷をみながら、

「あんたにはご自身の意見というものはないんですか。宍戸さんにばかり交渉させて、そんな役立たずの子分じゃ、どうしょうもないなあ」

谷の額に血管が浮き出てくるのをみながら、

「ひょっとして、宍戸さんの護衛のためにきているんですか。だったら、なおのこと存在価値がない。この場で斬り合いになる訳ないでしょう」

もう我慢も限界という感じの谷をみながら、

「しかし、護衛の者にしては、とっても弱そうにみえるのですが、一つお手合わせを願えないもんでしょうかねえ」

あまりの馬鹿にされように、遂に谷は、

「わ、私はね。強いよ。強いさ。でも、あんたのような野蛮人ではないのだよ。頭の良さで勝負するんだ」

勇はすかさず、「ほう、高杉さんは頭脳勝負の男だと」

「ああ、そのとおりだよ。えっ？　あっ……」

笑いを堪える永井を残し、勇は席を立つのだった。


この直後、勇は長州の実態を自ら乗り込んで確認したいと申し出たが、さすがにそれはかなわなかった。

勇は二月七日に帰京し、京都守護職に訊問の様子を伝えるとともに、私見を述べた。

「質問にはきちんと答えず、どれもこれも見事なほどに焦点を外した回答ばかりでした。それでも、恭順の意思は変わらない。そう申しております。もちろん大嘘でしょうが、ならば幕府としては、ここは寛大な処分を施すべきと考えます」

何故に。とした表情の容保公に、

「長州藩は訊問を受けて、改めて恭順の意思を表明したのではなかったのか。寛大な処分を受けたのではなかったのか。なのに討幕のための準備を裏で進めていたとは、全く筋のとおらぬ話だ。周辺諸藩にはそう思わせて、長州征伐の正当性を広めておくことが、ここは得策かと存じます」

勇は幕府軍の士気を高めるためには、時間だけでなく、環境の変化が必要だと遠まわしに進言したのである。

歳三からは新選組の不参加を、勇からは開戦の回避を訴えられては、もはやどうしようもない。なんの進展もないまま、ただ長州征伐だけが先送りになるという結論に至るのであった。

一方の長州。倒幕勢力もまた、時間稼ぎをしたかった点では同じだった。

歳三が睨んだとおり、征伐が延期になっているあいだに、長州藩は坂本の斡旋によって、二つの大事を成し遂げることに成功していた。

一つは、長州と薩摩が政治的、軍事的に結びついたこと。一八六六年（慶応二年）三月七日の薩長同盟成立である。

そうとは知らず、幕府はこの半月後、寛大なる処分の内容を伝えるため、勇と小笠原長行（幽閉を解かれ職務復帰していた）を広島に派遣するのだが、長州藩は今度は広島への出頭命令にさえ応じようとしなかった。

薩摩を味方に得たことで、ますます強気になっていたのである。

これでは勇の作戦も意味をなさなくなる。実際に処分が降《くだ》らないことには、その内容が寛大なものであったかどうかさえ周辺諸藩に伝わらないからだ。

幕府がこんな処分内容だったと公表したところで、長州の側は本当はもっと厳しい内容だったので受け入れ難かったと嘘を言えばいい。

もう一つの大事は、武器調達である。

幕府にバレぬよう、こっそり進めてきた薩摩経由による武器調達。既に半年以上が経ち、その品揃えは、かなりのものになっていた。ゲーベル銃五千艇。エンピール銃六千百艇。長州軍の総数はと言えば、かき集めても四千名。まさに備えあれば憂いなしだ。

銃だけではない。イギリス製の軍艦も購入していた。

軍艦は蒸気船であり、三百トン級と百トン級の二隻である。長州にはそれまで軍艦は三隻あったが、いずれも帆船であった。

幕府には千トン級の軍艦があり、これには遠く及ばないが、平和ボケした幕府海軍のことだ。ろくな演習もしていないであろう。と、こちらがしっかり訓練を積めば、十分戦えるはずだ。と、長州は自信を深めるのであった。

長州軍は鉄砲調練に際し、エンピール銃は武士に、性能に劣るゲーベル銃は農民に支給している。

高杉率いる奇兵隊は身分にとらわれない混成軍とされたが、軍隊の性格は彦五郎たちの構想する農兵軍とは全く異なるものであった。

徳川の政治にあって、戦は武士の仕事と考えられていた。徳の高さを守り、命を賭すという武門の定めを、教育によって、武術の鍛錬によって、我が身に刻んできたのだ。

しかし、泰平の世が続くことで、士道は形骸化し、特権階級の意識だけが残ってしまった。戦になれば、犠牲になるのは武士だけではない。この国の支配階級である武士は、その事を忘れている。いざとなれば身を挺して国を守るのは俺たちなんだから、平素はいい思いをさせて頂きますよ。と、こんな考えの不届き者も多かった。

だから、勇や歳三は、農民である自分たちこそが本物の武士にならねばと考えたのだ。農兵軍はその後続部隊なのである。

つまり、歳三たちにしても、戦地に行くのは武士の仕事だという考えに変わりはない。これに対して、倒幕勢力の考え方は違う。戦争は総動員体制。婦女子を除く、すべての人々を駆り出すというものであった。

その際、軍人としての調練を受けてきた武士とは違い、農民や町人は新規入隊者となるから下級の扱いとなる。そこに四民平等という観点はない。ここが決定的な違いである。

軍隊は厳しい規律に縛られるものだ。もともとが身分社会のうえに、さらに上下関係が厳格になるとどうなるか。

死と隣り合わせの緊張の毎日。溜まっていく鬱憤を、上官は下級兵士にあたり散らして紛らすことができるが、下級兵士は戦場で敵兵に対し、それをぶつけることになる。戦地における兵士の行動、特に下級兵士の行った殺戮の内容が残忍なものになってしまうのはこのためだ。

「長州征伐が延期になったんだ。そういう奴らも出てくんだろう」

歳三は仕方ねえなあという表情で、島田からの報告を受けていた。

体力を持てあましているのだろう。隊士たちの夜遊びがここのところ酷いのだという。その金を勘定方が融通しているとのことだった。

新選組は勘定方をとおして、つけ払いには応じないよう各店に通達している。給与の前借も禁止だ。

それでも、なんとかならないものかと仲間から言われれば、断り切れずに貸してしまうものらしい。

「金は女のために使うんだろ。俺も勇さんも、そこんとこはちょっとなあ。いや、俺はまだいいよ。独り身だしな。けど勇さんの場合は……」

「副長。そんな話をしているのではありません」

「あ、いや……」

「金を借りて遊ぶのが隊規違反だと言っているのです」

「まあそれはそうなんだが、給料の額だって俺とは違うしなあ。それに俺みたいなモテる男ならいいんだが、そうでない奴は、それだけ金も使わねえと、女の方だって……」

島田は一刀両断「副長、冗談はいいですから」

「……」

じょ、冗談だと。俺は真実を述べているのだ。と、怒りつつも、こいつの真面目さには、かなわねえなあ。と、思う歳三。

守るものができれば敵に対して弱くなる。こんな理由で歳三は独身をとおし、若い隊士たちにもその覚悟を求めてきた。

だが本当のところは、情を交わした女性が、それも、複数いたのだ。おまけに自慢までしていたのだから、ばつが悪い。

いつ死ぬかも分からぬ新選組隊士が、安らぎを求めるのは自然なことだ。そうしたひと時は幹部にも平隊士にも等しくあるべきだ。そのためには金もかかる。給料だって幹部に比べれば安い隊士たちが、なんとかして金を工面しようとすることを頭から咎められるものではなかった。

それでも、度を越していると指摘されれば、対処するしかない。

ただ、説教するのは島田に任せてしまおう。自分にあれこれ言う資格はない。と、歳三は思った。

勘定方の河合壽三郎に、島田が問うた。

「お前、隊の金に手をつけてるんじゃないのか」

「はあ？　まさか。いきなり何をおっしゃるのですか」

「それなら手元にある金と会計帳簿は一致しているんだな」

「当たり前です」

「なら、持ってこい」

「い、今ですか」

「ああ、そうだ。今だ」

動揺する河合をみとめ、歳三が言った。

「盗んだとは思っていない。前貸しをしているんじゃないか。そのために、金庫に戻っていない金があるんじゃないかと聞いているんだ」

黙ったまま、うつむく河合に島田が、

「気分転換したくなる隊士たちの気持ちは理解できる。副長はそうおっしゃっているんだ。お前が遊ぶ金を都合してやっても、多少のことなら目を瞑ってくださるというお考えだ」

新選組では組織の長に責任が及ばぬよう、隊士たちに直接命を下すのは副長の役割だ。結果、副長職は嫌われ役になる。島田は、副長にばかりそんな役をやらせたくない。できれば自分が嫌われ役を引き受けたい。いつもそんなふうに思っていた。

だから、「だが、俺はそうはいかねえぞ。戦を前に、みんなの気持ちが緩んでいる。締め直す必要がある。前借していった者たちを全員ここに呼んでこい」

河合はムッときた。副長を差し置いて意見を言う権限がお前にあるのかとばかりに、

「島田さん。副長がお許しになるとおっしゃってくださるのなら、それでいいじゃないですか」

こう言うと、歳三に願い出た。

「金を貸しているのは事実にございます。申し訳ありませんでした。数日で穴埋めいたしますゆえ、どうかお待ち頂きたい」

「穴埋めとはどういう意味かね」

「はい。実家にすぐさま用立てさせます」

歳三は一瞬だけ表情を変えたが、

「そうか、じゃあそうしてくれ」

「はい、ありがとうございます」

「副長、何を言うのですか。そんなことでは……」

困ります。と、訴えたい島田を制して、

「しかしなぁ河合。金を返してもらうのは当然だが、今、隊の金に穴が開いていることは事実なんだろ。そこは勘定方として罪に服してもらわねばならんな」

「はい、なんなりと」

「そうか、それでは河合、申し渡す。勝手に金策した罪で切腹だ」

「えっ、そ、そんな」真っ青になる河合。

「そ、それはあまりに」さすがに慌てる島田。

歳三は取り合うことなく、スッと部屋を出て行くのだった。

三月二十八日。河合は切腹して果てた。

歳三は、「隊士たちが羽目を外す。そのために金が欲しくなる。それだけなら俺もあれこれ言える立場にねえけどな。けど、河合の野郎は金の穴埋めをすりゃあ、それでいいんだろ、ってな態度で、おまけに実家に助けを求めるときたもんだ」

ため息交じりに、「前々から、奴にはそういうとこがあったけど、今度ばかりは勘弁ならねえよ。士道を金で買おうとしやがった。それは許せねえ。河合は金策した罪で切腹させたんじゃねえ。士道に背いた罪で切腹させたんだ」

島田はこんな歳三の真意を語ることに努めたが、膨れ上がった隊士数からすれば、無駄な抵抗であった。鬼の副長。非情なる男。歳三はますます恐れられる存在となっていった。

特に商人である河合の父には、士道などという曖昧な概念自体が通じない。百両くすねたなら、千両返せば文句はないだろうという考えである。

新選組が用意したものとは別に、壬生寺にこれみよがしの立派な墓を建て、我が子を弔うのだった。


この四ヵ月後。一八六六年（慶応二年）七月十八日。

遂に開戦である。

徳川将軍直々のご出陣で、京の町に緊張が走ったのが、前年の七月十四日。もう一年が経っている。

緩み切った箍《たが》を締め直せたのかどうか、なんとも心配な幕府軍。

そのうえ、さあ戦だという段階になって、薩摩が参戦しない旨を伝えてきたのだ。

慶応二年の年明けごろから、伏見二本松の薩摩藩邸では、坂本、西郷、桂が極秘会談を重ねていたという。

新選組ですら、薩摩は共に長州と闘った仲間だと思い込んだまま、薩長同盟の動きを察知できなかった。

しかも、参戦を拒否する薩摩の言い分。これがまた、御尤《ごもっと》もであった。

朝廷からの上洛要請を無視し、長州征伐の機会を逃しておきながら、今さら我が藩に出撃せよとは都合がいいにもほどがある。

確かに、そのとおりだと言いたくなる。

薩摩は参戦しないだけで十分であった。自分たちが武器を流していた長州軍である。その強さが、禁門の変の時の比でないことは重々承知していた。

この戦いで新選組は待機部隊に回された。いや、実のところ出撃は予定されていなかった。勇も納得のうえであった。この戦いの敗北を予見していたからだ。

今、無理をしてはならぬ。そうであれば、次の戦いに備えた情報収集が必要になる。新選組は監察方を各戦闘地域に送り込み、敵の戦力、戦術の把握に努めていた。

山崎、そして新たに監察方に配属された大石が戦況を伝えてくる。

それによれば、西洋式の動きやすい軽装軍服と、最新の銃で武装した長州軍は、鎧兜に身をまとい、抜刀して突っ込んでくる幕府軍を各戦闘地域で次々と粉砕しているという。

驚愕の内容を山崎が報告する。

「ものすごく大きな幕府軍艦が一夜にして海から消えました」

びっくりする勇。「大きなって、まさか富士山丸のことか？　東洋一と言われる軍艦がやられるなんて。長州にはその三分の一程度の大きさの軍艦しかないんだろう」

「富士山丸をやったのは、その十分の一程度の戦艦だったとのことです。富士山丸は操縦士が不慣れで思うように動けず、小回りの利く長州軍艦に倒されたとのこと」

富士山丸は撃沈された訳ではなかった。勝手に逃げていったというのが正しい。まともにやり合えば勝てたろう。

だが、長州海軍は夜襲を仕掛けてきた。遊撃戦を率いたのは高杉である。夜の戦は経験がなく、対処する術を知らなかった幕府海軍は、先々の損害を考え、早々に撤収してしまったのである。

さらに、驚愕の内容が大石から、

「敵はいつどこから攻めてくるのか分かりません。大変な機動力です。対する幕府軍は、指揮官がホタテ貝を吹いて戦闘の合図を出しています」

「いつの時代の戦だよ。時代錯誤も甚《はなは》だしい」呆れる歳三。

だが勇は、「いや、違うぞ歳。昔はホラ貝を吹いていたんだ。ホタテ貝というのは新しい試みかもしれん」

大石が感心しながら頷く。こいつら本当にそう思っているのか。

それでも、長州軍四千に対し、幕府軍は十五万人。負けるという思いはさらさらない。序盤は劣勢だが、数の力で跳ね返すことができる。そのためには長期戦に持ち込むことだ。

だがそれも。

一八六六年（慶応二年）八月二十九日。

第十四代将軍、徳川家茂薨去《こうきょ》。享年二十一。

幕府軍の士気にかかわるとして、将軍の死は伏せられた。

しかし、戦況も好転しない、将軍も姿を現さない。

もはや、家茂公の死を隠しとおすことも、戦を続けることも困難と判断された九月十九日。

幕府は服喪を理由に、朝廷に休戦を申し入れ了承された。

この意向は勝海舟が使者となって、長州には伝えられた。

九月二十九日、休戦協定が成立。

幕府軍は撤退し、長州に対する処分のすべてが取り消された。

敗北である。

十　農兵軍初陣

日米修好通商条約（一八五八年）に十三歳で署名し、激動の時代に放り込まれた少年は、その重圧に身体を蝕まれ、僅か二十一年の生涯を閉じた。

「将軍殺すに刀はいらぬ。ってことかよ……」歳三は言葉を詰まらせた。

新選組の活躍で病んだお心を癒して差し上げたい。

歳三の願いはかなわなかった。

それでも、思いは届いていたのだ。

家老によれば、家茂公は上洛道中、新選組のことを知りたがり、松本にしきりに尋ねていたという。

松本にしても、知っているのは歳三や勇など、ごく限られた隊士だけであり、新選組の全体像までは分からない。だから、家茂公が入京すると、その足で屯所を訪ねてきたのだろう。新選組を自分自身の目でみて、その姿を家茂公にお伝えしたいという気持ちがあったからなのだ。

家茂公は新選組の隊士名簿を手に入れると、何度となくそれを開いてはみつめていたという。

名簿の順位は、近藤、土方、沖田、永倉、井上、藤堂、原田、斎藤であった。このあとに島田、山崎と続くのが力関係のうえでは正しいが、両人は監察方ということもあって、斎藤のあとには、武田、谷、伊東の順となっていた。新選組の組織編成も、ほぼこの順位に従って行われる。

名簿に記された新選組の総員百四十八名。この頼もしい戦士たちが自分を守ってくれる。一緒に闘ってくれる。新選組の隊士名簿は、家茂公にとって、ほとんど唯一の心の支えであったろう。

歳三は、土方の名は二番目に記されているのだから、家茂公は自分のことを記憶に留めて下さったはずだと思った。

いや待てよ。「ひじかた」とちゃんと読んでくれただろうか。日野にだって「どかた」と呼ぶ奴がいる位だからなあ。

そして今、大坂城内でその名簿を家茂公と同じ思いでみつめる者がいた。

将軍の死後、長州征伐の任を引き継ぐはずであった一橋慶喜である。

慶喜は船出から、らしさを発揮し、周囲の信を失っていた。

慶喜は一八六二年（文久二年）八月から一八六四年（元治一年）四月まで将軍の後見職を務めていた。

そんなこともあって、家茂のような操り人形にはできないことが、自分ならできるという自信があった。

京都政界のお偉方の一人に過ぎなければ、江戸にものを申すにしても新選組に頼らざるを得ない。なんとも情けない立場だったが、将軍になれば、自分の判断でなんでも事を進めることができるはず。朝廷や諸藩の信用だって取り戻すことができる。

そう信じ、九月十六日に参内。長州征伐戦継続の決意を伝え、天盃と節刀を下賜されたのだが……

三日後。

戦況の不利を悟り、やっぱり止めたとなったのである。

格好がつかないどころの話ではない。信用を失って当然であろう。

もっとも、この人は禁門の変の時にも似たようなことをしていたのだから、周囲も、またかといった感じで、はなから期待していない。

結局、頼りになるのは新選組だけか。隊士名簿をみつめる慶喜の勝手なつぶやきが聞こえてくるようである。

幕府は江戸の周辺で次々と発生する反乱への対応にも追われ、長州征伐が最重要課題であるとの認識はあっても、そこに集中できない状態にあった。長州などいつでも捻り潰せる。こんなのは只の強がりであった。

三多摩では彦五郎と鹿之助が、

「鹿之助。幕府は農兵軍を長州征伐に使いたいらしいが、そうはいかねえよな」

「当然です。武士階級のお役に立つために、農兵を組織しているのではありません」

「戦で死ぬのが武士の務めじゃないか。それなのに今時の武士どもときたら、農民や穢多非人に死んでもらおうという考えだ」

平和ボケした武士階級より、自分たちの方が役立つ存在であることを、幕府に認めさせる。こうした構想を描いていたのだから、本来なら農兵軍の出陣は絶好の機会となるはずだった。だが、農兵軍の組織化の現状からすれば、どこかの部隊の一部に組み込まれ、最も危険な所に行かされるのが落ちだろう。

都合よく利用されて堪るか。こんな理由で、彦五郎たちでさえ長州征伐に非協力的であったのだが、現実には、三多摩でも長州征伐に行こうにも行けない事情が発生していた。

一ヵ月前のこと。

西宮で主婦たちが立ち上がった。米穀商への抗議行動である。

大きな戦が近づいているとあって、兵糧米の確保のために、コメ価格は十倍。いや買うことさえ困難な状況になっていた。

抗議行動は一揆へと発展し、奈良や兵庫にも拡大した。

江戸でも七月十日以降、品川、新宿など、各地で打ちこわしが起きた。

江戸の騒動は、第二次長州征伐開戦前日の十七日には収束するが、取り締まりも十分ではなく、奉行所の門には「御政事売切申候（幕府にもはや打つ手なし）」と書かれた紙まで貼り出される始末であった。

「こっちにくるのも時間の問題でしょうね」鹿之助が言えば、「ああ、それもかなりの規模になりそうなんだ」彦五郎が答える。

二人が懸念したとおり、七月二十四日に埼玉県名栗村で発生した一揆は瞬く間にその勢力を拡大し、関東西北部一帯へと広がっていった。

二日後の二十六日。

「一揆の規模は十万にも達しているらしい。困ったことになったなあ」

長州征伐への出兵を突っぱねた彦五郎だったが、今度は一揆の鎮圧のために農兵軍の出動を求められたのである。

要請を出したのは韮山代官。そう、江川英龍の息子であり、これは断りがたいものがあった。

「同じ農民同志ですよ。それに民衆はこの度の一揆を、世直し一揆とまで名づけている。それを弾圧するなど、我々の思想信条に反することではありませんか」

鹿之助のもっともな指摘に、彦五郎も只頷くしかない。それでも、

「行かない訳にはいかねえだろう」

「それはそうでしょうね」

「どうする」

「説得してみたら如何でしょう。一揆の首謀者を。紋次郎という名の大工だそうですよ」

「接点はあんのか」

「ありません」

「じゃあ、どうすんだ」

「戦場で向かい合った時に、鬨の声の前に交渉するんですよ」

彦五郎は無茶を言うなという表情で、大きくため息をついた。

だが鹿之助は、「彦五郎義兄さん。やってみる価値は大ありですよ」

「何？　価値があるって」

「そうです。決起した農民たちを前に、同じ農民である我々が強く訴えるんです。豪商、豪農を襲ってなんになる。倒すべきは武士階級じゃないか。四民平等の世の中をともに作ろう。幕府も朝廷もみんな一丸となって、この国を立て直していこうって」

彦五郎は呆れたという表情で、さらに大きなため息をついた。

「あのなあ鹿之助。そんな訴えがとおらねえってことは、農兵軍を組織してきた俺たちが一

番よく分かってることじゃねえのか」

いいえ。と、鹿之助。「場面が違います。農作業の手を休めている時に話しかけるのと、武器を手に死を覚悟している時に訴えかけるのと。効き目が全然違うでしょう」

彦五郎はそれでも納得できないという表情で三度《みたび》ため息をつくと、「おめえの言うとおりになってくれりゃあ、本当に助かるんだがな」

二人の議論はここで終わった。

彦五郎は農兵軍の指揮官として迷いに迷うのだった。

一揆に立ち上がった者たちを、同じ農業者である自分たちが弾圧する。今そんなことをすれば、彼らを組織することだって永久にかなわなくなるのではないか。

かと言って、たとえ思想的背景のない一揆であっても、その運動は反幕の一翼を担うという本質がある。だからこそ、ほんの数年前まで、自分は各地の情報を集め、一揆の未然防止に努めるを業《なりわい》としてきたのだ。その自分が一揆や打ちこわしの様子を黙ってみていることは許されない。

さてどうするか。

ここで農民を弾圧すれば、江川英龍の思想が実現できなくなる。と、息子を諭すのがいいのか。

それとも、一揆の鎮圧に行くには行くが、鹿之助の提案どおり、まずは彼らを説得してみるのがいいのか。

翌二十七日。

考えがまとまらぬまま、気がつけば二千名の一揆部隊と多摩川の渡船場で対峙する自分がいた。

率いる農兵軍は僅かに八十名。

しかし、向こうは鋤《すき》と鍬《くわ》。こっちには銃がある。

一斉射撃によって、一揆の部隊はあえなく敗走するだろう。

まずは、鹿之助の言うことを、やるだけやってみるか。

彦五郎は、「指揮官はいるか。話がしたい」

「……」応答がない。

彦五郎は構わず、「我々は武州農兵軍である。我々は武士と比べれば、なんの権利もなく貧しい農民だ。だがはっきり言おう。あなた方はもっと貧しい農民だ。貧しい農民が、もっと貧しい農民と戦をする。こんな悲しいことがあっていいものか。我々が今なすべきは……」

その時だ。「あがあ、おうお、あがあがあ」

「えっ、ちょ、ちょっと」

彦五郎が言い終わらないうちに、奇声を発しながら一揆部隊の第一陣が突っ込んできた。

目が血走る者。何かにとり憑《つ》かれたような者。走る格好も普通ではない。

何かにとり憑かれたような？「まさか、狐憑《きつね》き」彦五郎は愕然とした。

だが、あれこれ考えている余裕はない。

「鉄砲隊。う、撃て、撃て。い、いや後方だ。突っ込んでくる奴らじゃない。慌てるんじゃない。あっ……」

一揆部隊の第一陣がバタバタと倒れる。

これが初陣の農兵軍である。

鋤と鍬を振り回し、敵が目前に迫ってきているのだ。

冷静になれと言われても無理だ。

それは指揮官も同じだった。

あとは只、「撃て、撃て」

すると思ったとおり、第一陣を置き去りに、一揆の部隊は全員が逃げはじめた。

今度は、「捕えろ、捕えろ」

鎮圧はあっという間に終わった。

彦五郎は逃げていく一揆部隊の追跡を命じ、翌日にはすべて片がついた。

死者十数名。逮捕者六十数名。

彦五郎は怒りに震えながら死者を弔った。

一揆部隊の第一陣は、障がい者に違いなかった。その風貌から西洋では魔女。我が国では狐憑きと呼ばれる人々だ。精神を病んで生まれてくることは西洋では罪であった。西洋なら魔女狩りの対象とされてしまう人々を一揆部隊に加えていたとは。

商人に罵声を浴びせ、追いかけ回して暴行を加える連中が、相手が武装していると分かれば、自分たちは出て行かず、障がい者を差し向けてくるのか。

一揆部隊のすべてがこのような性格のものだとは言わない。しかし、貧しい暮らしをしている者のあいだにさえ格差が生まれ、より弱い立場の者たちが痛めつけられていく現実のあることを認めない訳にはいかなかった。

彦五郎の生まれ育った日野では、飢饉の時には、豪農であれ、貧農であれ、等しく飯を分かち合うのが常だった。そんな社会が崩壊しつつあるのかもしれない。

農兵軍の初陣を圧倒的勝利で飾った指揮官は、明日からの自らを称える声、ねぎらいの言葉にどう応えるべきか。

戦い終わって、迷いはさらに深まるのであった。

十一　三条制札事件

長州征伐の戦場でも一揆は起きていた。

長州軍と一揆部隊が組む。それはないが、敵が幕府であることに変わりはない。

幕府軍の駐屯地に指定された長州周辺の御料地では、過剰な物資の提供を迫られた農民たちの怒りが爆発。侵攻してきた長州軍とともに、一揆部隊は幕府軍を潰走させるうえで大きな役割を果たしたのである。

ところが、農民たちが意気揚々としていられたのもほんの束の間。自分たちの要求を満たすため、さらに暴れる一揆部隊に、今度は長州軍が襲い掛かってきたのだ。

結局、長州周辺部で起きた一揆は、その地を制圧した長州軍によって鎮圧されることになる。

「農民はいつだってそうだ。時の権力に弾圧される運命なんだよ。そういう世の中を根本から変えていかなくちゃならねえ」

歳三のこの言葉に、さり気にうつむく隊士たちがいた。

勇が直々に勧誘した伊東派の面々である。

長州に寛大なる処分を伝えるはずだった勇の二度目の広島出張。勇は、伊東、尾形、それに篠原を同伴させた。勇は長州が召喚に応じないことが分かるとすぐに引き揚げたが、伊東と篠原は二週間の広島滞在を申し出た。広島で情報収集をしたいと言うのだ。

これが裏切りのはじまりであった。

伊東は単純だ。勇に勧誘された光栄に浴し、自分の過去とはあっさり決別したものの、いきなりの幹部登用に、今度は欲が芽生える。

そして、時勢には敏感らしい。

広島で一晩呑み歩けば、江戸や京都とは異なる世論に出会う。打倒幕府の尊王攘夷派を気取る浪人たちが、酔っ払い同士の議論を大声で交わしている。

京なら、憚《はばか》られる行為だ。だが、広島では隣の席で新選組が呑んでいようとは誰も思わない。

「もはや幕府に統治能力はない」、「今、変えなければ、この先ずっと何も変わらない」、「いや、隣国のように、イギリスかどっかに乗っ取られてしまうぞ」

次々飛び出すもっともらしい幕府批判。坂本や西郷が、勝に吹き込まれたのと同じ中身の議論が、広く浅く民衆に伝わり世論を形成している。

伊東はたちまち影響されてしまったらしく、

「篠原さん。新選組なんて辞めた方がいいかもしれないね」

あんたが私を誘ったんだろう。呆れる篠原だったが、ここは広島だ。京に戻れば、またどうなることやら。そこで、

「議論に加わりましょうよ。面白いじゃないですか。我々が抱いていたのと同じ思いの者がここにはたくさんいます」

「おお、それはいいなあ。しかし、そんなことをして戻ってから大丈夫だろうか」

「有益な情報を得たかったら、まずは同志の一人として議論に加わることですよ。そのために残る許可をとったのですから、何か手土産を持って帰らないと」

「確かに、確かに。それは一石二鳥だな」

ほう、情報を得るコツもご存じとは。この篠原、ひょっとしたら……


一八六六年（慶応二年）十月二十日。

この日、篠原は、歳三の仕掛けた罠にまんまと嵌るのだった。

三条制札事件である。制札とは特定の相手に対して出された禁令・布告を板面に記して路

傍などに立てる札のことで、そこには長州は朝敵であると書かれていた。それが三条大橋の西端にある制札場から引き抜かれたり、破壊される事件が、十月に入ってから六日、九日、十二日、十三日と連続して四回も起きていた。

新選組は犯人逮捕を奉行所から依頼されたのである。

奉行所は事態を深刻に受け止めていた。同じ場所の制札を何度も破壊する。警備対象になるだろう位のことは誰でも分かるはずなのに、それでもやってくる。犯人はよほどの覚悟が備わった反幕派の浪士に違いない。ここは新選組にお助けを願いたいという訳だ。

歳三はくだらない仕事だと思った。どこかの酔っ払いが帰路、悪戯を繰り返しているだけかもしれない。御用になれば死罪になるというのに、そんなことを四度も繰り返すような馬鹿相手に新選組のご登場など御免被りたいところであった。

ところが、「土佐藩の連中ですよ。数は六人でした。見張りもつけず、酒に酔って、ぞろぞろやってきて、板を引っこ抜いたあとは土佐藩邸に帰って行きました」山崎が報告する。

さすがは新選組である。縄張りを荒らす不届き者を、放っておくはずがなかった。

新選組には超法規的権限もある。現行犯で逮捕する必要はない。犯人が分かれば、泳がせておいても、いつでもひっ捕らえ斬首にできる。奉行所から依頼を受けるまでもなく、歳三からの支持を待つまでもなく、日常の巡回活動において既に犯人を特定し、準備は万全であったのだ。

だが、「そうか、土佐藩の奴らだったのか。ちょっと面倒だな」歳三が舌打ちする。

「面倒なことがありますか。奴らのせいで柴は命を奪われたんですよ。いい機会じゃないですか。全員叩き斬ってやりましょう」いつになく興奮気味の島田。

「とは言っても、土佐藩の立場を考えますと。柴の時より、さらに立場が微妙になっているようですし」山崎も慎重論だ。

それでも島田は、「土佐藩邸に乗り込むのではなく、制札場の警備をしていたら、不逞の輩が現れたんで叩き斬った。こういうことであれば何も問題はないでしょう」

「島田さん。我々が警備をしていたら、きやしませんよ」

「ああ、そうか。それはそうだなあ」

歳三は暫し考えたのち、

「よし、分かった。柴の仇をとってやろうじゃねえか。あん時、グダグダ喚《わめ》いて何も悪くない柴を切腹させた土佐藩士の連中のなかに、その六人も含まれていたに違えねえんだ」

こう言って、作戦を授けた。

「敵は六人だな。なら五倍の三十人。いや、用心のために、もう少し増やして三十六人にするか。三条制札場を囲う形で十二名ずつ三ヵ所に隊士を忍ばせろ。それから監察方からは二名出せ。物乞いに変装させて連絡係にする。いいな」

「分かりました」

さっそく手配しようとする島田と山崎。そんな二人にちょっと待てと、

「もう一つ重要なことがある。連絡係の一人は浅野にしろ」

「えっ、浅野？　な、なんで？　奴でいいんですか」二人揃って驚いた。

浅野薫（生年不詳）。浅野は池田屋事件では二十両の報奨金を得る活躍をみせたが、その後、姿を消し、隊士名簿からも名前が消えていた。監察方として、各地の情報収集に出されていたためだ。

しかし、戻ってきた今では伊東に心酔してしまい、監察方のなかでは篠原の子分のような存在になっている。

篠原はどうも怪しい。島田も、山崎もそうみていた。諸々の言動から、こいつは以前、忍びの仕事にでも関わっていたのではないか。今でも反幕派の間者なのではないかと思わせるところがあったからだ。

浅野に任せていいものなのか。

だが歳三は、「俺も昔、制札を破壊したことがあったんだよ」

「ええっ！」仰天である。

「な、何があったんです？　どんなことが書かれていたんですか？」

「知らねえ。読めなかったから」

「よ、読めないって。字をですか？」

歳三は高名な書家に学んでおり、文字も実に達者である。

「うんと小さいころだったからな」

なんだそうか。拍子抜けする島田と山崎。

「みんなで泥団子を投げて遊んでたんだよ。そのうちぶつけ合いになってな。そうなると俺の賢さが際立つ訳よ。どうしたと思う」得意げな顔の歳三。

どうせ泥の中に石でも詰め込んだろう。二人ともそう思った。それで狙いが外れて、制札に当たり、板切れの一部が破損した。そんなところであろう。

なのに二人とも、「いえ、分かりません」と答えてしまう。得意話を聞いてやるのも部下の務めなのだ。

「教えてやろうか。あのな、石を詰め込んでやったのさ、泥んなかにな。威力抜群だったぜ」

やっぱな。卑怯者の自慢話はもういい。それに、どんどん話が逸れている。

島田が「副長、なぜ浅野なんですか」

「あ？　ああ、それはだな。って、まだ話の途中だろうが」

眉を寄せながら、話を続けた。

「それでよ、敵は俺の泥団子を避けようと卑怯にも制札を抜き、それを楯にしやがったのさ」

卑怯なのはどっちだよ。えっ、制札を抜いたって？

「怒った俺は制札もろとも跳び蹴りを喰らわし木端微塵に。だが、気づいてみりゃ、今度は俺たちが大人たちから大目玉を喰らってたって訳さ」

蹴りで制札を全壊させたのか……ちなみに大目玉で済むものなのか？

さて、ここからが本題らしい。

「土佐藩の連中が倒幕の志士を気取って、どんなに格好のいいことを言ってみたところで、やってることは他愛もないガキの遊びと一緒じゃねえか」

それはそうだ。他愛もないは語弊があるが。

「そんな奴らなんか、どうでもいいべ。無理にとっ捕まえようとして怪我でもさせられたら大損だろう」そう言って、島田と山崎をみる。

確かに。と、納得する二人に、歳三は言った。

「だから浅野にやらせるのさ。奴は土佐藩士を逃がそうとするかもしれねえぞ」

なるほど。そういうことか。

若きころに培った思想や信条はそう変わるものではない。伊東派は新選組を踏み台にのし上がろうとしているだけだ。いつかは正体を現すだろう。そう睨んで斎藤を潜入させたが、有力な情報は得られないままだ。それどころか、斎藤はかなり親しく伊東派と交わっているようでさえある。

だから、この事件を使って、試してやろうと思ったのである。

歳三の作戦は、「三条大橋の片側から、大石を部隊長に、まずは二つの部隊二十四名で襲撃する。浅野の役割は、橋のもう片方の側に潜ませた部隊を呼びに行くことだ。浅野が仕事をしなければ、どういうことになるか」

土佐藩士を取り逃がすことになる。ただ、ちょっと待ってくださいと島田が、

「大石を起用するのは如何なものかと。あいつなら六人ぐらい一人で殺っちまうんじゃないですか」

「なるほど。なら原田にしよう。左の字《さじ》（原田のあだ名）には無理すんなと言っといてくれ。こんな捕物で怪我なんかされたら大損だ。それから……」

歳三は、原田に渡したいものがある。あとでとりにこい。と、言うのだった。

二十日。午後八時ごろ。

出撃命令が下る。土佐藩士たちが一週間ぶりに呑みに出ているという。場所は円山の料亭。ここでしこたま呑んだあと、酔った勢いで制札を抜きにくるのだろう。

この日の土佐藩士は八人。日も変わろうかというころ、鼻歌交じりに三条大橋に差し掛かる。逃げ場は橋の片側を残してある。その先には大石がいるが、浅野が呼びに行くかどうかで状況が変わってくるという仕組みだ。

土佐藩士たちが制札場の柵を乗り越える。

一人の連絡係はすぐさま原田隊を呼びに。

しかし、やはりと言うべきか。

浅野は制札が川に投げ込まれるのを見届けたあと、ゆっくり腰を上げ、全く急ぐ様子もなく、大石隊の待機場所へと、それも遠回りをして向かうのだった

原田隊が到着すると、土佐藩士たちは一斉に抜刀して身構えた。

酔った勢いで気が大きくなっているのか、それとも、反射的に抜刀しただけなのか。

新選組はもう一隊も加わり三倍の数だ。

かなうはずがない。

土佐藩士たちがふと気づくと、橋の片側、東方向に逃げ道が残されているではないか。

結局、三人が立ち向かい、五人が東へと逃げ去った。

一人はその場で斬殺。一人は斬られたまま逃走し、そののち土佐藩邸で切腹。もう一人は捕縛された。

大石隊の到着は、事が済んだのちであった。

島田が問い詰める。

「浅野君。何をしていたんだ」

「何をって。奴らが札を引っこ抜くのをみて、すぐに大石を呼びに行きました」

「嘘をつけ。君はわざわざ遠回りして呼びに行ったそうじゃないか」

「そんなことしていません。何を証拠に」

「大石の話によれば、君は足元がびしょ濡れだったそうじゃないか。橋を渡らず、川の方を行ったんだろう」

浅野は一瞬、言葉を詰まらせたが、

「そ、それは当たり前です。橋を渡って行けるはずないじゃありませんか。土佐藩士が八人もいたんですよ」

「つまり臆したということか。物乞いに変装していた君が駆け出したところで斬られる訳ではあるまい」

「……」

臆したと言われ、浅野はしめたと思った。敵に背中をみせて逃げれば、士道不覚悟である。しかし、状況判断の結果、自分は迂回したのだと言えばいい。

臆したというのは、島田の見解であり、断じてそんなことはないと突っぱねれば、自分は助かると思った。今や志を同じくする土佐藩士たちを助けたかったという本心がバレなければそれでいいのだ。伊東や篠原も、あの状況では浅野君の判断が正しいと、自分を庇《かば》ってくれるだろう。

果たして、そのとおりになった。

歳三も仕方ない。と、許してくれた。

浅野はホッとしたが。

実はあの晩、もう一人、物乞いに変装した監察方がいたのだ。

三条大橋と四条大橋の下に住みつく乞食の数は一人、二人ではない。浅野を監視するために、もう一人。歳三はなんと山崎を乞食のなかに紛れ込ませていたのである。

そこに、浪人風の男が、「浅野、そろそろくるぞ。土佐藩の連中だ。分かっているな」

山崎は男のこんな口の動きを読んだ。男の変装も噴き出すのを堪えながら、あっさり見破った。そう、篠原であったのだ。

この日、伊東派の正体を見破ることができたのは大きな収穫であった。

第二次長州征伐における幕府の敗北を受け、強い方へと流されるだけの伊東派。この腐敗分子を、どう処分するかが次なる課題であった。

三条制札事件では、もう一つ、歳三の思いが実現していた。原田に渡せと島田に命じたもの。それは柴司の佩刀《はいとう》であった。

「歳さんが、これを？　俺に使えって？」

原田は刀を受け取ると、「きれいに磨いてあるじゃねえか。いつか仇はとってやる。そんな思いで柴の愛刀を大切に」

感動する場面なのだが、「島田。そんな土方歳三を想像できるか。あり得ねえことすなって感じやろ。おもろすぎるで。あ、あかん。腹の傷痕から血が噴き出てきそうだ」

「……」

十二　変わる時勢

一八六六年（慶応二年）十一月初旬。

伊東派は行動に出た。七条通にある勇の妾宅。杯を交わしながら、伊東と篠原は、勇と歳三を前に時世を語りはじめた。

「近藤先生。篠原君が掴んできた情報です。ちょっと聞いてくれますか」

どうぞ。と、頷く勇

「三井ですが、どうも最近では長州の方に靡《なび》いているようです」

「何、三井が」

三井とは京都にある三井両替店のことである。前身は江戸の越後屋。呉服店と金貸し業を営み、一六八六年（貞享三年）、京都に進出。新選組はここに借用の申し込みをし、断られたばかりであった。

新選組の願い出を断るとは大したものだが、なんのことはない。実はこの店。篠原や三木、西本願寺の西村などが、遊興費に使う金をせこせこ借りに行くところでもあったのだ。

三井にしてみれば、篠原と三木からは、借用を断っても参謀の伊東が手出しさせないから大丈夫だ。西村からは、貸した金は返ってこないぞ。と、吹き込まれていたので、そうであるならばとお断りしたのだが。

勇は深刻な表情で、「なるほどそうか。敗戦の影響が早くも表れてきたという訳か」

伊東がすかさず、「そのとおりです。幕府は滅び、長州の新政府ができる。かと言って、今、幕府に反旗を翻せば、すべての取引が中止になってしまう。そこで、まずは新選組の借用を断っておく。新政府に媚びるための実績づくりですよ」

篠原が続く。「まあ政商ですからね。仕方ないでしょう。しかし、金儲けのためには何をなすべきかという商人の研ぎ澄まされた感覚は無視できません。それほどまでに幕府の崩壊は近いと思われているということです」

ここで歳三、「ほう、だったら我々はなおのこと頑張らないと。その研ぎ澄まされた感覚をお持ちの商人たちに、考え直して頂けるようにね」

「……」伊東も、篠原も何も言えなくなった。

歳三にしてみれば、そんな話で俺と勇さんを説得できるとでも思っていたのか、この腐敗分子どもが、といったところであろう。

伊東と篠原は帰り道で、

「伊東先生。土方って奴は、頭が悪過ぎますね」

「君もそう思うか。ありゃあ駄目だな。何を言っても、徳川、徳川、徳川様だろう」

「それにしても近藤の妾はいい女でしたねえ。落籍したのは広島出張中のことだそうで、金も随分とかかったことでしょう。あの時、近藤がすぐに帰って行ったのも、女に会いたかったからなのかもしれませんよ」

「ははは、そうだったのかもしれんな。まあ、そのおかげで、こっちは……えっ、広島出張中？　そうか、それならいい考えがあるぞ」

「なんです？」

「河合だよ。勘定方の河合さ。近藤の女を身請けするために金を工面しろと言われ、そのとおりにしたが、口封じのために土方に殺された。こんな噂でも流しておくか」

「それはいい。今や新選組の行く末に不安を抱いている隊士は大勢います。ますます動揺するでしょうね」

「君のとこにいる川島なんかもそうだろ。土方から睨まれていたと聞くが、こっちに引き抜こうと思えばやれるんじゃないか」

「奴なら、もう辞めてますよ。性格を直せとか、かなり無茶な怒られ方をしていたんで、嫌になったんでしょう」

――川島勝司、元副長助勤。除隊後に新選組を騙《かた》って押し借りした罪で斬殺――。

一方の勇と歳三。「歳よ。すまんな。藤堂の推薦する人物だったし、信用していたんだが……」面目なさげな勇。

「江戸に住んでりゃ、長州なんかとるに足らないと思うだろう。激闘の京にきて、おやって思う。反幕派が幅を利かす藩に顔を出せば、政権交代前夜に思える。そんなもんさ」

「伊東たちを広島に連れて行かなきゃよかったな」

「そうじゃねえよ。時勢に流され、いとも簡単に操作されちまうのが民衆ってもんだろ。伊東なんてえのは、その民衆のなかの一人に過ぎないのに、政治の表舞台で活躍することを望んでいやがる。器じゃねえのに哀れな奴だよ」

「歳よ。民衆を馬鹿にしちゃいかんぞ」

「馬鹿になんかしてないさ。ただ、現実はそうだと言ってるんだ。だから怖い存在なんだよ」

「四民平等の世の中ができても、それは変わらねえかな」

「それってのは?」

「なんと言うか、その、何かに、誰かに、民衆が操作されるような社会をだな」

「勇さん。難しいこと考えねえ方がいいぞ」歳三は笑いながら言った。

また俺を馬鹿にしていやがる。と、勇は思ったが、

「そうだな。まあ藤堂に見る目がなかったってことで、この問題は終わりにするか」

「それも単純過ぎぎんだろ。伊東たちをどうすんだよ」

「どうするって、そりゃ葬るさ。だけどそれも明日以降の話だ。今夜は俺も忙しいんだ。おめえも、もう帰れ」

忙しいだと。こんな重要な話を妾なんかの家でしやがって。俺は邪魔者かよ。呆れながら帰路に着く歳三であった。


一八六七年（慶応二年）一月十日。

第十五代征夷大将軍に徳川慶喜が決まった。

前将軍の薨去から既に百三十日。慶喜がその座に就くのは衆目の認めるところであったが、本人は相も変わらずであった。

泥船の船長を任されるのを躊躇ったのだろうと反幕派は嘲笑した。

そういう状況も含めて、大変な時に将軍職を引き受けるのだから、いろいろと条件を提示し、それで時間を要したのだという噂も立った。

江戸の幕閣のなかに反対者がいたため、他に適任者がいないということを知らしめてやろうと、すなわち自身への待望論を高めるために暫く様子をみたのだという見方もあった。

どれもいい印象を与えない。

即断即決できない将軍の意志の弱さが、諸藩の徳川離れを加速させていった。

それでも、徳川二百六十年の歴史に終止符を打つ将軍にはなりたくない。と、慶喜公はイギリス製最新兵器の前に屈した反省を踏まえ、オランダに留学させていた榎本武揚(一八三六年〈天保七年〉生まれ)を戦艦開陽丸とともに帰国させた。

開陽丸は二千七百トン、砲門二十七を備える最新鋭の戦艦である。海軍力については、幕府の圧倒的優位が揺るぎないものとなった。

さらに、長州のイギリス流に対しては、フランスに救いを求め、公使レオン・ロッシュから二百四十万ドルの支援金を獲得すると、ジュール・ブリュネ軍事顧問を招き、陸海軍を中心に各種官僚機構の改革を進めていった。

慶喜公にとって幸いであったのは、夷狄嫌いの朝廷が、幕府のフランス頼みには目を瞑ってくれたことである。イギリスの力を借りて政権転覆を計ろうとする長州への嫌悪感の方がはるかに強かったということであろう。

実際、朝廷内では岩倉具視を筆頭に反幕派の公卿が台頭の兆しをみせていたが、孝明天皇は、中川宮らに命じて、その勢力を一掃。朝廷を幕府支持一色に染め上げてみせたのである。

慶喜公もこうした朝廷の動きに応えた。東帰せず、征夷大将軍としての居を二条城、大坂城に構えた。これは朝幕一体が成立したことを国内外に示すに十分な効果があった。

これによって、長州の気勢もすっかり削がれてしまうことになる。

そもそも長州は、休戦協定に不満であった。あのまま江戸に雪崩れ込み、一気に幕府を倒したかったというのが本音であった。帝を心底慕っているのは自分達なのに。なぜこんな目に合わされるのか。と、叫びたくなる気持ちをぐっと堪え、次なる進撃の機会に備えるのであった。

そのころ江戸城では、勝が暗躍していた。

このままでは日本は、イギリスとフランスに分割統治されてしまうぞ。と、各藩の実力者を招いては吹き込んでいた。

吹き込まれた者たちは、坂本にしても、西郷にしても、元は尊王攘夷の志士である。外国の侵略を許してはならない。もっと強い国を作り上げなければならない。前々からそう思っていたところに、幕府にそんな力はない。と、幕臣から説得されるのだ。

これは効き目があるだろう。

勝は倒幕運動の最大の功労者と言える。

新選組は内なる腐敗分子を暴き出しては粛清していったが、幕府は勝の如き裏切り者を抱えたまま戦いに臨まなければならなかった。規模は大きく違っても、組織の本質的な運営において、これは致命的であった。

ただ、誤解してはいけない。

イギリスとフランスに国が乗っ取られてしまう。勝は本気でそう思っていたのだ。早く手を打たなければと。しかし、幕内に理解者はいない。とすれば、自分の立場を悪用してでも、外部に仲間を作るしかないだろう。

清河八郎にしたってそうだ。自分の置かれた環境のなかで、信じるところを実現するためには、ああした策略を立てるより他はなかったのかもしれない。

使命感に燃える長州藩は、外圧に屈する政治、民衆の暮らしを改善できない行政、その不満の受け皿となれるのは自分たちしかいないと、幾多の弾圧にも屈せず、ここまでやってきた。対する新選組は、そうであるならばなおのこと、幕府を見限るのではなく、公武合体を実現し、国民一丸となって国難にあたるべきと主張した。

徳川体制の存続を支持する勢力にも、それぞれに思うところがあった。

その一つ、尾張藩は次期将軍に藩主の徳川元千代を推していた。元千代は第一次長州征伐をとり止めた徳川慶勝の子息である。そうした人物を将軍にすることで、長州との融和を実現したいと考えたのである。

政治に関わる者のすべてが、この国の未来を真剣に考え、憂えて行動していたことだけは間違いない。

公武合体か。尊王倒幕か。

時勢は後者に傾いていたが、幕府も朝廷の後ろ盾を得て、力の均衡が保たれていた。


その均衡が突如崩れる。

一八六七年（慶応二年）一月三十日。

孝明天皇崩御。三十六歳。

第十五代徳川将軍の誕生から僅か二十日ののちであった。

天然痘の悪化が死因とされたが、あまりの急な事態に暗殺説まで囁《ささや》かれた。

そして、一八六七年（慶応三年）二月十三日。

睦仁天皇即位。時に十四歳である。

慶喜公は狼狽した。

新しい帝は、主体的判断を当面回避してくるに違いない。朝廷に独自の軍隊がない以上、そこは致し方のないところでもある。

幕府対長州の戦いを見守るだけの立場になってしまったら……

そう考えた途端、優柔不断、弱気の虫、そのすべてが慶喜公の顔に表れはじめる。そんな将軍の姿をみれば、側近も不安になり、表情を曇らせる。暗く重たい空気が下へ下へと流れはじめて、一八六七年（慶応三年）の春。

再び勇の妾宅。

伊東が嘆くように言った。

「近藤先生。朝廷と幕府が一体になったと喜んだのも束の間、早くも風前の灯火ではないですか」

内心は嬉しいくせに。さっそく猿芝居ときたか。

ただ、本人たちは結構な論理を組み立て議論に臨んだつもりらしく、伊東の他は篠原と三木。受けて立つのは勇と歳三、それに原田の三人だ。

篠原が続く、「伊東先生。先生は朝幕一体とおっしゃいましたが、それ自体、そもそもいいことだったのでしょうか」

「突然、何を言い出すんだね。公武合体を果たし、国民一丸となって攘夷を実現するというのが、我々新選組の目指すところではないか」

このクズどもが。このあと、どういう展開に持っていこうというのだ。

「そのとおりです。公武合体、国民一丸でなければならない。ですが、朝幕一体というのはどこか違いませんか」と、篠原が改めて問う。

すると伊東がハタと、「うん、言われてみればそうだな。篠原さんの言うとおりだよ。なるほど、そうか、そうか」

三木が「えっ、どういうことですか。私にも分かるように詳しく説明して頂けませんか」こんな形で続く。

「つまりですね。公武合体というのは、朝廷と幕府だけでなく、諸藩も交えてのことを言うのですよ。朝廷と幕府だけで上手くまとまっても、天下一和とは言えないでしょう。近藤先生や土方先生が提唱される四民平等の国づくりとも馴染まない。公武合体と朝幕一致とは似て非なるものだと言う訳です」

「なるほど確かに。実によく分かりました。言われてみれば、そのとおり。しかしですね、ならば長州も天下一和を築くための一藩ということになってしまいますが、その点についてはどうなのでしょうか」

そうくるか。そういう筋書きか。歳三は薄笑いを浮かべた。

伊東が「それについては新選組のなかでも意見が割れるところだろう。本来なら、長州にも寛大なる措置を施して……」と言いかけた時、

「意見が割れるだと？　長州を生かしておいてもいいなんて思っている奴が、こんなかにいるのかよ」原田であった。

「えっ、いや。ちょっと原田さん。まだ私が話している途中じゃないですか。えーっと、私が言おうとしたのは……ああ、なんだっけな」

台詞を遮られただけで、途端にしどろもどろになる。

「その、つまりですね。長州も含めなければ、本当の公武合体とは言えないが、それは理想であって、現実にはどうかと。だから、理想と現実をめぐって意見が割れることもあるだろうと、そう言うことです」

伊東派の筋書きはこうだ。

公武合体という言葉の意味を巧みに利用し、長州も含め国全体がまとまることが必要だと問題提起する。

新選組としては、受け入れ難い話だとなるだろう。

だが、新選組は反対でも、尾張藩のように、長州との融和を図ることが必要と考えているところもある。幕府からして、平和裏に事が収まれば、そちらの方がいいと思っている。

そうなると、新選組が幕府支持勢力のなかで浮いた存在になってしまう可能性が出てくる。

不本意ではあっても、隊内に反幕派との橋渡し役が必要になってくるのではないか。

だから、自分たちがその役を買って出る。そのためには、表向きには、隊を抜けるということにしなければならない。

と、まあ、こんな方向に話を持って行こうとしたのである。

歳三はこれ以上、筋書きにつき合う必要もないと、

「私にはさっぱり訳が分かりませんね。朝幕一体の何が悪いのですか」意地悪く迫る。

ムッとして篠原が、「土方先生ほどのお方が、何をおっしゃるのですか。朝廷と幕府だけでは、農民も商人も蚊帳の外です。そんな考えじゃ四民平等なんて……」

「四民を平等に扱う幕府になってもらうんだよ」

歳三がいつになく大きな声で反駁《はんばく》した。迫力に押され、場がシンと鎮まる。

歳三は続けた。「統治権を持つのは、四民平等を実現し、帝を敬う国づくりのできる幕府でなければならない。我々はそう考えている。だから、朝幕一体と公武合体の意味するところは同じなんだ」

現実がどうであるかではない。新選組の考える幕府とは、四民を平等に扱う幕府だと言われれば、それには反論できないだろう。

伊東派は筋書きを根底から覆されたのである。

しかし、今回は引き下がる訳にはいかなかった。

伊東派のような信念のない輩に共通する処世術。それは時勢に乗っからなければ、やって

いけないという危機感を誰よりも強く抱き、早期に手を打つことだ。

伊東はもう理解してもらわなくても結構とばかり、率直に脱退を願い出た。

「近藤先生。目指すところは同じでも、そこに至るまでの考えが異なれば、お互いこのままやっていくのは、ちょっと厳しいかと。先生も本心では、そうお感じになっておられるのではないかと思うのですが」

さて、こちらの番である。

こっちだって筋書きくらい用意してあるのだ。

まず勇が、「何を言うのですか。互いがそれぞれの持てる力を存分に発揮し合ってこそ、この国をいい方向に持って行けるのです」

歳三も、「長州一派と和解するなんて無理、無理。向こうだって、それを望んじゃいない。とはいえ局長には何か妙案があるらしいですよ。ねえ、局長」

勇はニンマリとして頷くと、

「私も土方君も、古株の連中は皆、有名人になり過ぎてね。他藩の連中が警戒して近づいてこないんだよ。長州と対決するにしても、和睦を図るにしても、相手の内情を知らないことにはなあ。そこでだ。伊東先生の一団が新選組を脱退したことにして、実は諸藩の情報を収集し、それを共有しながら事にあたるということで、どうかと思っているんだが」

なんと。篠原も、伊東は目を見開いた。筋書きの結論は一緒ではないか。願ったり、かなったりである。篠原も、三木も上手く行き過ぎて戸惑いさえみせている。

そんな姿をみとめながら勇は、「ただ、二つほど条件がある」

「それはなんです。なんなりとおっしゃってください」身を乗り出す伊東。

勇は、歳三に目をやった。

歳三は、「まずは当然のことながら、分離論を持ち掛けてきたのは、そちらからということにしてください。局長の意向で別組織を作りましたでは、ますます警戒されてしまうだけですから」

もともとそうなのだから、大いに結構。と、頷く伊東たち。

「次に、連れて行く隊士を選抜したら、新選組からの引き抜きは、それ限りということでお願いしたい。時勢は新選組に不利に傾きつつあります。こちらを辞めて、そちらに移りたいなんていう隊士が次々と出てくると困りますから」

そんなことか。伊東は安堵の表情を浮かべながら言った。

「承知いたしました。私たちだって、そんな隊士は願い下げですよ」

篠原が「伊東先生。私どもを気遣ってくれているのですよ。信念のない隊士などに移ってこられては迷惑でしょうと。誠に恐れ入ります」深々と頭を下げる。

上手くいった。両派とも相手を欺いてやったとほくそ笑むのだった。

一八六七年（慶応三年）四月十四日。

伊東甲子太郎は御陵衛士を拝命した。御陵衛士とは孝明天皇の墓の番人のことである。

伊東はほどなくして、新たな船出を自ら祝って再度の改名、伊東摂津を名乗った。

御陵衛士の船出には、幾多の困難が待ち受けていた。

御陵衛士は新選組の脱退集団である。とすれば、新選組に命を狙われる組織である。そんな組織と関われば、自分たちも新選組から狙われる。他方、倒幕勢力の方も、元新選組の彼らを容易には受け入れない。結果、屯所の確保さえままならないという状況になったのである。

御陵衛士の面々はあちこちに宿を借り、転々としながら、七月九日になって、やっとのことで高台寺塔頭《たっちゅう》の月真院に屯所を構えることができた。以後、高台寺党という別称で呼ばれることになる。

のちに篠原は日記に、分離が伊東からの申し出であること。近藤たちは分離に納得しなかったが、こちらが孝明天皇の衛士として活動したいと申し出ることで、激論の末、理解を得たと記している。

ところが、その日付をみると、昨年の十一月初旬。勇の妾宅で、時世を語り合った日なのだ。この時、孝明天皇は存命である。勇たちとの申し合わせに従い、文書に残したつもりだろうが、そのいい加減さが分かるというものだ。

新選組は腐敗分子を追い払い、まずは一安心というところであった。伊東派の本性は、三条制札事件で暴かれている。

去る者は追わずというが、全くそのとおり。

組織を抜けようとする者は、それなりの理由を考えてくる。説得にあたった者まで、理由を聞いて一緒に辞めてしまうこともよくある話だ。説得は組織の弱体化をもたらすだけ。思想的に弱り出した者に対しては、追放するか、殲滅するかが組織維持の鉄則である。

伊東派が出て行ったあと、居場所のなくなった浅野などは土佐藩に接近。禁令四箇条の二条違反により、沖田にバッサリ斬り捨てられていた。

だが、どうあっても説得し、引き止めなければならない者もいるのだ。

「本気で言ってやがんのか、平助」青筋を立てて勇が怒鳴る。

伊東が選抜した隊士のなかに、斎藤、永倉、藤堂の名があった。

斎藤には引き続き間者になってもらうつもりでいた。

永倉は伊東派とも親しくしてきたようだが、ここは本当のところを話して留まってもらわなければならない。

問題は藤堂であった。

師匠である伊東から、君の誘いに乗って新選組に入ったのだから、今度は私の誘いに応じてくれよと言われれば断り難いものがあるだろう。藤堂の場合は、局長の責任において、伊東に断りを入れなければならない。

その前に、藤堂の意思を確認したのだが。

「私は伊東先生について行きます。立場の違いを超えて、さまざまな人々と交わりながら、尊王攘夷のために全力を尽くす所存です」

「長州一派も含めということか」

「はい、天下一和のために、それもあるかもしれません」

この返事に、勇は激昂したのだった。

伊東如きに影響されやがって。

「平助、長州はとうの昔に攘夷を放棄している。今さら、何をぬかしやがるんだ」

「局長、私はその時代ごと、いや日々の瞬間にさえ、その時、その時に求められる思想や行動があると思っています。自分の考えが絶対に正しいと、いつまでもどこまでも固執したがために、多くの人々を不幸にしてしまうことだってあるんです。現に徳川のやっていることが、まさしくそうじゃありませんか」

これも伊東の入れ知恵なのか。藤堂の意志が固いことが分かり、

「ちょ、ちょっと待て、平助。いいか、ここに居ろよ」

勇は、歳三を呼びに行った。

歳三は、「そんなのは日和見と言うんだ。伊東がいい例だろう。強い方に靡いているだけだ。時勢に背を向けてでも、成し遂げるべきことはあるんだ。世界に類をみない泰平の世を築いた徳川の恩に報いる。それが俺たちなんだ。その大前提のうえに、民衆を苦しめている制度は変える。腐敗した武士階級に俺たち農民がとって代る。それを目指してきたんじゃねえのか」

「歳三さん。私は百姓の出ではありませんよ」落ち着いた声で藤堂が言う。

「な、なんだと、もういっぺん言ってみろ」

「ま、待て、歳。平助もつまらんことを言うな」

ついさっき激昂した勇が、今度は宥《なだ》め役に回っている。

勇は、「実はな平助。お前には黙っていたんだが、三条制札事件。あん時な、土佐藩士どもを逃がしたのは伊東派の連中なんだ。伊東派はどうも怪しい。寝返ったんじゃないのか。そう思ってあの事件で試したんだよ。そしたら思ったとおり……」

藤堂は眦《まなじり》を上げ、「局長。なぜ私に黙っていたのですか。試衛館以来、共に上洛し、共に闘ってきた同志に、なぜ教えてくれないんですか」

歳三が答える。「間者が紛れ込んでいる可能性だってある。秘密裏に事を進める事だってあるさ」

「私に対してもですか」

「い、いや、平助。うん、そうだな。お前が怒るのは当然だ。俺が悪かった」謝る勇だったが、歳三は構うことなく、「当たり前だろう。お前なんかに話したら、伊東に筒抜けじゃないか」

藤堂は、歳三をキッと睨みつけて、

「私はそんなことはしない。何事にも正々堂々。それが私の生き方です」

「なんだそりゃあ。それがどうした」

「歳、いいから、おめえはもう黙ってろ」

「あんたが俺を呼んだんだろう」

「……」

歳三が続ける。「いいか、藤堂。お前は今、正々堂々と言ったな。だがな、そんな生き方のできる奴の裏には、卑怯と蔑まれながらも、そういう人間を支えるために生きてる奴だっているんだよ」

「歳三さん。分かりました。今の話は心に留めておきます。しかし、話が本筋から逸れているようなので、では改めて」

頑なな表情のまま姿勢を正すと、「お世話になりました。私は伊東先生について行きます。私などいなくても、新選組はお二人が何事も決定し、それが下達されることで、これからも動いていくでしょう。しかし、伊東先生は私を必要としているのです。だから行かせてください」

必要とされている。この言葉がすべてであった。

最古参の隊士である藤堂にしてみれば、新選組のなかで自分はもっと重きを置かれる存在でありたかったというのが本音であったのかもしれない。

決意は固く、覆しようのない空気であった。

部屋を出て行く藤堂を、勇も、歳三も拳を握りしめ、目を瞑ったまま見送った。

深いため息のあと、勇が先に口を開く。

「永倉や、原田も同じことを思っているかもしれねえなあ」

「永倉は大丈夫だ」

「どうして？」

「伊東の誘いを断るよう話したら、分かってくれたよ」

「いや、そういうことじゃねえよ」

「原田も大丈夫だ」

「歳、お前、話の筋が分かってんのか」

「原田なんか誰も誘わねえさ。あんただから飼っていられたんだ」

「歳、なんてこと言うんだ」

「斎藤は間者となることを了解している。総司と源さんは同郷のよしみで、どこまで行っても俺たちと一緒さ。これで全部だよ。もう何も問題はない」

そう言って、一つため息をつくと、

「腐ったリンゴが駕籠から落ちたと思えばそれでいいじゃねえか」

「歳、お前、本心からそう言っているのか」

「勇さん。これは俺の勘だがな。本心からそう思えるようにならなきゃ、この先やっていけなくなるぜ」

「どういうことだよ」

「だから勘さ」歳三の声は明瞭だった。

「……」

山南を失い、代わりにと期待した伊東には裏切られ、結果、平助までが去っていく。共に死線を乗り越えてきた同志が……

それにしても、歳の奴、随分と人が変わっちまったみたいだ。

勇は腕組みをして固く目を閉じるのだった。

自室に戻った歳三。勇と全く同じポーズをしていた。

何をなすべきなのか。

新選組は軍隊になるべきではない。まず、この考えが島田の進言を受けて変わった。

長州との戦に敗れるようなことがあれば、様子見をしていた諸藩が雪崩を打って倒幕勢力に加わるだろう。

だから、長州征伐に向けた行軍録を作成し、軍中法度を定め、その時に備えた。

ところが、幕府は戦う時機を逸し、兵士の士気は衰えるばかり。敗色濃厚な戦。ここは新選組を温存させねば。

案じたとおり戦は敗れ、反幕派は勢いづく。

それでも、孝明天皇の幕府支持を得て、力の均衡が保たれていた。

それが崩壊したのだ。

もはや、時勢に逆らって進むを常としなければならない。その覚悟のうえに復活を期するしかない。

ここは新選組の組織者として、冷徹に課題を整理していこうじゃないか。

歳三は暗い眼で自分の手をみた。

激務に耐えられない隊士たちの脱退は認めてきた。示しをつけなければならない時には切腹を命じた。

反幕派に寝返る目的で隊を抜けようとする者。時勢を考えれば、この先、次々と現れるだろう。隊内に粛清の嵐を吹かせて、それで組織が成り立つか。断じて否である。

かと言って、示しをつけなければ、新選組が腐ってしまう。

どうすべきか。

藤堂を斬る。斬る時がくる。

殿内に芹沢。そして今度は伊東だ。だが、こいつらは敵だ。

藤堂は違う。それでも斬る。それで示しをつける。

心を鬼に。藤堂を腐ったリンゴの如く思えるほどに。

一八六七年（慶応三年）七月十一日。

新選組は幕府の直参となった。京都守護職の一部局ではなく、幕府の一組織に取り立てられたのである。

勇は見廻組与頭格《くみがしらかく》となり、俸禄三百俵の旗本として、将軍に謁見を許される立場となった。歳三は肝煎格《きもいりかく》の身分を与えられた。新選組の社会的影響力を考えれば、この地位は低過ぎる。正直な話、何を今さらという感がある。

ただ、前にも一度、禄が安い、評価が低いという理由で、幕臣取り立てを辞退したことがあった。

「あん時は、攘夷に熱心でない幕府への抗議の意味もあったがな」

「勇さん。今度ばかりはお受けしないと。新選組が幕臣取り立てを拒否した。遂に幕府は新選組にも見放されたか。なんて噂でもたてられたら堪《たま》ったもんじゃない」

苦笑いする二人であった。

一方、幕臣になると聞かされて、それは困ると慌てた隊士たちもいた。

新選組を出世の登竜門にしようと入隊したが、どうも形勢が不利になってきた。そこへもってきて幕府という沈みゆく船の乗員になれというのか。冗談じゃないといったところである。

その一人、茨木司（生年不詳）は九名の隊士とともに、二日後、高台寺党への合流を試みた。

茨木は一八六五年に入隊。上から十五番目程度の地位にある幹部隊士であり、伊東とは親しく、当初から行動を共にするという選択肢もない訳ではなかったが、暫くは様子をみようということで、新選組に留まり、屯所の確保に四苦八苦する御陵衛士の姿を眺めていた。

活動が軌道に乗ったところにでも移ろうと考えていたところ、幕臣取り立ての報に触れ、こうなれば一刻も早く伊東に会わねばということになった。長州も含めた天下一和のもと、国を作り直したい。そのためには倒幕もやむ無し。と、訴えれば、大歓迎されるものと思っていたのだが……

双方の取り決めにより、それはかなわぬという約束のあることを知らなかった。

伊東から断られると、今度は会津藩を頼り、京都守護職に直訴するという策に出た。

その内容は。

尽忠報国の志を遂げるため、京都守護職を主君とし、新選組に奉じてきたが、さしたる活躍もできぬまま、突然、新選組総員を幕臣にすると言われても、身に余る光栄といえども、それだけの資格はなく、容保公に対して申し訳ない。我らの主君はあくまで容保公お一人であり、この機にお取り立て願いたい。

七月十四日。

十人は京都守護職邸に寝泊りすることを許され、容保公からの色よい返事をひたすら待った。

だが、そこに現れたのは勇、歳三、それに山崎や尾形らであった。

「慶喜公と容保公の二君に仕えるのは如何なものかと思いまして」

「我らは天下の浪人です。従うべきは禁令四箇条のみ。士道を貫徹するのに幕臣の身分はいりません」

「局長たちだって、幕臣取り立てに猶予を願ったことがあったそうじゃないですか。今の私たちもまさしくそれと同じでして」

十人はこう弁明したが、歳三は、「もういい。そんなとってつけたような理由を聞いていても時間の無駄だ」

これに茨木が、「そ、そんな言い方ってないでしょう。いくら副長でもあんまりです。我ら十人は相当な覚悟をもって……」

「相当な覚悟をもって反幕派に寝返るというのか」山崎が睨んだ。

「な、何を言うのですか。いつそんなこと言いましたか」抗議する茨木。

「いつ言いましたか。って、そりゃあ、お前が伊東のとこに行った時だよ。何を願い出たか。何を話したか。すべて聞いているぞ」尾形が答える。

「……」十人皆、真っ青になる。

山崎が「あのなあ、脱走を奨励する訳じゃないが、これまでも十人ぐらいまとまって逃げたって例は幾らでもあんだよ。お前らだって黙って夜逃げすりゃあ、それでよかったじゃねえか。なんで、こんな面倒くさいことやるんだよ」

「……」十人皆、震えている。

歳三が「只、逃げたんじゃあ、男を上げることはできねえよな。どっかにぶら下がっていねえと、出世の機会も巡ってこねえ。そんなとこか」

「……」十人皆、うつむいたままだ。

黙って聞いていた勇も、「のし上がりたい。それは男児の本望だから気持ちは分かる。だがな、強そうな方にコロコロ変わるってえのは情けねえ生き方だとは思わねえか。まあ今さら何を言っても仕方ねえか。新選組を脱退し、反幕派に転じようとした事実は消せねえんだからな」

さいごは歳三が、「全員、切腹を申しつける。と、言いたいところだが、今日一日猶予をやる。逃げたい奴は逃げろ」

と言ったあと、今度は幾分穏やかな口調で、「だがな、誰かに唆《そそのか》されました。間違いに気づきました。そういう奴は戻ってきてもいいんだぞ。我々としても大切な戦力を減らしたくはないからな。茨木、お前も含めてだ」

屯所への帰り道。歳三はひとり、はしゃいでいた。

「戻ってきてもいいんだぞ。って言った時の俺の優しそうな目。ちゃんとみてたか。なあ山崎」

「はあ？　いやあ、見落としました。すいません」

「なんだよ。しょうがねえなあ。尾形はみてくれてたか」

「い、いえ、私もちょっとそこまでは」

すると勇が、「歳、おめえのその人を斬るような鋭い目のどこをどう直せば優しそうな目になるんだよ。なあ尾形」

「えっ、いや、あの、そんなこと私に聞かないでください」

「ちぇ、なんだよ。つまんねえな」

「副長。何がつまらないのですか」尋ねる山崎。

「みんなで賭けをしようと思ったのさ」

「賭け？　何を賭けるんですか？」

「俺の優しそうな目に騙されて戻ってくる奴が何人いるか。一人一両でどうだ」

「歳よ。賭けをやるつもりであんなことを言ったのか。俺はてっきり武士の情けだと思ってたぞ」とは言ったものの、そこは勇らしく、「まあ、そうだなあ、俺は全員逃げるに十両だ」

「なんだよ、勇さん。そりゃ酷えじゃねえか。俺は戻ってくるが六人。逃げるが四人だ。いや待てよ、茨木はやっぱ切腹かな。だから、逃げるは三人。おまえたちはどうする」

「い、いや、だから私たちはよくみていなかったんで、勘弁してください」

ここのところ、副長の様子がどこか変だ。何か吹っ切れたような、それも悪い意味で覚悟を決めたかのような感じがする。山崎も、尾形もそう思った。

七月十五日。

茨木と他三名が切腹。六人が逃走した。

新選組は邸内で切腹の行われたことを京都守護職に詫び、十六日、四名を近くの寺に埋葬するのだった。


同日、新選組は不動堂村《ふどうどうむら》に新たな屯所を構えた。西本願寺から僅かに南に進んだ場所である。三番目となる新しい屯所は、新選組のために一から設計した武家屋敷造りの見栄えのする建物であった。真ん中に大広間、両脇に長い廊下が続き、隊士たちの部屋が幾つにも区切られ、その奥の奥に、勇や歳三の部屋が設けられた。

この不動堂村屯所は幕府の命により建設された。建設費はもちろん、引っ越しに必要な費用まで、すべてを幕府が賄った。

屯所のあった西本願寺と、鉄砲調練の場にされていた壬生寺は、会津藩、さらに朝廷に対し、新選組に出て行ってもらいたいという要請活動を続けていた。幕府としても早期に手を打つ必要があったことは確かだ。

しかし、それ以上に新しい屯所は、新選組に対する慶喜公からの贈り物としての意味を持っていた。

それはどういうことか。

禁門の変でも、第二次長州征伐でも、慶喜の総指揮官としての力量には大いに疑問符がついていた。共に戦をした京都守護職も京都所司代も、表向きは別だが、本心では慶喜公をよしとしていない。

とりわけ、双方の決裂を決定的なものにしたのが兵庫開港をめぐってである。

一八六七年（慶応三年）五月四日。

この日、慶喜公は兵庫開港を約束させられるのだが、その際、イギリス、フランス、アメリカ、オランダの四ヵ国代表を大坂城に招き、自らと謁見させるという形をとった。幕府に決定権があるということを内外に示すつもりだったが、四ヵ国の代表からは、勅許なき開港の正当性を疑われてしまう。

仕方なく慶喜公は、六月二十六日。睦仁天皇を説得し、開港の勅許を得ることには成功するのだが、今度はこれに、会津藩が噛みついてきた。孝明天皇は開港に反対であったはず、その遺志が遵守されていないというのがその理由である。

遂に京都守護職からも駄目出しを喰らった慶喜公。こうなったら新選組を松平肥後守預の立場から外し、自らの預かる組織にしてしまおうと考えた。新選組局長をして、見廻組与頭格というのは役不足かもしれない。しかし、幕府内には三多摩の農民が幕臣になるというだけでも快く思わない連中がいる。慶喜公としては、この地位で我慢してもらうことで、精一杯の配慮をしたつもりなのだ。

周りからどんどん人が離れていくなか、新選組には、なんとしても味方でいてもらいたい。だから、ご機嫌取りのために贈り物を。それが幕臣取り立てであり、不動堂村屯所であったのだ。

新選組は西本願寺を去ると同時に、もはや遠慮はいらぬとばかり、反幕派の西本願寺関係者に嫌疑をかけ、次々と捕縛していった。その数は十名を超え、西本願寺の恨みつらみはさらに増幅。同寺関係者がのちに語ったところによれば、不動堂村屯所の建設、移転費のすべてを負担したのは西本願寺であり、それにもかかわらず、新選組は恩を仇で返してきたのだそうだ。

屯所移転から一週間後の七月二十三日。

武田観柳斎が粛清された。

武田は新選組六番隊隊長。第二次長州征伐の行軍録では、伊東とともに軍奉行に抜擢されていたが、彼もまた時勢に流された結果、裏切り者として殲滅された隊士の一人となった。

武田も、伊東と同じだ。勇のお気に入りとして、副長助勤から隊長へ、そして参謀格へと、上からの力でポンとその地位に就いたのだ。

こういう奴は裏切るのも早い。恩を忘れたのかという話にはなるが、労せず出世した奴など、皆そんなものだ。味を占めてしまえば、自分をより引き上げてくれる者が他に現れると、簡単にそちらに靡いてしまう。

だから、所属している組織が危機に陥れば、早く飛び出し、勝ち馬に乗ってしまおうと考える。再建のために、仲間と汗をかこうという気はさらさらない。

新選組では辞めるのは勝手だが、敵に身を売ることは許されない。数ヵ月前、土佐藩に接近した浅野が粛清され、僅か一週間前には、茨木たちが切腹させられているのに、武田は自分にも同じ運命が待っているとは全く考えない。

自分のような優れ者を、あいつらと一緒にするな。軍学に明るく、新選組の大幹部として内部事情にも精通している。その私を味方に引き入れてなんの損があろうか。これを売り文句に、高く身売りできる。そう思っているのだ。

そんな訳がない。新選組の六番隊隊長である。誰もが恐れて警戒するだろう。そもそもが、いったいどの伝手《つて》を使えば、倒幕勢力と接触できるというのか。伝手になってくれる者がいるとすれば、それは新選組の監察方をおいて他にない。歳三の直属の部下たちである。

だが、武田にとっては、監察方の面々も、他の部署にいるだけで、地位からすれば自分の下だ。誘い出して丸め込めば、協力してくれるだろう程度に考えている。

歳三の鍛えた監察方が、そんな甘い連中であるはずがない。それが下積み経験のない武田には分からないのだ。出世が早過ぎたことが災いしたと言える。

武田は監察方から紹介された反幕派の人物に会うためにいそいそと外出。途中、油小路竹田街道において真正面から袈裟に斬り下げられ絶命した。殺ったのは平隊士である。


時勢に日和って新選組から脱落していく者が出ても、減った分は補充すればいい。

一八六七年（慶応三年）十月二十一日。

強気の歳三は、井上とともに東帰し、改めて隊士募集に着手した。

池田屋事件で名を馳せた新選組。その人気は江戸では未だに健在である。

それも当然だろう。

第二次長州征伐の敗北も、遠方で行われた小さな戦に出張していった兵士たちがだらしなかっただけ。四千の兵しかいない長州軍が、江戸に乗り込んできて、十五万の幕府軍を倒せるはずがない。長州征伐に出陣していない新選組を先頭に、幕府軍が本気になれば、長州の反乱など鎮圧するのは訳ない話だ。と、まあ、江戸に住んでいれば、こんなふうにしか思えない。

ならば、我こそが新選組の隊士となって、長州一派を粉砕してやろうじゃないか。こんな気概の若者が続々と集まってくるのだ。

「お願いします。入隊させてください」

「気持ちは嬉しいが、十三歳というのは、ちょっとなあ」

困り顔の歳三に、入隊を懇願する少年がいた。

名を市村鉄之助（一八五四年〈安政一年〉生まれ）。八歳年上の兄、辰之助とともに面接を受けていた。

辰之助が「弟の世話は私がします。よろしくお願いします」

「いえ、兄に面倒はかけたくありません。私は自身の強い思いで入隊を希望しているのです。この命、新選組に捧げたく、明日、いや、今この瞬間に討ち死にしても人生に後悔はありません」

これを聞いて井上が、「人生だって？　人生ときたか。いやはや、それもたいしたものだ。副長、いいんじゃないですか。やる気があれば」

「よくありませんよ」

それでも井上は、「市村君と言ったね。土方副長は駄目だとおっしゃるが、それでも一日考えて気持ちが変わらないのなら、明日またきなさい」

市村兄弟が帰ると、「あんな期待を持たせるようなことを言って、私は知りませんよ。一日考えたって、気持ちは変わらないんじゃないですか」

「なら、入隊させたらいいじゃないか」

「あに言うんですか。十三っすよ」

「そうだなあ、土方歳三の十三のころを思い出すなあ」

「さあて、どんなでしたかねえ」

「歳さん。自分の十三歳の時と比較してちゃ駄目だよ」

「だから覚えてませんって」

「俺をみろよ。天然理心流に入門したのは近藤勇より先だったんだぜ。なのに、後から入った者に次々抜かれちまって。それでも兄から、頑張れ、くじけるなと励まされ、ここまできたんだ」

そう言うと笑顔で、「総司が免許皆伝を受けたのは何歳の時だったかなあ。年齢じゃねえんだよ。どうだろう歳さん。あの市村っていう少年だけでなく、他にも希望者がいれば、受け入れてやったら」

年配者からの進言だけに歳三も、「源さんにそんなふうに言われると、俺も、勇さんも、分かりましたってことになっちまうんで。じゃあ、あの少年だけはよしとしますか。兄もいることだし」困り顔で応えた。

「歳さん。十人ぐらい居たっていいじゃないか」

「じゅ、十人も?」

「そうさ。そいつら全員小姓《こしょう》ってことで、近藤付。土方付にすんのさ。ちょっとした将軍気分になれるだろ。勇さんなんか大喜びしそうだぜ」

「ああ、なるほど、将軍の小姓ですか。確かに、勇さんなら……って、なんで俺まで」

とは言ったものの、小姓というのも悪くないなと思った。

憂国の志士を気取り、時世というやつを誰もが語っている。尊王攘夷にしても、尽忠報国にしても、皆、いっぱしに語って、なんだか賢くなった気になっている。実は中身も、信念もなく、もちろん実践の場など知る由もない。けれど、大声を出して机を叩き合い、酒が入ると酔い潰れるまで議論が続く。

そう、そんな時間だけは目一杯あるのだ。

だから、口先だけの大人になってしまう前に、自分のもとで実践をとおして鍛え上げるのも、一つの方法だと思った。

こう考えると、鉄之助が明日くることを願わずにはいられなくなる。

「あいつ、いい目をしてたなあ」そんな歳三であった。

隊士募集は京阪でも行われ、新たに仮隊士として五十二名。さらに局長と副長の両長召抱人として少年隊士十二名が戦力として加わり、新選組の総数は百五十七名となった。

少年隊士のなかには、松五郎（源三郎の兄）の次男、井上泰助もいた。僅か九歳であった。

新選組は参謀の戦線離脱による組織的動揺を乗り越え、堂々の再出発を果たしたのである。

だが。

一八六七年（慶応三年）十一月九日。

大政奉還である。

慶喜公の上表文は、次のようであった。

徳川家康が政権を獲りましてから、実に二百六十年。朝廷からご愛顧賜りますことで、その子孫が政権を運営して参りましたが、私がその職を奉じてからというもの、統治能力は瓦解し、今日なお立て直せる状況にありません。

私の不徳の致すところであり、慚愧《ざんき》に堪えない思いであります。

とりわけ、対外政策をめぐる国内不一致を考えます時、この際、幕府が政治の大権を帝よりお預かりしているという大政委任論を廃し、政権を朝廷に返し奉り、広く天下の公議を尽くしたうえで、帝のご決断を仰ぐという形に改めるのがよろしいかと存じます。

心一つに皇国をお守りし、外国に負けない国づくりをするため、今の私にできますことは権力を朝廷にお返しすることに尽きます。

以上につき、ご指導、ご鞭撻を頂きたく、なお、このような経緯に至りましたことについては、私の方から諸侯にはきちんと説明させて頂きます。

四日後の十三日。歳三は、井上とともに新宿の近藤宅に居た。

質素な佇まいの家の一室で、二人は彦五郎の到着を待っていた。併せて、大政奉還についての見解を記した勇からの手紙も、この日に届く予定であった。

井上が「大政奉還とやらを進言したのは土佐藩だそうだ。このままでは内戦になるから、それを回避するためには他に方法がなかったということらしい」

歳三は、「そいつは土佐藩も一緒ってとこだな。土佐には坂本だの、中岡だの、結構な倒幕の志士がいらっしゃるそうじゃねえか。幕府に先に降参してもらわねえと、自分の首が危なかったんだろう」

そのうえで、「俺たちに相談してくれればよかったんだよ」歳三が言うと、「そりゃそうだ。慶喜公も水臭えじゃねえか」と井上も大笑いしながら答えた。

そこに彦五郎が到着し、「おいおい。何を大笑いしてるんだ」

「いや、歳さんが冗談を言うもんで、つい」

冗談だって？　よくもまあこんな時にと思いつつ、彦五郎は大政奉還のお膳立てをした人物として坂本の名を挙げ、ここ数日で知り得た情報について語りはじめた。

「これは慶喜公の大芝居だ。こんなおめでたいことを言う奴らもいるんだよ。政権を返上されたところで朝廷に担当能力はねえ。だから、社会はますます混乱し、やがて民衆は徳川の時代の方が良かったと思うようになる。そうなれば幕府が復活するっていう寸法らしい」

これを聞いた二人。「ねえべ。ホントおめでたい話だ」と井上が言えば、歳三も「朝廷はこれまでどおりにやっていくだけさ」と言い切る。

「これまでどおりとは？」

「朝廷がその気になれば、いつだって徳川から政権を取り上げることはできる。制度的にはそうなってんだから。それをしないで大政を委任してきたのは、政権担当能力がないことを自覚しているからで、政権を戻すと言われりゃあ、次なる委任先を探すだけさ。それが長州一派ってことになるじゃねえか」

深いため息をつく彦五郎をみながら、

「だから、さいごは戦なんだよ。勝った方の政権ができるのさ」

単純明快な結論であった。

ただ、「我々はこれまでどおりでいいんでしょうか」井上が問うた。

江川英龍の思想を如何にして実現するのか。歳三、勇、彦五郎、鹿之助、そして松本がこれまで何度も議論を重ねてきた。井上はそこに加わることはあまりなかった。みんなで決めたことなら、俺も一緒させてくれ。どこまでもついて行く。そんな感じだった。

だが、大政奉還という時代の転換点に直面して、ここは自分の進むべき道をはっきりさせておかねばならない。そんな気になったのだ。

「源さん。何も迷うことはありません。これまでどおりでいいんです。徳川は政権を投げ出した。それは同時に、武士階級が支配する世の中も、これで終わったと考えりゃいいんです。あとは俺たちが戦に勝って、新しい世の中を作る。そういうことです」

彦五郎も、「そっちの方がさっぱりしていいべ。なんならどっかに独立共和国でも作って、そこに慶喜公をお迎えしたらいいじゃねえか」

それでも、井上は心配そうに、

「大政奉還がどうあれ、新選組の進む道は変わらない。そういうことですね。ただ、他の皆さんは、大丈夫でしょうか」

彦五郎が「源さん。あんたはどう思うんだよ。源さん自身がどう考えるのか。そこが重要じゃねえか」

「わ、私はそれでもいいと思います。いい考えだと」

「源さんは人が良過ぎですよ。独立共和国なんて考えが飛躍し過ぎちゃいませんか。長州一派を粉砕する。それあるのみです」

「歳よ。俺はさいごのさいご。そういう考えもあるだろうってことで言ったんだ」

「まあ、とにもかくにも、大政奉還がなんだって言うんだ。何も希望を捨てる必要はない。そういうことですよ」

こう言うと歳三は、「源さん。これからも勇さんと俺の兄貴分として、頼れる存在でいてくださいよ」

「あ、ああ分かったよ。正直言うとな。これまで近藤と土方を自分より年下だと思ったことはねえんだ。確かに、俺の方が先に生まれたのかもしれねえが、やっぱ年齢じゃねえんだよなあ」

大政奉還がなんだと言うのだ。土方歳三は動揺する姿を微塵もみせない。いや、みせないようにしているだけだ。それだけでも、大変な精神と肉体の負担になっているはずだ。歳さんは頑張っているんだ。だから、少しは年配者らしいことも言ってやらねば。負担を軽くしてやらねば。

「歳さん。俺はやるよ。万が一、局長と副長が討ち死にしたら、そん時は俺が後を継ぐ。新選組の原点は三多摩の農民じゃねえか。俺みたいな不器用な者に何ができるかとみんな思うかもしれねえが、二人の魂はしっかり引き継ぐさ。とにかく俺はやる」

笑顔で応える歳三の口元が、ありがとうございます。と、動いた。


夕刻、勇からの手紙が届いた。

慶喜公の上表文の写しも同封されている。すぐさま入手できたあたりは、さすがは新選組の局長というところだろう。

上表文を一読すると彦五郎が、

「なるほどなあ。そういうことか。文面には、政権を朝廷に返すとは書かれているが、事にあたるに際しては、広く天下の公議を尽くしたうえでご聖断を仰ぐとある。つまり、雄藩の意見を踏まえてから決定してくださいよ。ということだろ。そんなら、徳川も一大名、雄藩の一つになりゃそれでいい。結局、一番強い徳川の意見がとおり、それが国の決定になるって仕組みさ」

「みせてください」井上が手紙を受け取る。そして、「末文のところもミソだなあ」と言った。

「ミソ？　どんなことが書かれているんです」

「こう書いてあるよ、歳さん。大政奉還に至った経緯については、慶喜公の責任において、諸大名には説明しておくって」

「なるほどね。諸藩には自ら説明しておきたい訳だ。これからは徳川だけで決めたりしない。

あんた方の意見を十分尊重したうえで、さいごは帝がお決めになる。ってな感じで調子のいいことを言って、大政奉還に賛成してもらおうと」

徳川は絶対権力こそ失うが、結局は自らの意見がとおる仕組みを創設するための猿芝居。それが大政奉還だったのである。

「なんだかなあ。そんな料簡の狭いやり方しか思いつかねえのかなあ」

「まあ、そう言うな歳。慶喜公も熟慮されたのだろう。あくまで戦は好まぬと。らしいと言えば、らしいじゃねえか」

「しかし、それはそれで面倒ではありますね」井上が言った。

歳三も、「政権を投げ出したいのなら、それで結構。あとはこっちにお任せ下さい。政権を獲り返して、将軍様をお迎えいたしますから。そんな気になっていたのに。慶喜公の方は慶喜公で、実権を握り続けるための策をあれこれ張りめぐらしていたという訳か。肩の凝る話だよ。全く」

これを聞いた彦五郎。「歳、めったなことを言うもんじゃねえ」とは言ったものの、「新選組に相談してくれればいいじゃねえか。慶喜公も冷てえぜ。なあ源さん」冗談を言う。

さっきの俺たちと一緒じゃねえか。歳三も、井上も大笑い。同志としての絆が深まっていくようであった。

だが、ここで井上が、「そうだ。勇さんの手紙は？　それをみないことには」

忘れていた。最も肝心なことだ。大政奉還に対する局長見解は如何に。それを踏まえねば。

読むと、「早く戻ってこい」

それしか書かれていなかった。噴き出すのを堪えながら、心細いんだろうな。こういう統率者だからこそ支えてやりたくもなる。と、三人とも思うのだった。

十一月十六日。

新入隊士とともに出立である。道中、いざないか（ええじゃないか）踊りに遭遇した。変わる時勢のなか、文化の、社会の退廃を象徴する騒動を横目に、井上が言った。

「あれはあれで理があるんだと思うよ。けど歳さん。俺たちの進む道には、もっと大きな、そして本物の理があるんだよな。斃《たお》れる訳にはいかねえよ」

「はい、とことんやり抜きましょう」

十三　粛清

十一月下旬。

帰京した歳三の報告を聞いて、

「そうだ。それでいい。闘いを止めたら新選組の存在価値がなくなっちまう」勇が言えば、「武力にもの言わせ実現させた大政奉還です。その逆もまたありです」松本が力強く応じた。

訃報が届いたばかりだった。天然理心流三代目、近藤周助が二十三日に病死。七十六歳であった。

天然理心流を結集軸に、本物の武士集団を作り上げ、世の中を変えていく。天然理心流を最強武術に育て上げた師のご恩に報いるためにも、我々は信じた道をこれからも進んでいくのだ。決して後ろを振り返ることなく。

こう改めて誓い合った矢先の十二月五日のこと。

高台寺党に潜入していた斎藤がふらりと戻ってきた。

「伊東たちは行き詰っています。倒幕勢力からは警戒されたまま。隊士の数も増えない。影響力を拡大しようと、いろいろやっても、どれもうまくいかない。こんなところです」

勇が「土佐の陸援隊とはその後どうなんだ」

「進展はありません」

高台寺党の入手した情報は、新選組と共有するという約束だった。伊東としては積極的に反幕派と交流を重ねつつも、そこで得た情報の幾つかは流しておかないと立場が危うくなる。

八月下旬。伊東は、中岡に共闘を申し入れるが、にべもなく断られていた。反幕派であることを示す具体的な行動がなければ、信用できないということだった。

新選組と高台寺党。双方の隊士が出会えば、そこは元同志。今どうしてる。と、親しく酒を酌み交わすこともある。何気ない会話のつもりでも、うっかり口を滑らせてしまうこともあるだろう。

高台寺党が陸援隊に振られたという情報は筒抜けであった。

「で、結局のところ、局長を殺ることにしたんですよ。具体的な行動を起こすために」

斎藤がさらりと言った。

「そうか。えっ、なんだって？」驚いて聞き返す勇。

「だから、局長を暗殺する計画を立てていますよ、奴ら」改めて答える斎藤。

「俺を殺すだと」

「ええ」

「ええじゃねえだろ。そう言うことは最初に言えッ、最初に」怒る勇。

「いつくる」と歳三。

「すぐではありませんね。私を筆頭候補に暗殺者を決めている段階でしたから」

「でしたからって、おまえ、そんなんじゃ困んだよ。より正確な情報を掴んでこいっ」歳三も怒り出す。

だが斎藤は、「いやあ、それが実を言うと、もう戻れないんです」

頭を掻きながら、「だって、私が選ばれたらどうするんですか。その場で嫌だとは言えないし。進退窮まって脱走してきました。だから暫くどっかに隠れてなきゃならないんすよ。局長、そのあいだに伊東を始末しといてください」あっけらかんと答えた。

こういう奴だとは分かっていたが……

「ば、馬鹿かお前は。それじゃあ、あいつらの方が警戒するだろう。おめえが新選組に戻って情報を流すんじゃないかと」

「それは心配ないっす。脱走なんかしなくても、情報なんていつでも流せるじゃないですか。

何もかも急に嫌になって、そんで金を盗んで故郷にでも逃げた。そう思わせてきましたから。だいたい、あんな居心地の悪い場所にどんだけ居させるつもりだったんですか」

「どんだけも、こんだけも、俺がいいと言うまでに決まってんだろう」

勇は大きく息を吐くと、「歳よ。もういい。今さら何を言ってもどうなるもんでもない。斎藤、ご苦労だった。あとはこっちでやるよ」

「はい。ありがとうございます。そんじゃあ俺、暫く遊んで暮らしますんで。高台寺党が崩壊したら、すぐに戻ってきますから。あとはよろしく」

よろしくじゃねえだろ。と、言いたいが、その辺りをウロウロされても困る。身を隠す金も用立ててきたというのだから、これでお役御免というところか。

いかにも斎藤らしい仕事ぶりであった。

「こっちが前を向いて進もうとしているのに、後ろから泥をかけやがるとは。長州一派の情報をとるために生かしておいてやったが、伊東の野郎、どこまでクズなんだ」

「歳よ。泥じゃ済まねえよ。斬られるんだぞ、俺は」

「あんたを斬れる奴なんか、いねえだろう。……撃たれるかもしれねえな」

「もっと酷えじゃねえか。しかし、撃たれたら、どうしょうもねえなあ」

「その前に高台寺党を粉砕することだ」

「平助はどうする」

口を引き結び、一呼吸おいて、「勇さん。それは前に話したろう」

「ああ、そうだったな」

やむを得ないのかという表情の勇に、歳三は覚悟を促した。

「藤堂の心が少しでもこっちにあれば、そんな計画には反対したはずだし、情報だって提供してくれたはずだ。それをしねえってことは完全に敵になったんだよ」

眉を寄せ、勇は深くため息をつくと、そうだな。と、小さく頷いた。


新選組はすぐさま高台寺党壊滅作戦を練った。

まずは斎藤がいなくなったことを、高台寺党の側がどう受け止めているのか。探らなければならない。数日を要するだろう。

近藤暗殺計画に変わりがなければ、先手を打つ。伊東を誘《おび》き出して殲滅。反幕派浪士の仕業にして、遺体を引き取りにきた仲間も、その場で全員叩き斬る。暗殺の予行演習も必要になる。これにも数日かかる。

今日が五日だから、決行は十日前後。そう決めた。


ところが、その一八六七年（慶応三年）十二月十日のこと。

京都近江屋にて事件が起きた。

近江屋に潜伏していた海援隊隊長坂本竜馬、陸援隊隊長中岡慎太郎が刺客に襲われ、坂本は即死。中岡も数日後に息絶えた。

この事件の一部始終をみていた者がいる。

坂本の潜伏先は、政敵より先に、正妻によって突き止められていた。浮気相手を特定しようと情報屋（探偵）を雇い、自宅から延々と夫を尾行させ、宿を変えるたびに報告を受けていたのだった。

その情報屋のなかに、「今は近江屋だな。さっそく戻って報告せねば」と、浮気調査に加わりながら、別目的で動いていた人物がいた。

誰あろう、篠原泰之進である。

隠密にしてはどこか間抜けだったが、その正体は情報屋（探偵業）であったのだ。腰に刀を下げていては、探偵は務まらない。だが、危険な目に会うことも度々ある。篠原が柔術に長けていたのも頷ける。

この日、坂本に会いにきたのは浮気相手の女性ではなかった。中岡である。

三条制札事件で新選組に捕縛された土佐藩士がいた。その者を釈放しようとしたが、土佐藩側は身柄の引き受けに慎重で、陸援隊で面倒をみてくれないかという話が持ち上がり、その相談に赴いたのだった。

中岡が近江屋に入って暫くのち。

数名の男たちが店の方に進んでいくのがみえた。

道案内をしていたと思しき者が近江屋を指さすと、そそくさと立ち去っていく。

立ち去った者はおそらく同業者だ。坂本の妻は複数の情報屋に仕事を依頼していたのであろう。

しかし、その場に残った数人の者たちは情報屋などではない。腰を落として、スルスルと進む歩き方。かなりの使い手のようだ。

坂本の命が危ない。中岡もまた然りだ。

篠原はそう直感すると同時に、息を呑んだ。

佐々木只三郎ではないか。

近江屋に踏み込まれた。もはや二人とも助かるまい。

店の外で見張り役に回った者が、こちらをギロリと睨んできた。

情報屋たちはたちまち退散。篠原もその一人だったが、機転を利かせた。

近江屋のすぐ近くにとっていた宿に戻ると、何かの時に使おうと盗んでおいた原田の鞘を持って再び現場へ。

刺客の去ったあと、近江屋の二階に駆け上がる。

佐々木とその部下たちにメッタ斬りにされた二人。

中岡が僅かに動いたのをみとめ、篠原は、「こなくそっ」と叫んだ。

そして、原田の鞘をそこに残してくるという芸当をやってのけたのである。

かくして、坂本、中岡暗殺は新選組の仕業となった。

新選組犯人説を裏づける根拠は他にもあった。

七ヵ月前の五月二十六日のこと。

紀州藩の軍艦明光丸と、海援隊が借り受けていたいろは丸が瀬戸内海で衝突。いろは丸は沈没し、日本初の海難審判となった。

非は明光丸にあるとされたが、坂本はそんな裁定には満足しなかった。いろは丸はボロ船だった。賠償金などたかが知れている。それに借りていた船だ。そこで、船には重火器が金額にして三万五千両。さらに四万八千両もの、なんと金塊が積まれていたと主張したのだ。合わせて八万三千両。坂本は海難審判に勝利し、まんまと賠償金をせしめたのである。

だが、のちの海底調査で重火器も金塊も存在しなかったことが判明している。

紀州藩は、虚偽証言で途方もない額の賠償金をせしめた阿漕な武器商人のやり口を許せなかった。裁判では裁けない悪を裁くためには、超法規的組織である新選組に動いてもらうしかない。

坂本暗殺は、紀州藩が新選組に密かに依頼したものだという噂が立ち、犯行の証拠を残してきた原田は、なんて馬鹿な奴だと嘲笑されたのである。

事件の衝撃もあって、高台寺党壊滅作戦は三日間の延期を余儀なくされた。

それでも、たったの三日である。坂本龍馬暗殺の犯人説をまことしやかに流されても、粛々と事を進める辺りに新選組の凄さを感じざるを得ない。

一八六七年（慶応三年）十二月十三日。

伊東は、近藤の妾宅に招かれていた。

久しぶりに語り合おうじゃないかということで、接待したのは、勇、歳三、それに井上の三人である。

伊東は、斎藤のことは微塵も疑っていないようで、

「江戸に帰ったんだと思いますよ。ほら、前に隊士募集に行った時。師匠に負けまいと、あっちこっちに女をこさえてましたから」

皆、大笑い。やがて話は坂本暗殺に及んだ。

伊東が「何か事件が起これば、やったのは新選組なんじゃないか。そういう噂が立ちます。それだけ恐れられている訳ですから、情報を集めるのも、さぞかし苦労されていることと思います。少しでも有益な情報を提供できるよう、これからも頑張っていくつもりです」

勇も事件に触れて、「あん時は私の家で宴会の最中でしてね。新選組だけじゃなく、見廻組の友人も招いてたんで、ちょっと残念に思ってますよ」

残念？　首を傾げる伊東に井上が、

「局長は殺ったのは新選組だって思わせておきたいんですよ。特に佐々木只三郎にはね。ところが見廻組の友人を招いて呑んでたんで、犯人が違うってことがバレちゃってる。自慢できずにガッカリという訳です」

これを聞いて、伊東もガッカリした。

伊東がこの日の招きに応じたのは、犯人でもないのに疑われ、困り果てている勇たちの顔

でもみてやろうという思いもあったからである。

なのに、坂本暗殺の疑いが晴れていることに落胆しているとは。全くとんでもない殺し屋集団だ。真犯人はあんたが好敵手扱いしている、その佐々木只三郎なんだぞ。と、教えてやりたいところだ。

呆れながら呑み続け、いい加減酔っぱらったころ、勇が「そうそう、伊東先生。なんだかんだ言っても活動費が要るでしょう」

歳三も、「見張りを立てるにしても、拠点となる宿が必要になりますからね。新選組でも一番出費が多いのが監察方ですよ」

井上が「それに、額はあえて聞きませんが、斎藤の奴が盗んでいった分もあることですし」

金を工面してくれるというのだ。ありがたい。

高台寺党ではなかなか献金が集まらない。御陵衛士の給料だけで活動を続けていくのは無理があった。

勇が「まずは三百両。よろしければ、このままお持ち帰りくださっても結構ですよ」

なんと気前のいいことか。ますます気分が良くなって、伊東は杯を重ねる。

そして、もうこれ以上は呑めぬという状態で、懐に三百両を収めると、

「ありがとうございました。じゃあ、これで。近藤先生。さようなら」

午後八時半過ぎ。フラフラと外に出た。凍てつく夜気がほてった身を覆う。

伊東は、近藤の顔をみるのもこれがさいご。本当にさようならになると思った。

金を頂戴し、あとは死んでもらう。自分もワルだなあ。と、酔った頭で考えながら、木津屋橋通から油小路通に折れようとした時だ。

「伊東先生。お久しぶりです」

声をかけてきたのは大石である。伊東が最も嫌うタイプだ。しらけたように酔いが醒めた。せっかくいい気分でいたのに。こんな人を斬るしか能の無いような奴と会うとは。何かよからぬことでも起きなければいいがと思いつつ、

「大石君か。どうしたこんな時間に。近藤先生のところに行くのかな？」

「ええ、そうです。一仕事終えてからになりますが」

「こんな時間にまだ仕事？　それは大変だなあ」

「いえいえ、ご心配には及びません。すぐに済みます」

それでは。と、瞬時に仕事を完了した。

御陵衛士巨魁、伊東摂津。享年三十三。


午後九時。

高台寺党壊滅作戦は第二段階へと移った。

役人を装った監察方の隊士が、篠原たちのところへと向かう。

報告を受けたのは伊東の実弟、三木和泉（三木三郎から改名）であった。

伊東の帰りを待って、篠原の部屋に集まっていた御陵衛士の面々。そこに茫然自失の三木

が入ってくる。一同をぐるりと見渡し、

「遺体の引き取りをお願いされた」

「遺体？　なんの話だ」問う藤堂に、「兄の遺体……。斬殺されたそうだ」

「なっ……」、「ど、どういうことだ」一同愕然となる。

「兄が帰ってきたと思い、玄関に出たら役人がいて、七条油小路で斬られたと……通りすがりの土佐の浪人と口論になって斬られたと……」

「ちょっと待ってろ。そいつを呼んでくる」藤堂が部屋を飛び出す。

一分と経たないうちに戻ってきて、「役人なんていない。どんな奴だった？」

高台寺党は混乱に陥った。

隊長が殺されたという。しかし、その報告にきた者も消えてしまった。時刻は午後九時を過ぎたばかり。伊東の帰りが特に遅い訳ではない。悪質な悪戯である可能性もある。そう願わずにはいられない。

だが、「新選組かもしれない」篠原がボソッと言った。

斎藤がいなくなったのだ。盗んだ金で気ままに遊んで暮らすつもりなんだろう。そんなふうに思っていたが、よくよく考えてみれば、あの土方の一の子分である。これまでの振る舞いもすべて芝居であったとしたら。

「新選組ですって？　なぜ」藤堂が問う。

「そ、それは、つまり、我々の活動が、新選組が本来的に求めていた尊王攘夷であるから、隊を抜けたことも含めて、面白くないと思っていて、それで……」

「そうなることは承知のうえで分離したんじゃありませんか。今さら、そんな理由で隊長を殺すなんて」

「ちょっと待ってください」

三木が割って入る。

「とにかく事実関係を確認しましょう。知らせにきた者がいなくなった以上、誰かがみに行くしかない。私が行きます」

一報を受けた時には、茫然自失だったが、まだ兄が死んだと決まった訳ではない。気持ちを切り替えたようだ。

だが篠原は、「待て。駄目だ。行っては駄目だ。いいか、よく考えてみろ。知らせにきた者がいなくなったんだぞ。そいつは新選組の奴かもしれない。役人だったなら、現場まで案内してくれてもよさそうなものだ」

なるほど、言われてみればそうだ。だとしたら、現場に駆けつけた途端、大人数で待ち伏せしていた新選組に斬り伏せられる。こっちは総員十五名しかいないのだ。

それでも、誰かが確認に行かねば。

その役は、伊東が馴染みにしていた店の遊女が引き受けてくれた。恐ろしい。信じたくない。そんな思いで現場へと向かう。距離は片道一里に満たないが、女性の足、しかも夜道である。戻るまでに、二時間ぐらいはかかるだろう。

そのかん、高台寺党の面々は議論を重ねていた。

新選組の仕業なら、やり返すべきだ。だから、完全武装で行こうという者。

役人の報告どおり、通りすがりの浪人の犯行なら、完全武装して行ったのでは、あとあと恥になるという者。

悪質な悪戯だ。隊長は死んでなんかいない。と、どうあっても信じたい者。

午後十一時半ごろ。

女性が戻ってきた。

一言も言わず、その場にくずおれた。

「伊東先生は斬られていたのか」、「どうなんだ」矢継ぎ早の質問を浴びせられ、震えながら泣き出す。

「誰に殺られたんだ」、「新選組の仕業なのか」、「犯人は捕まったのか。奉行所はなんと言っていた？」

女性は只、「分からない。分からない」と首を横に振るばかり。

それでも問い質さずにはいられない。つい責め立ててしまう。

篠原が「おい、この人にそんなきつい聞き方をするんじゃない」と皆を制すると、ゆっくりと優しく、「伊東先生のご遺体はどこにあったんです」と尋ねた。

「路傍に。油小路通のお寺のところに」

「周りに人の気配を感じませんでしたか。どこかに隠れて覗いているような」

これこそ無茶な質問である。彼女はくノ一じゃないのだ。

なのに、「感じません。隠れている人なんか居てはりません」

女性は、はっきりこう答えたのである。

周囲の様子をうかがう余裕などあるはずもなかった。なんとかしてみんなの役にたちたい。

そんな思いが、この答えになってしまったのだ。

篠原が言った。「よし。遺体を引き取りに行こう。犯人は分からないが、新選組の待ち伏せはないようだ。鎧までは要らんだろう。つけたい奴はつけていけばいい」

午前零時半ごろ。

煌々《こうこう》と月の照らすなか、高台寺党の八名が現場に到着。遺体を回収しようとしたが、死後硬直のため、なかなか駕籠に収まらない。

どうしようかと思ったその時だった。

足音が迫る。現れた。新選組である。その数三十名。

なぜ。と、やはり。気持ちが交錯する。

それでも、三木は俊敏だった。

兄も訝めていたとおり、逃げ足早く、僅かの間隙を抜けた。

篠原他三名も、新選組が三木に気をとられているあいだに脱出に成功。

逃げ足軽く、鎧をつけてこなかったことが幸いした。

残された高台寺党は三名。

うち一人は逃げた五人に続こうとしたが、あと一歩かなわなかった。逃げる背中を斬られ、うつぶせに倒れて息絶えた。

もう一人は唯一、鎧をつけてきた隊士だった。新選組の襲撃を想定し、防御を整えてきたつもりが災いした。五体は分離し、脇差を握ったままの左手が地面に転がるほど、メッタ斬りにされた。

そんななか、駕籠の前に一人だけ、抜刀し隊長の亡骸を護ろうとする男。

「我が名は藤堂平助。正義派に刃を向ける卑怯者ども、さあこいッ」

大石を中心に、新選組が取り囲む。

「何が卑怯か。おのれが言うか。これが新選組の戦い方だ。だが、お望みとあらば、俺一人で相手をしてもいい。さすがは藤堂先輩だ。仲間が逃げているのに、たった一人になっても、首領の亡骸を護る。立派だ。その心意気に敬意を表し、この大石鍬次郎、刺しで勝負を挑みたい」

「待て、大石」永倉が止めた。

人斬り鍬次郎。こんな異名をとるまでになっていた。ひょっとしたら沖田を超えているかもしれない。永倉の目からみても、そう思えるくらい強い。

大石が相手では、藤堂といえども一瞬で絶命するだろう。そんな姿をみたくなかった。ほんの少しでも話がしたい。かつての同志を前に、そう思った。

生きるに猶予を得た藤堂だったが、

「なぜ伊東先生を殺した。酒宴に呼んでおきながら。それが卑怯だと言っているんだ」

そして大声で、「指揮したる者、出てこい。どこに隠れている。卑怯者、出てこい。分からないのか。土方歳三、お前のことだ」

もはやこれまでだった。

カーッと頭に血の上る瞬間を経て、島田が突撃した。大石も、他の隊士も続いた。

藤堂は、島田の太刀こそかわしたものの、大石に顔面を斬りつけられて転倒。即死かと思われた。

永倉が駆け寄る。

「藤堂、藤堂ッ」

「永倉さん。なんで伊東先生を……」

まだ息がある。

「伊東は局長の暗殺を企んでいた。だから」

弱々しくだがきっぱりと「そんな話はない……」

「斎藤が教えてくれたんだ」

「斎藤？　そうか、こっちには、そんな計画が……そっちでも、こっちでも……私は何も教えてもらえないのか……いつも、いつも」

「お前はまっすぐなんだよ。本物の武士なんだよ。だから誰も汚いことには巻き込みたくないんだ」

原田がこう言うと、大石が、

「教えてもらえないんじゃなくて、先輩が話を聞く前に、突っ込んで行っちゃうからでしょう。いつも、いつも」

「ば、馬鹿。お前は黙ってろ」永倉が叱る。

こんな場面で、冗談などあり得ぬ。

だが、藤堂は笑ってくれたようだった。

悲しみか。郷愁か。道を間違えたのかもしれない。

顔面は裂けているのに。笑顔で泣いている。そうみえた。

永倉に手を伸ばし、

「も・ど・り・た・い」

一八六七年（慶応三年）十二月十四日未明。

元新選組四番隊隊長、藤堂平助。かつての同志によって斬殺。享年三十三。


「五人も殺り損なうとは。なんて様だ」

怒鳴り声を発しながら、歳三が近づいてきた。

こんな場面で、これもあり得ぬ発言だった。

だが歳三は、「もう一回やるぞ。四人の遺体をこの場に晒すんだ」

本気で言っているのか。かつての同志の死を悼む気持ちのかけらもないのか。

「もういいだろう。これ以上やることはない」と原田が言っても、「そんなことはない。奴らだって二度も待ち伏せされているとは思わないはずだ」と答える。

「いい加減にしろよ。これ以上酷い目にあわす必要はないだろう」と永倉が言っても、「大石、四人の遺体を集めろ。五体バラバラにされてる奴もいるみたいだが、とにかく晒し者にしろ」と聞き入れない。

そして、「怪我を負った者はいるか。その者はただちに屯所に帰り手当をしてもらえ。ついでに休んでいる奴を十人ほど起こして、ここにくるように言え。今度は四十人体制で見張りを続けるぞ」新たな指示を与えた。

さすがの大石も躊躇《ためら》った。従わねばとは思うが、足が動いてくれない。

そんな姿をみとめ、「どうした大石。さっさとやれ」怒鳴りつけると、歳三はスタスタと消えていった。

「大石。すまないな」島田が後を追う。

島田は、歳三の真意を聞きたかった。こんな人ではない。何か理由があるはずだ。

だが、その島田も、歳三が地面に唾を吐く姿をみて追うのを止めてしまった。五人も取り逃がしたこと。命令にすぐに従わなかったこと。部下たちへの不満が態度に表れたようにみえたからだ。

島田は呆然と立ち尽くした。

この時、歳三が吐き捨てたのは、実は左奥歯の欠片《かけら》であった。

爪が食い込むほど強くこぶしを握り、歳三はこのまま本当の鬼になってしまえたらいいと思った。

しかし、それはかなわぬことだ。そうである以上、土方歳三という男は、生涯、歯を食いしばって生き続けるしかない。「卑怯だ、冷酷だと言われようとも、必勝不敗の男になってやる」かつて自分はこう誓ったのだ。

今ほど、それが求められている時はない。誓いを行動で示す。それだけだ。歳三は再び左奥歯を噛みしめるのだった。


高台寺党四名の遺体は、歳三の指示どおり仲間を誘き出すための餌として晒されたが、結局、残党隊士は現れなかった。

日が昇ると、事実関係を知った会津藩が大慌てで動いた。

大政奉還はしても、政治行政の仕組みがガラリと変わった訳ではない。その機能を担えるのは、依然、徳川をおいて他になく、再び徳川の世に戻すためには、世論を敵に回すような行為はして欲しくない。

会津藩は四人の遺体をすぐに埋葬するよう、そのための費用はこちらで用立てるからと、新選組に通達した。

遺体は回収され、翌十五日に埋葬。その後、高台寺党の残党たちの手で別の場所に改葬された。

一八六八年（慶応三年）一月一日。

午後十時のこと。

油小路花屋町の天満屋において新選組と海援隊が激突。双方に死傷者の出る騒ぎとなった。

大政奉還ののちも、京の町に大きな変化はなく、倒幕勢力にとっては、それが不愉快で堪らない。大政奉還を受けて朝議の招集に応じた藩は、二百十八藩中、十二藩に過ぎず、慶喜は将軍顔で二条城に陣取り、新選組も、見廻組も反幕派の取り締まりを続けている。

政権返上など、とんだ嘘っぱちである。とりわけ海援隊は、大政奉還の立役者は、我らが隊長であると思っている。反幕派の英雄として称えられるべき存在なのだ。

そんな英雄が暗殺されることは、政治の世界ではよくある話だろう。

だが、紀州藩とのいざこざが原因で殺されたというのでは格好がつかない。海援隊は仕返しの機会をうかがっていたのだ。

この日、天満屋の二階では紀州藩の周旋方（交渉の仲立ち役）である三浦休太郎が、新選組と酒を呑んでいた。

三浦は八万三千両をまんまと騙しとられた海難審判における紀州藩側の交渉人であり、それゆえ新選組に坂本暗殺を依頼した人物であると、専ら噂されていた。

三浦は徳川回帰への世論形成を目的に、京の町を飛び回っている最中だったが、海援隊の他、陸援隊にも命を狙われているとあって、新選組が護衛を務めていた。

ただ、仕事のあとは、飲食を共にする機会が多く、新選組にも大いに油断があった。本来、護衛だけが目的なら、店の外も厳重に固めておかなければならない。それを怠っていたのだ。海援隊に二階を急襲される。

その数、十六名。対する新選組は七名。

いつもと逆の戦い。飛び込んできた敵に、たちまち一人が斬られた。

だが、そこは新選組である。こうなったら、なったで、どうすべきかも心得ている。

すぐさま部屋の明りを消す。

消したのは斎藤。ただこの時、斎藤は背を向けた一瞬を斬られ、背中に結構な傷を負った。

明かりが消えると、大石が叫ぶ。「囲め、叩き斬れ」

敵の悲鳴が聞こえた。

さらに、「十人はここに留まれ、残り二十人は屋根伝いに外に出ろ。玄関に周り挟み撃ちにするぞ」

実際、居たのは斎藤と大石。あとは平隊士が五名である。

この号令に平隊士の一人が窓を開け、屋根伝いに屯所へと走った。援軍を呼ぶためだ。

だが、海援隊はビビった。

あの部屋に三十人も？

本当なら到底かなわぬ。

新選組の二十人が玄関に到達する前に、逃げてしまわねば。

大慌てで階段を駆け降り、店の外に出る。

いない。助かった。

海援隊は一目散に逃げ去った。

双方の死者は、二階の部屋で一名ずつ。同じく、重傷を負った者も双方一名ずつ。その一人が斎藤であった。

三浦は無事。新選組の面目も保たれた。と思いきや、こいつが、なかなかしたたかな奴であった。

事件後、自ら顔面に疵《きず》を入れたのだ。それもほんのかすり傷を頬につけ、海援隊にやられたと主張して、一万三千両の慰謝料を土佐藩に請求した。

この金額の決定は、海難審判の賠償金八万三千両引くことの一万三千両で七万両。切のいい数字になるからという、ちょっとふざけた理由からであった。

さらに三浦は、亡くなった新選組隊士に、紀州藩から見舞金四十二両を送らせるという戯《たわむ》れをやってのけている。

見舞金の額としては、相場の四倍なのだが、

「四二《死に》両ってことだな。きつい洒落だぜ全く。ところで俺にはないのかよ」とは、斎藤の弁である。

斎藤にとっては、これが出張から戻っての初仕事であった。高台寺党から金を奪い、身を隠していたことを出張とするのは、かなり無理があると思うのだが、とにかくそういうこと

にされたのである。

ついでに言えば、名前の方も山口二郎と改名していた。馴染みの連中からは、斎藤と呼ばれ続けたが、隊士名簿にはこれ以降、山口名で記されるようになっている。

十四　鳥羽伏見の戦い

一八六八年（慶応三年）一月三日。

王政復古が発令された。

大政奉還など徳川が実権を握り続けるための猿芝居に過ぎぬ。倒幕勢力の怒りが爆発した結果であった。

一月六日。

辞職、解兵、納地（幕府領放棄）を迫られた慶喜は、二条城を叩き出され、落ち武者同然に大坂城へと向かった。

だが、徳川の権限を剥奪したところで、朝廷に政権担当能力が芽生える訳ではない。

十日。

慶喜は大坂城に各国公使を引見し、日本国元首は引き続き自分であることに変わりはないと公告した。

これに怒った岩倉具視は、外交方針を明確化。諸外国帝王と外交の一切を執り行うのは天皇であるとしたが、フランスが依然、幕府の側につくという状況のなかでは、各国も今は様子見というところであった。

王政復古によって京都守護職、京都所司代は廃止となった。

新選組は既に京都守護職の傘下を離れており対象外だったが、力の象徴であった組織がそのまま残るのもどうかということで、隊名の変更だけを、幕府からやんわり打診されていた。

その名は新遊撃隊。

新選組はこれを拒否。新選組は、新選組のままで、次なる闘いの場、伏見奉行所へと屯所を移すのであった。

移転の数日前。勇は全隊士の前で、こう言った。

「今のうちに身辺整理をしてこい」

新しい屯所は京の伏見である。不動堂村屯所から徒歩一時間半の距離だ。

それでも、隊士たちのあいだには、京の町も今宵限りという思いが広がっていた。死と隣合わせでも、華やかで未来があると信じて疑わなかった京の日々。走り出した時勢は止まらず、大政奉還に続き、王政復古である。

自分たちは精一杯やってきたのに。徳川の方はどんどん崩れていく。この先、ますます厳しい戦いが待っているだろう。

伏見は戦の最前線の地である。だから、新選組が配置されたのだ。戦の結果によっては、二度と戻ってこられないかもしれない。少なくとも、その覚悟は持たなければならない。

心底惚れた女だ。どう話を切り出そうか。考えの浮かばぬまま彼女の家に着いてしまった歳三。

そんな歳三に君きくは、戸惑った表情を装いながら、その実とても嬉しそうに、

「歳三様、………私、ややこができたの」と告げた。

「……」

「突然でびっくりした？　……困る？」君きくは眉を下げた。

「い、いや、そ、その」

なぜ、返事をしてくれないのか。いつもの歳三様と違う。君きくは少し不安になった。

すると「君きく。違うんだ。子どものことじゃない。今日はお別れを言いにきた」

「な、何を言い出すの？　別れるですって。子どもができたのに。なんで？　なんで？」

「俺だけじゃない。今ごろ、永倉も、井上も、原田だって」

「えっ、永倉さんたちも？　だって皆さん、こちらで妻子をお持ちになったじゃありませんか。……それって、まさか新選組が京を出て行くというの？」

「出て行くだけなら、ついてくればいい。そうじゃない。相当な覚悟のいる闘いが待ち受けているんだ」

「闘い？　倒幕軍との？　それはいつものことでしょう」

「そうじゃない。徳川将軍は既に二条城を離れてしまった。新選組は戦の最前線に取り残さ

れたも同然なんだ。死なない方がおかしい。そんな戦になる。だから、二度と会えないかもしれない」

歳三は大きく息を吸い込んだ。

「子どもができたのか。この俺に。凄く嬉しいよ。だけど……申し訳ない。本当に申し訳ない」

どうしたらいいのか。そんな表情で只ひたすら詫びるのだった。

すると君きくは一転、笑顔をみせて、

「大丈夫です。あなたは亡くなったりしませんよ」

そう言うと、「私だって、お武家様のこと、たくさん勉強したんですよ。戦の首領は、戦の最中に死んだりしません。死ぬのは兵隊さんたちだけです。歳三様が命をとられるとしたら、それは戦に負けた時。戦争指導者として死罪を申しつけられた時です。だけど、新選組は最強軍団だから、負けるなんてことはありません。だから、あなたが私のところに帰ってこられなくなることは絶対にないんです。そうでしょう」

「……」

君きくは居ずまいを正すと、

「失礼いたしました。覚悟はいたしております。心おきなく、ご活躍ください。どうぞご武運を」

とは言ったものの、頭を下げたまま動けなくなった。

歳三はそんな君きくを暫くみていたが「君きく、ありがとう。……行ってくる」

振り返らずに外に出た。

涙を堪えるために動けない君きくの胸に、つ、と天啓《てんけい》のように今生の別れ、という思いが走った。気丈なのもここまでだった。

「歳三様っ」

矢も盾もたまらず飛び出し、歳三の背中にすがった。

君きくは声をあげて泣いた。

「お武家様の作法は知りません……生きて、帰ってきて……必ず……」

歳三は君きくの背に手を回した。

「俺だって武家の出じゃねえよ。子どもか……俺の故郷には多摩川ってのがあって、そこの土手に転がり、子どものころは、いつも空ばかりみていた。いつか武士になってやろうって……空は広い。どこにいても空の下なら一緒に居るのと同じなんだ。俺も、お前も、子どもも」

「……」君きくは涙を拭った。

何か会話をしないと。少しでもこの先に希望を見出せる話を。これがさいごになるかもしれないから。

「なあ、名前はどうする。梅なんてどうだ」

君きくは顔を上げ、

「あなたの好きな花の名ですね。まだどっちになるかも分からないのに」

「女がいいさ。男は戦に行かなくちゃなんねえ」

「男のとりえはそこだけですもんね。でも……」

残された女はもっと大変なんですよ。そう言いたくなる気持ちをぐっと堪えるのだった。

君きく。この年の夏、女児を出産。小梅と命名した。

子どもは早世し、君きくはのちに別の男性と結ばれる。

一八八五年（明治十八年）、京にて病死。この年、コレラが蔓延していた。


一八六八年（慶応三年）一月十二日。

新選組が屯所を移転してから二日後。

勇は、島田魁を筆頭に十五人のお供を引き連れ、馬の背に揺られていた。部下に命じておきながら、自分は身辺整理を終えていなかった。お手当てを渡して、納得してもらわねばならない女性が結構いた。

特に三人。

まずは客人の接待にしばしば利用した妾宅。島原の太夫を落籍したが、この女性がリウマチで亡くなり、面影があるという理由で、その妹を囲っていた。伊東が招かれたのも、この妾宅であった。

次に、男児を儲けさせた妾がいた。ここでは時間がかかった。あの人が本当に愛しているのは私だけ。女性はそう思っていた。なのに、勇の方は御落胤《ごらくいん》でも生ませたかのような感覚でいたから、かなり揉めた。

困ったものだ。まだ終わらないのか。島田は妾宅の前で無駄な時間を過ごさねばならなかった。

入隊してまもないころ、局長と副長の飲食の席に呼ばれ、どうでもいい話につき合わされたことがあった。

勇が「島田。おめえはいいよ。俺なんか何人いると思う。モテ過ぎるってのも、罪深いもんだなあ」

返事のしようがなかった。まさか、ご冗談をとは言えない。けれども、この台詞の元祖様が隣にいるだけに、さすがですねとも言えなかった。

勇が語り続ける。「俺に惚れたっていう女が大勢いてよ。仕方ねえから、一人ひとり面接して、一番酷いのを選んでやったんだ。美人にウロウロされて、門人たちの稽古に差し障りが出ても困るからな。上に立つ者は、そういうことにも配慮しなきゃならねえんだ。まあ、その分、こっちにきてから、のびのびとだな。モテまくっている訳だ」

局長が席を立ったあと、元祖様に「失礼なことをお聞きしますが、局長の奥様はそんなに器量がお悪いのですか」と尋ねると、「そういう問題じゃねえよ。てめえの顔を鏡でみたことあんのかよ」これだけ答えて、あとは大笑い。

実際、お見合いを重ねて、やっとみつけた女性だったらしい。

こんな話を思い出しながら、西の空に傾きかけた陽を眺めていると、漸く勇が出てきた。

開口一番。「よし。終わった。きれいさっぱりした」

そして、「これで戦に専念できる。いつ死んだっていい。俺が死んだら、こいつらどうなる。ってな女、子どもは、もういなくなった」

いるだろうが。と、島田は思ったが、勇は浪士組に加わった時、妻や子とは二度と会わない、会えないものと覚悟を決めていたらしい。実際、隊士募集のために東帰した時にも、妻子には会っていないのだ。

それにしても、死んでもらっては困る。

軍中法度には、第八条、組長死すとも、その屍を乗り越えて闘わねばならず。第九条、組長や隊士の死骸を引いて退くを許さず。となっている。

文面どおりなら、勇が先に死ねば、新選組は総員玉砕を覚悟しなければならないのだ。こんな無茶な法を作っておきながら、死ぬなどと冗談にも言って欲しくないと、島田は思った。

同時に、大切なことを思い出し、「局長。まだ終わりではありませんよ。もう一軒あります」

六条通にもう一人いたのだ。

だが勇は、「そこは行かなくていい。後日、十分な手当てをしてやるつもりだ」こう言って、さっさと馬に跨《またが》った。

島田もいい加減疲れていたので、局長がいらぬと言うなら、それでいいかと思ってしまった。

それに行きづらい理由もあった。実はそこには沖田が居るのだ。

沖田は病が進行していた。そうあって欲しくないと願っていたが、やはり労咳であった。

ただ、寝たきりになるほど弱ってはいなかった。その全く逆で、夜な夜な外出しては反幕派浪士を斬りまくっていた。それでも、咳をする回数は増え、血も吐くとあっては隔離するしかない。

勇は妾に沖田の面倒をみるよう命じて、必要な金だけを渡していたのだった。

女性にとっては、面白くない話である。その名を聞けば、誰もが震えあがる最強剣士の沖田。その女だというのならまだしも、近藤の何番目かの妾で、労咳患者の世話を押しつけられているだけなのだ。

他の女のところには足繁く通うくせに。勇なんか、死んでしまえばいい。こんな感情だって芽生えてくるだろう。こういう女性のところにこそ顔を出して、誠意というやつをみせなければならないのだが。


午後四時。辺りを夕闇が包む。

伏見街道を下りながら丹波橋を渡り、伏見墨染の細い十字路にさしかかる。この交差点は、くいちがいと呼ばれ、馬がいったん足を止めるか、速度を落とさないと直進できない仕組みになっていた。

馬が止まると、勇は身に染みる寒さに愚痴をこぼした。

「駕籠にすればよかったなあ。こう寒いとかなわん」

その時だった。

「ダン」一発の銃声。

何事か。島田が辺りを見回す。

刀槍を手に五人の敵がこちらに向かってくる。

刀を抜く島田。

だが、すぐうしろで呻《うめ》き声が。

振り返って、愕然となる。

局長が撃たれている。馬の背に突っ伏している。

局長を逃がすのが先だ。

意を汲んだ馬丁《ばてい》の沢忠助（生年不詳）が馬の尻を叩くと、馬は嘶《いなな》き、屯所に向かって駆け出した。

その勢いに圧倒され、敵は誰も手を出せず。

だが、勇が去ったあとも、なお数発の銃声。敵五人も斬りかかってきた。

みれば、こっちは四人だけになっている。島田の他は新参隊士が二名。それに馬丁の沢だ。

たちまち新参隊士たちが斬られ、島田と沢の二人になった。

だが、どうした訳か、敵もオロオロしはじめた。

そして、島田らを仕留めず、逃げるようにその場を去るのだった。

銃撃による近藤勇暗殺未遂事件。

犯人は高台寺党の残党であった。

沢の機転によって、勇は危機を脱した。

だが、新選組は十五人もいたのだ。それが銃声を聞いた途端に護衛の役割を放棄した。勇敢に立ち向かったのは二人だけ。それもあっさり片付けられた。

高台寺党の動きも不可解であった。

五対二で、なぜ立ち去ったのだろう。同じ釜の飯を食べた仲だ。島田が強いことは分かっていても……

高台寺党の残党は、薩摩藩が保護していた。倒幕勢力に加わりたければ、活動実績が必要だと言われていたが、伊東を殺されたことが、彼らが反幕派である証となった。

その高台寺党には薩摩藩から銃が二丁渡されていた。一丁三十両の高額で手に入れたスナイドル銃であり、百メートル先の標的を撃ち抜くことができた。

だが、高台寺党は殺し方にもこだわりを持っていた。

銃を使った暗殺ではなく、銃は脅しの道具で、相手が怯んだところを斬り伏せるという作戦を立てていた。遠くから仕留めたのでは気が収まらない。そんなのは雷に打たれたに等しい事故死だ。この手で近藤を斬り捨てなければ、巨魁をとられた憎しみは消せないと考えていたのである。

ところが、馬が速度を緩める場所を選んで、性能抜群のスナイドル銃で狙い撃ちしたものだから、弾は見事に命中してしまい、その時点では、近藤も即死したかのようにみえた。

だから、数カ所に潜んでいた仲間が現れなかった。槍を持って登場するはずだった篠原は、近藤が去っていくのを隠れたままみていただけ。結果、真っ先に飛び出していった五人も、計画と違うことに動揺し、逃げてしまったのである。

勇は右肩に重傷を負い、戦を前に戦線離脱を余儀なくされた。

護衛の者たちは何をしていたのだ。銃声に慄《おのの》き、局長を残して逃げるなど言語道断である。これからはじまるのは銃による戦なのだ。大将を失い、隊士の質の低下も著しい。ここは徹底的に締め直す必要がある。

歳三が集合を命じるべく、部屋を出ようとしたその時、とんでもない情報をもって、山崎が飛び込んできた。

実はこの日の午前中、沖田も襲撃されていたというのだ。高台寺党の残党は、銃を手に勇の妾宅に踏み込むも、沖田はたまたま不在で難を逃れたそうだが。

「いくら沖田さんでも、銃を持った相手に突然襲われれば、どうなっていたか」山崎が言えば、

「あいつのことだ。何気に外出したんだろうが、特別な勘が働くというか、運がいいというか」

歳三が頷く。

だが、問題はそこではない。高台寺党の残党は、勇の妾には手を出していないという。なぜ、口封じのために殺さなかったのであろう。

「特別な関係にはなかったと思うのですが、相談相手になっていたのは確かのようです」

山崎の報告を聞いた歳三は、「篠原如きにしてやられるとは」顔をしかめた。

篠原は、勇の妾に接近していたのだ。暗殺の手引きを頼めるまでの仲にはなかったが、それでも、沖田の不在を確認後、「黙っていてくれ」と言うだけで十分であった。篠原は女性が新選組に通報するとは考えなかった。彼女が勇に対して抱いている複雑な思いを知っていたからだ。

如何に監察方といえども、男女の感情の絡みにまで構っていられるかと言いたいところだが、実際、これは大問題である。

なぜなら、沖田襲撃が発覚していれば、その段階で新選組は高台寺党の残党狩りをはじめていたはずだ。つまり、夕刻に勇が狙撃されるなど、起こり得ないことだったのである。もし、勇がこの日、妾宅を訪れていたなら、事態は変わっていたかもしれない。さいごのさいごに、自分に会いにきた男にほだされていたかもしれないのだ。

妾への愛情不足が原因で、敵に襲撃の機会を与えた勇。浮気の代償として、暗殺者を招き入れた坂本。なんとも情けない話である。

薩摩藩邸では篠原、三木らが難詰されていた。

銃殺では気が済まない。斬殺したかったというのなら、なぜ馬を撃たなかったのか。スナイドル銃の性能を把握していたのか。試し撃ちはしたのかなど、言われてみれば、当然なすべきことを怠っていた責任を厳しく追及されていた。

薩摩藩にとっては、許し難い日々が続いていた。

大政奉還によって、政策決定は諸藩の意見を踏まえ、さいごは帝のご判断を仰ぐという仕組みに変わったが、政策を立案する知識と情報を有しているのは徳川以外にない。王政復古で権限を幾ら剥奪してみたところで、徳川の政治は事実上続いている。

政権が朝廷に返上されても、京から会津と桑名が出て行っただけ。薩長の政権ができなければ、なんの意味もないといったところだろう。

戦になれば勝てる。薩摩には自信があるのだが、諸藩の見方は違っている。

討幕軍は五千人を下回る。幕府軍は京阪だけでも一万五千人を上回る。さらに江戸から続々援軍が駆けつけてくる。数のうえで話にならない。そうみられているのだ。

第二次長州征伐の戦いはどうなんだ。兵器の性能差が勝敗を決したではないか。結果が諸藩に正しく伝わっていない。薩摩藩にはそれが歯がゆくてならなかった。

さりとて、幕府は内戦回避のために政権まで返上している。自分たちから仕掛けることはできない。

では、どうしたらいい。

挑発するのだ。悪事の限りを尽くし、幕府に薩摩征伐やむ無しと思わせてやるのだ。

西郷は大号令を発した。

江戸では五百人の不逞浪士が乱暴狼藉を働き、一日の活動を終えると、堂々と薩摩藩邸の門を潜り消えていった。

京では薩摩藩兵が動いた。

近藤暗殺に失敗した二日後。新選組の倉庫に火をかけ、その翌日には薩摩藩兵と分かる格好で、斥候隊が伏見奉行所の周辺を徘徊し、新選組はこれを銃撃。弾は当たらなかったが、薩摩藩兵が抗議に押しかけ、双方睨み合いの状態となった。

ただ、あくまでも睨み合いである。新選組は、我慢してくれと頼まれていた。それは慶喜の意向であった。

西郷の意図など見抜いている。今ここで挑発に乗ってはならない。薩長は世の中が変わらないことに苛立ちと焦りを感じている。

だから、あんな愚かな行動に出るのだ。やがて、反薩長の世論が形成されてくるだろう。そうなれば朝廷も腰を上げざるを得なくなる。征伐の勅許をこちらが得れば、如何に最新兵器を揮《ふる》っても、改めて朝敵とされた長州一派は崩壊の道を辿るだろう。

慶喜はこんな考えでいたのだ。

現場で戦いがはじまってから、慌てて勅許を得に参内した禁門の変の時と比べれば、進歩の跡がみえる。

だが、薩摩の愚かなる行動は、慶喜の読みの遥か上を行った。

江戸城二の丸が放火されたのだ。

これによって幕閣たちの我慢も限界を超えた。

一八六八年（慶応三年）一月十九日。

幕府は三千人を動員し、不逞浪士の一斉検挙に乗り出した。江戸の薩摩藩邸は庄内藩の者たちによって焼打ちにされ、江戸の民衆はよくぞやったと手を叩く。

さあ、次は京の番だ。慶喜は何をしているのか。ただちに挙兵せよ。薩摩征伐に乗り出すのだ。

慶喜はこんな世論に動かされてしまった。

一八六八年（慶応四年）一月二十五日。

慶喜は討薩表を草した。

薩摩は諸藩が話し合って事を進めるという大政奉還の取り決めに反し、帝を侮り、朝廷に対して私意を主張している。江戸では不逞浪士を雇い、狼藉を働き、民衆の怒りは頂点に達している。もはや、薩摩を討つ以外にない。

結局、西郷の思い描いたとおりの状況にされてしまったのである。

江戸で破壊工作に従事していた者たちは、海路脱出に成功し、薩摩へと向かった。いつでも逃げられるようにしていたのであろう。焼打ちなどなんのそのと言ったところだ。

朝廷が世論に突き動かされる前に、幕府が行動を起こしてしまえば、大坂城に引っ込んだことが大きく響いてくる。薩長の陣取る朝廷に、慶喜がノコノコ入っていけるはずがない。

慶喜としては、なんとしても朝廷に討薩表を奉呈しなければならない。朝廷が討薩表を受理し、薩摩討伐の勅許を得ないことには、戦ははじめられない。勅許を得て、正義は我にあるという戦にしなければ、諸藩の応援を得られない。幕府軍と薩長軍の私戦のようになれば、第二次長州征伐の二の舞だ。

だが、どうやったら御所まで辿り着けるというのか。伏見街道には長州軍。鳥羽街道には薩摩軍が控え、戦のはじまりを、今か今かと待っている。

慶喜は参朝は朝命によるものだとして道を開けさせようとするが、薩長は応じない。こちらは朝廷に使者を遣わせたのだ。そうしたら参内せよとの御沙汰があったのだ。と、幾ら説明しても、そんな話は聞いていない。と、当然の如く突っぱねられる。

浅はかだった。策をめぐらせたつもりが、簡単なことに気づかなかった。二条城を出た段階で、勅許を得るのは物理的に不可能になっていたのである。


歳三は伏見奉行所で総大将として初陣の時を待っていた。

この時、新選組の総員は百五十人だったが、勇、沖田、斎藤を欠いていた。沖田は労咳で静養。斎藤も海援隊に襲撃された時の怪我が癒えていない。

「酒もこれで呑み収めになるかもしれねえな」

月桂冠をあおりながら永倉がつぶやいた。

「敵はどんどん増えています。こちらも援軍を要請しないと」

山崎が血相を変えて報告にきた。

幕府軍は京への入り口で足止めを喰らってもなお、交渉によって事を進めようとしていた。薩長連合軍の三倍以上の兵力で押しかけておきながら、強行突破ではなく、あくまで平和裏に参内することの正当性を主張し続けたのだ。

とおせ、とおさぬとやりあっているあいだに、敵は戦力の補強を進めている。当初は長州軍しかいなかった伏見街道にも、薩摩軍兵が援軍として入り、新選組は地理的にみれば敵に包囲されたような格好になっていた。

「早くはじめねえと。待っているだけ不利になる」

焦る井上に、歳三が言った。

「こっちだってくるさ。佐川官兵衛つうのが、会津の精鋭部隊を引き連れてやってくる」

「しかし、歳さん。それにしたって武器の性能が違い過ぎる」

「確かに。でも、そんなことは百も承知だ。火縄銃が外国の最新兵器に勝つ。それこそまさしく攘夷じゃねえか」

「歳さん。あんたは大した男だなあ」井上は笑った。

そうなのだ。今この段にきて指揮官に求められるのは、与えられた条件で如何にして勝つか。それしかない。足らざるところを嘆いても、士気が落ちるだけだ。

「いいか、軍中法度を忘れるな。幕府軍のなかに弱い部隊があっても、批判なんかするんじゃないぞ。そんな暇があったら助けに行くことだ。仲間を信じることだ。訓練どおりにやればいい。何も心配いらない」

俺が合図を出すまで鋭気を養っておけ。と、歳三は酒をふるまった。

今、戦になったらどうするつもりだろう。酔っぱらっていて大丈夫なのか。そんな気にもなるが、酔うことだって意味がある。酔って気が大きくなって、敵を恐れずに突進できればそれでいい。酔いがさめて体調万全の戦いができるなら、それもいい。

如何なる状況にあっても、都合のいい方に解釈する。これが大切なのだ。

「今日はなさそうですね。敵も大方眠りにつきました」

山崎が再び報告に現れた。

「鳥羽街道の様子はどうだ」

「ちょっとそこまでは分かりかねます。でも、あっちはさらに厳しいと思いますよ。薩摩の精鋭が相手ですから」

「そうか。鳥羽の最前線は見廻組だったよな。佐々木さんの方が、俺より先に死んじまうのかなあ」

「副長。冗談にもそんなこと言わないでください」

「山崎、ここから先の戦いは厳しいぞ」

「分かってますよ」

「いや、分かってねえ。俺が指揮をとるんだ。こんな重要な場面で、勇さんじゃなく、なんの経験もない俺がやるんだ。できると思うか」

「できますよ。できなくてどうするんですか」

歳三は、「そうか、そうだな」と言ったあと、「ところでおまえ、勇さんを診たか？」と尋ねた。

「はい。これでも医者の息子ですからね。包帯を取り換えた時に、傷の程度は確認しました」

「復帰できると思うか」

「当たり前じゃないですか。でも数ヵ月はかかるかもしれませんね」

「そうか。じゃあ、それまでの辛抱だな」

山崎が出て行くと、あいつ家業を継がなくて良かったな。と、歳三はつぶやいた。

勇の治療にあたったのは松本だった。

「弾は貫通したんだが、抜けて行った所が撃たれたところから、ちょっとずれた場所なんだよ」

「どういうことでしょうか」

「体内で弾が暴れたんでしょうね。骨のあちこちを壊されているとしたら……」

「壊されているとしたら？」

「肉を斬られた山南君より、骨を断たれた勇君の方がはるかに重症だということです」

「山南より重症……」

目の前が真っ暗になった。

銃器による本格的な戦を前に、剣士としての近藤勇の終焉を知らされたのだ。一つの時代の終わりを象徴するかのように。


一八六八年（慶応四年）一月二十七日、午後五時。

鳥羽街道小枝橋畔の竹藪から、薩摩の大砲が火を噴いた。

一斉砲撃であったが、砲声は一発しか聞こえない。それほど統制のとれた攻撃であった。

狙った先は、幕府軍の大銃部隊。たちまち屍の山ができ、三門の大砲も砕け散った。

押し問答にも、いい加減飽きてきた。そろそろ日が暮れる。やっちまうか。薩摩藩兵のそんな判断ではじまった鳥羽の戦いは、数秒で勝敗が決したのである。

大砲を失い、逃げ惑う幕府軍。

楽勝を確信した薩摩藩兵は、砲撃を止め、逃げる幕府軍を追走する。

まるで弱い者いじめの鬼ごっこのようだ。

だが、その油断に斬り込む決死隊が現れた。見廻組である。

真っ先に、佐々木只三郎が飛び込む。

薩摩藩兵が次々と斬り倒されていく。

必殺の仕事人。稀代の殺し屋。あの佐々木が、あんな戦い方をするとは。

もはや逃げるだけ。そう思っていた幕府軍は奮い立った。

武士の魂を呼び起こされ、鳥羽の戦いは継続された。


伏見街道でも、とおせ、とおさぬの押し問答が続いていた。

だが、鳥羽街道とは場の雰囲気が違っていた。新選組の隊士たちが、ズカズカと交渉の最前列に出てきていたのだ。野次を飛ばすためにである。

「とおさねえと、このまま殺っちまうぞ。薩摩の芋野郎ども」

「お前らの目的はなんだ。国中、芋だらけにすることか」

交渉にあたっている者にしてみれば、迷惑甚だしいが、新選組だけに文句が言えない。

それをいいことに、新選組隊士たちは交渉の邪魔をするかのように野次を飛ばし続けた。

仕向けていたのは歳三だ。

原田が「さっさと芋を投げてこい、芋を。見事、串刺しにしてみせるぞ」槍を片手にからかってみせる。

薩摩藩兵もカッとなって言い返してくる。

交渉人の周りに、いつのまにか口喧嘩の輪ができた。

ただ、口喧嘩とは少し違うところがあった。

全国から隊士の集う新選組は、多摩弁を軸に誰が聞いても分かる言葉遣いをするが、薩摩藩兵は純粋なお国訛りである。新選組の野次は薩摩藩兵を怒らせるが、その逆が成り立たない。何を言っているのか、さっぱり分からないからだ。

新選組は一方的に口撃できる。これは愉快だ。と、調子に乗って次々と野次を飛ばすから、薩摩藩兵たちがますます怒って、前へ前へと出てくる。

双方の距離が、胸ぐらを掴み合えるほどの近さまで狭まってきた時だ。

鳥羽方面から砲音。

はじまった。

いきなりの白兵戦である。

永倉が斬る。原田が刺す。井上も暴れまくった。

だが、新選組隊士たちの圧倒的な強さを前にしても、薩摩藩兵は一歩も退かない。さっきまでの口喧嘩で怒り心頭に達しているから、敵意を剥き出しにして向かってくるのだ。

狙いどおりであった。

薩摩藩兵が逃げてしまえば、逃げた先には長州藩兵がエンピール銃を構えている。そこには行けない。今この場で叩き斬るのだ。

戦闘が白兵戦からはじまったことで、伏見街道での戦況は、当初は幕府軍に有利であったが、長州軍の大砲が唸りを上げてくると、形勢は逆転。辺りも闇となって、この日の戦闘は終了した。

白兵戦に圧勝した新選組を待っていたのは、猛烈な炎に包まれた伏見奉行所であった。


一月二十八日。

衝撃が走った。

夜明けとともに薩摩軍本営に錦の御旗が掲げられたのである。

薩長軍は天皇の旗を得て官軍となった事実を諸藩に広めたい。賊軍となった幕府軍は今後の対応に追われる。結果、双方、作戦会議に時間を割き、この日の戦闘は小規模なものに止まった。

朝廷は独自の軍隊を持たない。だから、戦になれば強い方を官軍。弱い方を賊軍にしてしまう。

しかし、たった一日である。早計な判断に過ぎないか。

「これはまずい。様子見をしていた諸藩が薩長の側についてしまう」

佐川官兵衛が危機感をあらわに嘆く。

伏見方面の戦闘で活躍したのは新選組と、この佐川率いる会津精鋭部隊だった。どちらの部隊も出撃拠点を砲撃で失い、鳥羽方面の戦いに加わることにはなったが、自分たちが負けたとは全く思っていない。朝廷がなぜこんなにも早く結論を出すのか。納得できなかった。

「朝廷は薩長の奴らに情報を遮断されているんだ」歳三がこう言うと、佐々木が「たとえ負けていても、勝った、勝ったと帝に吹き込めばいい。帝の意思を自由に操れる状態にあるんだから」と応じた。

どうしたらいいのだろう。

「こっちも錦旗を上げたらいい」原田が言った。

なんて短絡的な発想だ。馬鹿を言うな。一斉に批判を浴びたが、原田の気持ちも分からないではなかった。今、この段階で薩長に与えられた錦旗に、権力の正統性などない。そこに居たみんなが、そう思った。

時間が経つにつれ、各藩に忍ばせていた間者から、

「土佐藩が正式に薩長軍につきました」

「淀藩、津藩も怪しい動きをしています。使者が薩長と接触している模様です」

「軍事奉行か、あるいは、その補佐役か、どちらかが慶喜公のところに降伏を進言しに行ったらしいと、会津藩兵のあいだで噂になっています」

懸念していたとおりの情報が次々ともたらされてくる。

しかし、その一方で、「フランス式最新兵器で武装した兵士たちが、続々こちらに向かっています。その数、一万五千人」

これには歓声が上がった。

フランス式伝習兵は、既に着陣していたが、この日の戦が小規模なもので終わったため、その強さをみせつける場面も限られた。それでも、随所で火力の凄まじさを発揮し、薩長軍を押し返す場面もあったという。その部隊が敵軍総数の三倍も結集するというのだ。

自ずと勇気が沸く。錦旗を奪われたことで、如何なる影響が出るのか。その対策をどうするのか。検討すべき事項が、一気に吹っ飛んでしまった。明日一日で錦旗を取り返してやる。そんな雰囲気に包まれたまま、隊士たちは眠りにつくのだった。

一月二十九日。午前七時。

辺りは霧に覆われていた。

フランス式伝習兵の増強は、幕府軍を大いに勇気づけたが、歳三だけは懐疑的であった。

「あんだけ訓練を積んできた俺たちだって満足に当てられねえのに。にわか仕込みの兵隊に銃を持たせたって、たかが知れてるだろう」

もっともな指摘である。だが、士気が上がっているところに、こんな疑問を呈することはできない。それに軍中法度にも違反している。

歳三は、佐々木に尋ねた。「敵はどれ位の時間、撃ち続けましたか」

佐々木は首を捻りながら、「どれ位って言われましても。射撃、砲撃の時間が決まっている訳ではないでしょう。こっちが退却をはじめるまでですよ」

歳三は頷くと、「弾にも限りがある。いつまでも撃ち続けられる訳じゃない。なるほど、こっちが逃げ出したら撃ち方止めになったんですね。そのあとは？」

「そのあと？　そのあとって、逃がしてくれるはずもなし。刀を抜いて襲いかかってきますよ」

「佐々木さんは、その時に果敢に斬り込んでいったそうですね」

「ええ、まあ」

「私も佐々木さんに学ばせて頂きますよ」

霧が晴れれば、はじまる。今度は撃ち合いからはじまる。

新選組は小銃部隊が応戦し、被害を最小限に止めながら敵を引き寄せる。刀槍部隊を潜ませたところまで引き寄せたら、小銃部隊は退却させる。敵が抜刀し突っ込んできたところを、刀槍部隊が迎え撃つ。

島田を遊撃隊の指揮官に指名してから二年半。その訓練は十分に積んできた。白兵戦の時間を長くすることで、敵戦力を削ぐのだ。

三日目の戦いが、勝敗の帰趨を分けるだろう。歳三はそうみていた。

風が強くなる。霧がみるみる消えていく。

永倉、井上、原田、山崎、みんな覚悟を決めていた。

怪我を押して斎藤までが出陣している。

午前八時。

銃声が響いた。

薩長軍のエンピール銃が火を噴いて迫ってくる。

幕府軍のゲーベル銃部隊はたまらず退散。

武器の性能が劣るうえに、兵隊の質もやはり低い。

そんなか新選組の小銃部隊は粘りをみせるが、それでも予定よりずっと早く、どんどん後退してくる。

もはや、これまで。島田が退却の合図を送る。

薩長軍は撃つのを止め、抜刀し、敗走兵を追いはじめた。

今だ。行け。島田の号令に刀槍部隊が躍り出る。

計画どおり、白兵戦に持ち込んだのだ。

初日の戦い同様、新選組の強さが光る。

いや、初日よりはるかに強い。

佐々木さんに学ばせて頂く。その言葉に嘘はなかった。

戦で死ぬのは、兵隊さんたちだけ。

君きくのこんな言葉を、彼女の思いとは裏腹に、歳三は武士として否定した。

大将自らが突っ込む。総員奮い立ち、敵を圧倒した。

だが、

「えっ……」

目の前の敵兵が突如バタバタと倒れていく。

いったい何が……

そこには信じられない光景があった。

敵の小銃部隊がこちらに向かって乱射している。

当然、弾は新選組より先に、薩長軍の刀槍部隊に当たる。

だが、そんなことはお構いなしだった。

「馬鹿な……仲間を殺してまで……？」歳三の動きが一瞬止まった。

次の瞬間。「危ないっ」覆いかぶさるように、山崎が飛びついてきた。

この時、歳三は、山崎の身体を受け止める以上の衝撃を感じた。

苦痛に顔を歪める姿をみとめ、

「山崎ッ。撃たれたのか」

歳三は、山崎を担いだ。

硝煙、火薬の匂い、土煙。

隊士たちは退却をはじめている。

ここは逃げねば。

しかし、一人だけ。

敵に向かって、剣を上段に構えたまま不動の男がいた。

井上であった。

「源さん。早く」歳三が叫ぶ。

だが井上は退かない。

山崎を背負ったまま、歳三が近づく。

「ま・か・せ・た・ぞ」

井上はニッコリ微笑んだ。

既に蜂の巣状態だった。

みんなを陰で支えてきた。

いつも後ろにいた男が、偽りの錦旗に、必殺剣で挑んでいたのだ。

「源さんっ」

放ってはおけない。

だが今は、命ある山崎を救わなければならない。

敵弾しげしそのなかで、どこに誰がいるのか分からない状態だった。隊長が部下を背負って逃げているとは、誰も思わない。軍中法度など、もうどうでもいい。

「源さん。――源さん。俺が死んだら、新選組を率いてくれるんじゃなかったのか。斃れる訳にはいかねえって、そう誓い合ったじゃねえか」

歳三は、叫びながら走った。

「も・お・い・い・よ」

今度は背中で声がする。

まさか……

「もおいいって、目上の者の言うことは聞くもんだ」

背中の声を無視して走り続けた。

ここまでくれば、大丈夫だろう。山崎を寝かせると、

「山崎、しっかりしろ」

「副長……何度も言ったでしょう……もおいいって……助からない私を担いで逃げて、撃たれでもしたら……目上の者の言うことは聞くもんですよ。本当は副長より二コ上ですからね、私は」

苦しい息のなか、山崎の口は笑の形を作った。

「助からないなんて言うな。――すまない山崎、俺を助けるために」

「卑怯な奴らですね……でも、これが戦争です……勝った奴が正義になる」

「山崎、しっかりするんだ」

「も・お・い・い・よ」

山崎は改めてこう言った。

俺の方が年配だったんだぞ。そんな表情をして息を引き取ったようにみえた。

新選組監察方、山崎丞。鳥羽・伏見の戦いで、隊長の楯となって戦死。享年三十五。

戦士の代わりはいても、山崎の代わりが務まる者はいない。歳三にとって、新選組にとって、失ってはならない存在を失った。

そして、もう一人。精神的な支柱であった男が……

歳三は少年隊士の井上泰助に、こう告げた。

「叔父さんは剣を構えたままの姿で逝った。あんな立派で美しい死に様はない」

深夜、泰助は現場に向かった。

泰助はまだ十歳だった。

武士とはかくあるものだ。憧れの人、源三郎の残した、そんな姿を目に焼きつけておきたかった。だが、そこに立ったままの姿は、もはやなかった。草に顔を埋めるようにして、井上は死んでいた。

泰助が辺りを見渡すと、寺がみえる。欣浄寺《ごんじょうじ》という寺だった。泰助は敷地内に入ると、庭の土を掘り、首と佩刀を仮埋葬した。

新選組三番隊隊長、井上源三郎。鳥羽伏見の戦いで戦死。享年三十九。

この日の戦いで新選組は十四名の隊士を失った。

会津精鋭部隊の隊長、佐川もこめかみを銃弾がかすり、衝撃と出血で片目をつぶされた。

戦線離脱である。

立て直しを図ろうと戻った出撃拠点の一つ淀城は、城主不在を理由に、幕府軍の入城を拒否した。城主は出撃の時から不在だった。老中として、はなから江戸に居たのだ。断る理由にならない。

なのに、幕府軍はあっさり引き下がり、別の宿を探して布陣することになった。淀藩が寝返りそうだという情報は得ていたが、戦の勝利でそんな噂は吹き飛ばす。そう考えて、今日の決戦に挑んだのだ。結果を受ければ、仕方がないというところだった。

三十日。

諸藩は勅命の名において、涙を揮いて幕府軍に砲筒を向けた。

淀川を左にみながら南西方向に後退する幕府軍に向かって、対岸から津藩が砲撃を浴びせてくる。

裏切りの戦場で、敵弾が見廻組隊長、佐々木を遂に捉え、寛骨《かんこつ》を粉砕した。

小太刀を使わせたら、日本一と言われ、清河八郎、坂本龍馬を殲滅した仕事人は、鳥羽・伏見の戦いでは、最も勇敢に敵陣に斬り込んだ一戦士として、その名を刻んでいた。

佐々木はなお闘争心旺盛であったが、十日余りのち、多量の出血と臓器不全によって、この世を去った。

見廻組隊長、佐々木只三郎。享年三十五。

斜陽の幕府に最期まで忠誠を誓った時代のあだ花。こんな形容で飾られる本物の武士であった。

幕府軍は新選組、見廻組、会津精鋭部隊の主力三隊のうち、二隊の将を失った。

三十日夜に報告を受けた慶喜は、未明、密かに大坂城から逃亡した。

転戦

一　洋装の武士

慶喜は江戸に戻り、謹慎生活を送るつもりでいた。自分のために多くの血が流れ、多くの命が消えていったが、それはそれ。恭順の意を示せば、自らは朝敵となるを免れると思ったのである。

ところが、逃走に使った交通手段が上手くなかった。最新鋭戦艦開陽丸である。

開陽丸に慶喜が乗り込んだという情報だけで、薩長軍は焦りの色を濃くしていた。戦の真っ最中に、敵の総大将が最強の戦艦を逃亡用に使うとは思いもしない。我が身可愛さに、最も安全な交通手段を選んだ慶喜だったが、薩長にしてみれば、海軍力では圧倒的に優る幕府軍が、その力を用いていよいよ反撃に出てくるものと、して当然の勘違いをしたのである。

朝廷もまた、慶喜に反意ありと判断し、追討令を下した。ここに慶喜は朝敵の烙印を押されることになった。

「会わぬとはどういうことだ。どんだけ頑張っても、負けた奴の話など、もう聞かぬということか」

勇は歯ぎしりして悔しがった。

三十一日のこと。

勇は徹底抗戦を訴えるべく、歳三とともに大坂城に登営したが、徳川慶喜、松平容保、松平定敬、板倉勝静の誰一人として面会がかなわなかった。

「勇さん。いいじゃねえか。会わねえってことは、新しい指示を出す必要がないからさ。つまり、徹底抗戦だよ」

「しかしなあ、戦い続けるにしても、今のままじゃあ。何か新しい策を講じないと。おめえの言うとおり、その、なんだ、ああ、遊撃戦ってえのを、どんどんやってだな」

「そのつもりさ」

歳三は、井上、山崎を失った開戦三日目の戦いを振り返り、昨夜は夜通し、島田と作戦を練っていた。

「それで、佐々木さんの容態は？」

「医師の話では、復帰できても自らの足で立つことはできないだろうと」

「そうか」

佐々木がいなければ、新選組はなかった。

浪士組を抜けて京に留まることを決めた時、京都守護職御預壬生浪士の身分を与えてくれたのは佐々木である。その佐々木を目標に、時には好敵手とみなして、幕臣の集まりである見廻組に負けない組織にしようと、新選組を鍛え上げてきたのだ。

心にぽっかり穴が開く。まさにそんな感じであった。

佐川は失明した訳ではないが、片目が使えないことに変わりはなく、会津に戻って治療に専念するのだという。

幕府軍にとって頼りになるのは歳三だけになった。勇も、総司も戦士として戻ってくることはない。歳三は、たった一人になっても闘う決意を固めていた。

ただ、それは大変な重圧のなかに我が身を置くということだ。

こうなると、人は何かしらでもいい情報に飛びつきたくなる。少しでも希望が持てるような環境の方に流されてしまうものだ。

「佐々木さんも、佐川さんもいなくなった。勇さんは自分が出陣できる訳じゃねえのに、戦いの継続を望んでいる。本当にやっていけるだろうか」

これに島田が、「大丈夫です。ご安心ください」と答えた。

島田は、山崎とともに側近中の側近であった。山崎がいなくなった今、歳三が助言を求めるとしたら、それは自分しかいない。確信がある訳ではなかった。只、ご安心くださいという言葉を伝えることに意味があると思ったのだ。

この言葉が持つ威力は、実は山崎から教わったものだった。

山崎は医者の息子。父によれば、患者が最も不安を感じるのは、具合が悪いのに、その原因が分からない時だという。

「そういう時はな、適当な病名をつけて、大丈夫、ご安心くださいと言うとったらええんや。病も気からというやろ」無茶苦茶な話を教わっていた。

それでも山崎は、「患者にとって頼れるのは医者しかいない。いつか自分も副長に、ご安心くださいこう言えるほどの信用を得たいですね」

この場面は、天国の山崎に助けてもらおう。

だが、「どうしてそう言える」歳三から問われた。

島田は、「まず、こないだのような真似はもうできないはずです」

「こないだのような真似？」

「そうです。仲間を殺してでも、新選組を銃殺しようとしたあの戦術です。確かに迂闊でした。敵は初日の戦いに学んで、新選組とまともにやり合って勝てるはずがない。そう思ったのでしょう。だから、あんなやり方をした。しかし、二度目はない。味方に撃たれるのを承知で戦う奴なんていませんから」

「なるほど。しかし、火力の戦いとなれば、ますますあっちに有利だろう」

「いいえ、そうは思いません。フランス式伝習兵の力も大したものですよ」

「はあ？　何を言ってるんだ。押しまくられてたそうじゃないか」

「副長、彼らはあれが初戦なんです。薩長の軍は、訓練を重ね、実戦も経験している。こっちはこれからですよ、これから」

「そうか、そういうものかなあ」

どんなことでもいい。島田は明るい見通しを示さねばならなかった。やっていけるだろうか、などと言いながら、副長は戦いを望んでいるのだ。自分は長いこと仕えてきたから、それが分かる。

結果、歳三の方も、不安な心理状態から脱したいがために、島田の希望的観測を自らの確信に変えてしまうのだった。

歳三は闘う自分に酔ってはいられない。闘いを止めたら、俺が俺でなくなっちまうというのは、一匹狼の時には言えるが、その決断が多くの犠牲者を生む立場になれば通用しない。闘う理由だけでなく、勝てるという確信を示せなければ、指揮官の資格はないのだ。

歳三は、次の三点において勇を納得させた。

兵隊の数の多い方が遊撃戦を演じるのは卑怯だと考えているようだが、単に兵隊の数ではなく、軍事力全体としてみた時に、火力の違いは如何ともし難く、その差を補う意味で、遊撃戦は正義の戦いである。

火力の差についても、フランス式伝習兵の実力は侮りがたく、実戦を重ねるにつれ、戦況も好転してくる。

各藩の寝返りについては、戦況次第でどちらにも靡く存在なのだから、その動向に一喜一憂する必要はない。

こうして、新選組は闘いの継続を決したのだ。

そして、その気持ちを伝えようと大坂城に行ったところ、誰も会ってくれず、宿に引き返してきたのだが。

「隊長、副長、大変です」

島田が飛び込んできた。

「慶喜公、容保公、定敬公が昨夜のうちに大坂城を出られたそうです」

「なんだって！　どういうことだ？」驚く歳三に、勇は「会えねえ訳だ。逃げちまったんじゃしようがねえ」

「逃げた？　本当に逃げたのか」歳三の問いに、「他に何があんだよ」勇が吐き捨てた。

島田は、「慶喜公は水戸藩出身ですから、どうあっても朝敵にだけはなりたくないと。それでいち早く戦を止め、江戸で恭順の意を示されるおつもりだと。そんな噂が専らです。しかし……」

「しかし？　しかし、なんだ」

歳三が尋ねると、島田は、歳三の願うような答えを出してきた。

「薩長はそうはみていません。慶喜公らは開陽丸で東帰されたそうです。最新鋭の軍艦に乗り込み、この先は自ら指揮を執って再起を期す。まさに背水の陣で臨もうとする敵将の覚悟に、敵は震え上がっている模様です」

実際のところ、開陽丸の総司令官、榎本武揚は乗船していなかった。大阪に置いてきぼりにされていたのだ。

「そうか、それならよしだ。我々も将軍に続こう。勇さん。あんたの力で富士山丸を確保してくれ」

「おい、歳よ。お前、本気で言ってんのか」

「本気さ」

「逃げたに決まってんだろう。実は薄々、そうじゃねえかと思ってたんだよ。俺はあの人たちとは何度も会って話をしてるんだ。どんな連中かはよく分かってるよ」

そう言って歳三をみた。

だが歳三は、あんたはそれでいいのかい。俺は闘うよ。そんな表情をしている。

勇は慌てて、「いや、歳よ。やっぱ、おめえの考えが正しい。よし、富士山丸だな。了解だ」こう言うと席を立った。

夜も遅い時間で、今から船など手配できるものではない。勇は只その場に居られなかったのだ。慶喜の情けなさと、歳三の立派さ。嘆きと感動の涙が、同時に出てきてしまいそうだった。

翌日、勇は、慶喜が置手紙を残していたことを知った。

近畿地方での戦は誤解によって生じたもので、如何ともし難かった。しかし、天朝に奉じる身として、いささかでも帝のお心を悩ましたとあっては、もはやこの地に居られない。浪速城を離れ、東の地で謹慎する。あとは任せた。さようなら。

将軍が自らの責任を回避し、命乞いをしていたことを示す明確な証拠である。

「こんな手紙を残すなんて」勇は大きくため息をついた。

実は昨夜のうちに数名の隊士が新選組を脱走していた。そのなかに勇が最も可愛がっていた隊士の一人、養子の近藤周平がいた。

「どいつもこいつも全く情けねぇ」愚痴りながらも、お供をした尾形俊太郎には、「慶喜公は海軍力を駆使して反撃に出るのだろう。周平は……周平は、そうだな、一人一殺の精神で敵大将の首を獲りにいった。まあ、そういうことにしよう」

尾形も、「そのとおりです」大きく頷いてみせた。

勇は富士山丸を確保すると、将軍とともに江戸に戻って再起を期す。と、隊士たちに訴えた。

国元へ帰ると言い出した者には、これまでの労をねぎらい、それを認めた。それでも、百名を超える隊士が徹底抗戦を誓い合った。

海が荒れて数日間足止めを喰らったが、一八六八年（慶応四年）二月三日に出航。

一八六三年（文久三年）四月十日に入京してから五年、新選組は京阪を去ったのである。


新選組隊士は別の船でも運ばれた。沈没で総員を失う訳にはいかない。遠距離移動の際には、こうした方法がとられる。途中、横浜港などに負傷者を降ろしながら、富士山丸は八日、品川港に到着した。

丸の内鍛冶橋の豪勢なお屋敷が、新選組の新しい屯所になった。

勇と沖田は神田和泉橋の医学所で、松本を担当医に治療に専念することになった。

三月十三日。

その医学所を、歳三と彦五郎が見舞に訪れた。勇は二人を笑顔で出迎えたものの、かなり苦しそうな様子だった。

「勇君。まだ痛むのかい」心配する彦五郎。

歳三も、「傷口が開いたんじゃねえのか。あんだけ船が揺れりゃあなあ。俺もなんだか頭がクラクラしてるよ」

「いや、そうじゃねえんだ。さっき弾を取り出したばかりなんだよ」

「弾？　弾だって？　そんな馬鹿な」歳三が驚く。弾は貫通していたのではなかったのか。

だが勇は、「体内に残っていたのがあったらしい」

ほどなくして松本が現れ、「砕けた弾の一部が細胞とくっついて、黒く大きな塊になっていました」と解説し、同じく体内に残っていた砕けた骨と一緒に取り除いたという。

「完全に治すまでには、まだ何回か手術をしなきゃならんということか」勇はため息をついた。

「沖田君の方は？」彦五郎の問いに、「別の部屋で寝ています。彼の場合は、とにかく休む時間を長くとることです」松本が答えた。

勇はさらに大きなため息をつくと、

「しっかり休んだあとに数時間動く程度なら、なんの問題もねえんだが、俺たちの仕事はいつ戦になるか分からねえから、続けていくのは難しいかもしれねえなあ」

こう言うと突然、彦五郎に頭を下げ、

「義兄さん。実はお願いがありまして。天然理心流五代目を、どうか総司に譲ってやっては頂けないでしょうか」

えっ。なんだって。皆びっくりした。

彦五郎は、「そんなこと急に言われても、それに譲るも何もないだろう。私が五代目になるというのは、君に、もしものことが起きた場合であって」

「そのもしもが起きたのです。私は戦場で指揮を執ることはできても、弟子たちに稽古をつけてやれる身体ではなくなりました。逆に、総司は戦場で活躍できる身体ではありません。しかし、後進の指導にあたることはできそうだ。それが剣に生きた者に残されたさいごの仕事ではないかと……」

「勇さん。何言ってんだい」

歳三であった。強い調子で、

「あんた今、何度か手術は必要みたいだが、完全に治すって、自分でそう言ったろう。剣を握れねえ身体になったみたいなこと言うな。今は戦に勝つことだけを考えようぜ。戦に勝って、平和な時代が再び訪れた時に、その問題は考えりゃいいことだ」

「歳よ。それじゃあ手遅れになる可能性だってあんだろ」

「手遅れだと。あに弱気になってんだよ」

言い返そうとする勇を、松本と彦五郎が制し、この話は終わったが……

後日、勇は、彦五郎宛てに、改めて天然理心流五代目を総司に譲りたいとする内容の手紙をしたためている。勇は、自分と愛弟子の戦士としての終わりを自覚していたのである。

翌日も、翌々日も、歳三は、彦五郎、松本と今後について話し合った。

落胆することはない。想像していた姿とは違ってしまったが、新選組と農兵軍が共同戦線を張って出撃する時が遂にきたのだ。いよいよである。

二月十六日。

この日、歳三は一つの覚悟を決めた。

人は見た目が大切と、羽織袴から洋服に。草鞋からブーツに。そして、髷を斬り落とし、フサフサした頭髪を後方になでつけた。

洋装の武士、土方歳三の誕生である。

動きやすいことはもちろんだが、我ながら実に格好がいい。鏡に映る自分にうっとりする歳三だったが、

「何それ。ボタン？　留めるとこ多過ぎ」沖田にからかわれた。

永倉も、原田も、ふーんってな顔をするだけ。羨ましい。俺も欲しい。とは誰も言わなかった。

「ケッ、どいつもこいつも、俺がカッコよくなり過ぎて妬んでいやがる」


三月八日。

勇と歳三は、上野の寛永寺に向かっていた。この寺の塔頭大慈院で、慶喜は謹慎生活を送っていた。

その慶喜の身辺警護をお願いされたのである。

道中、歳三が、「慶喜公を襲うとしたら、どっちだろうな」

「どっちとは？」

「朝敵とはいえ、恭順の意を示している慶喜公の首を、それでも薩長は獲りにくるのか。そ

れとも、裏切り者の大将なんか、俺たちの方で粛清しちまうかってことだよ」

勇は大笑いしながら、「歳、おめえなんだぞ。慶喜公は闘う意思をお持ちだなんて吹き込んでいる奴は」

「まあ、ちょうどよかったぜ。俺たちが将軍の身辺警護をすれば、敵は闘う意志の表れだととるだろう」

「ああそうだ。そのとおりだ」

寺に着くと、お付きの者が、「謁見を許すから、しばし待たれよ」と言ってきた。

身分のうえでは、謁見できるのは勇だけのはず。なのに、自分も征夷大将軍と話ができるとは。そうなると不思議なもので、さっきの悪態もどこへやら。慶喜が既にその地位にないことは百も承知で、歳三はなんだか幸せな気持ちになった。

だが、それも……

「お入りください」

勇と歳三が進んでいくと、「敵なの？　それとも味方なの？」奥から、か細い声がした。

お付きの者が、「味方にございます」。それでも、「本当なの？　本当なの？」不安そうな声。

歳三は、慶喜公の奥方か、それとも、お付きの女性でもいるのかと思ったが、「味方か、本当に味方なんだな」声の主はそれならと、「所属は？　名はなんと申す」急に男性の声に変わった。

お付きの者が促すように、こちらをみる。

勇が慌てて、「新選組にございます。総代の近藤勇にございます。副長の土方歳三とももども、将軍の身辺警護のために……」

すると言い終わらぬうちに、「新選組だと。新選組がこんなところで何をしている。進軍だあ。進軍せよ。敵を一歩たりともここに近づかせるな」狂ったように怒鳴り声を上げた。

あまりに衝撃的であった。

その声、その発言。さらに……

奥の間から声の主、慶喜が現れた。

甲冑を身につけ、立派な兜を被り、銃を右手に、左腕にはなぜか鯛《たい》を抱えている。

そこまで決めておきながら、下半身は露出している。

涙を流している。鼻水も出ている。

お付きの者が、「近藤殿、土方殿。ご安心ください。危ないので弾は抜いてあります」

「はあ、そうですか。それは、どうも」そういう問題かよ。と、勇が力なく返事をした。

慶喜は、「近藤……、土方……」二人の名を呼ぶと、今度は狂乱状態から一転、さめざめと泣き崩れるのであった。

帰り道。「みてはならぬものをみたなあ」勇の言葉に、「なんで俺たちに会わせたんだろうな」と歳三。

「歳よ。あれは芝居なんじゃねえか」

「芝居？　大将はもうこんなだから、戦いは止めにしてくれってことか」

歳三は笑いながらも、「終わりにしてえなら、そうはっきり言ってもらわねえと。大将としての責任のとり方ってえもんがあんだろう」

精神異常になってしまったから、それはできぬとでも言いたのか。そんなのは通用しないぞ。と、歳三は思った。

そもそも、徳川のご恩に報いることが、この戦いのすべてではなかったはずだ。

腐敗した武士の世を終わらせ、四民平等の世の中を作る。誰もが努力次第でなりたいものになれる。そんな社会を目指して闘ってきたのだ。

戦を止める訳にはいかねえ。勝算はあるんだ。洋装の武士は拳を握りしめた。

二　甲州勝沼の戦い

歳三が勝算はあると踏んだ理由。島田の希望的観測に勇気づけられたことは確かだが、それだけではない。

歳三にそう思わせた人物がいた。

勝海舟である。

歳三は東帰ののち、金策に飛び回っていた。幕府に給料を用立てる能力がなかったからだ。実際、鳥羽伏見の戦いに参加した兵士たちに幕府が渡したのは、慰労品と称した金巾《かなきん》（薄地の綿布）やミカンであった。

それを知った勝は、ひとまずと言って、三百両を歳三に手渡した。

その際である。

勝は、「その金は調査費のつもりで受け取って欲しい」

「調査費？」

「ああそうだ。甲府城を拠点に新選組が戦えるかどうかのね」

「甲府城ですって？」

「しかし、薩長軍もそこを落そうとするだろう。あくまで秘密裏に、しかし先手を打たねばな」

歳三はハッとした。勝の真意を理解したつもりになったのだ。

歳三と勝のあいだには、一つの事件をきっかけに互いを信頼し合う関係が築かれていた。少なくとも歳三の方はそう思っていた。

禁門の変のはじまる一週間前、佐久間象山が暗殺された。歳三は揮毫《きごう》した漢詩を贈られるなど、かなり親しい仲であったが、この佐久間の妻が勝の妹であった。

一ヵ月ののち、佐久間の息子、格二郎が父の仇を討ちたいと新選組に入隊してきた。

この息子、勝の妹の子ではなかった。佐久間があちこちで落としていたらしい子種の一つであった。佐久間は自分のような優れた人間が、たくさんの子どもを残すことで、国の発展につながるという信念のもと、それを実践していたのである。まるでサルやシマウマのようだが、佐久間ほどの啓蒙家ともなれば、浮気理由も御国のためというご立派なものになる。

ただ格二郎は、優秀な血を引き継いではいなかったようで、歳三と勝は、彼の入隊から、二年ののちに脱走するまでのあいだ、互いに迷惑をかけまいと、度々連絡を取り合っていたのである。

たとえ嘘でも、格二郎の活躍を伝えてくる歳三に、妹の子でないことを承知で感謝の言葉を述べる勝。格二郎の脱走したことを恥じて詫びる勝に、自らの力の足らざるを詫びる歳三。そんな関係が築かれていたのである。

仕事柄、そう簡単には人を信用しないよう努めてきた歳三であったが、そうした者ほど、この人はいい人だと感じた相手にはのめり込んでいってしまうものらしい。

その勝から、甲府城を新選組にやると言われたのだ。こういうところが勝は実に上手い。

徳川の政治にあって、甲府城の果たす役割は極めて重要であった。

論を打ち立てたのは、服部半蔵である。江戸城が攻め落とされた時、またそうした状況になりかかった時、幕府軍は甲府城まで後退する。甲州道には八王子千人同心をはじめ、幕府に忠実な人々がいる。敵の進撃を、彼らが可能な限り食い止めているあいだに、甲府城に反撃のための兵力を結集するというものだ。

激動の時代に、隠密として自らを鍛え上げ、その能力を駆使して数々の修羅場を潜り抜けてきた自分が今、窮地に立たされている。

この先、どうしたらいいのだろう。今こそ、原点に立ち返るべきだ。

理想とする社会像を語るための思想的源泉が江川英龍であるなら、それを実現するための行動哲学は服部半蔵に求める、これが歳三の思想と行動の原点である。

こんな時、服部半蔵ならどうしたろう。

思い悩む歳三の前に示された勝の提案は、その答えのすべてであった。


一八六八年（慶応四年）三月二十日。

大石鍬次郎率いる先発隊が甲州に向け出発した。

二十一日。

新選組は甲府鎮撫を幕府より正式に命じられ、軍資金として二千三百九十四両。大砲六門を含む銃器を受け取った。

翌二十二日には、会津藩からも千二百両が提供された。

そして同日。

松本良順が幕府と会津藩を上回る三千両を用立て、さらに、百名の兵を揃えてくれたのである。

実際には、資金と兵を出したのは、弾左衛門の名で知られる穢多頭の矢島内記であった。松本がかつて往診治療にあたっていたのは、この矢島のことであったのだ。被差別民を同志に加え農兵軍を組織するという歳三の考えが、松本を通じて矢島に伝えられ、ここに実現をみたのである。

二十三日。

新選組は鍛冶橋の屯所を出立し、新宿でこの百人の部隊と合流した。新選組はこの時、八十人にまで減っていたので、百人というのは大助かりどころの話ではなかった。

矢島は挨拶を済ませると、

「西洋式の訓練というやつを、こいつらにも施して欲しいんだがなあ」

「いや、そうしたいのですが、時間も金もないということで」

申し訳なさそうに断る勇だったが、歳三ははっきりと、

「幕府が拒否したんです。鳥羽伏見で戦った大勢の兵隊が、既に江戸に戻ってきているのだから、そんな連中を新たに訓練してやる必要はないとのことでした」

「こ、こら歳。な、何を言うんだ」慌てる勇。

「そんな連中とはどういう意味ですか」抗議しない訳にはいかない矢島。

「人に非ざる者。そういうことです」平然と答える歳三。

だが、「だからこそ、共に闘いましょう。同じ人間を差別して、なんとも思わない世の中を変えるのです」

矢島はそれはそうだが。という顔で、

「でも、これから闘うのは幕府じゃない。薩長の奴らなんだろ」

「同じことです。奴らが政権を獲っても差別は無くなりません」

歳三は、薩長軍は武士を優遇し、最前線の危ないところに農民や町民を配置していると批判した。自分の育った日野では、飢饉になれば、豪農も、そうでない者も分け隔てなく、飯を分かち合ってきたものだと自慢した。身分社会にあっては果たせなかった武士になる夢だ

って、勇と自分は実現してきたと語り、

「誰もが努力次第でなりたい者になれる、そんな社会を作りましょう」

そう言って、矢島の前に右手を差し出したのである。

「ん？　そ、それは？」

「ハンドシェイクと言います。互いの手を握り合うことで協力関係を確認し合う西洋の習慣ですよ」

「西洋の？　そうですか、西洋式なんですね、これが」

矢島は嬉しそうに、歳三と握手を交わした。

その姿に原田が、「矢島さん。あなたの望んでいた西洋式の訓練はこれで終了。免許皆伝ですよ」

一同、笑いと歓声に包まれた。

気の利いたことを言うもんだ。感心する歳三だったが、

「それでは皆さん。どっと繰り出しましょう。遊女屋は全部、新選組の貸切だああ」と、原田らしく話を締めた。


歳三はひとり残って、思いをめぐらすのだった。

江戸の幕閣どもは、新選組は捨て駒で構わない。旗本八万騎は健在で、長州一派などいつでも捻りつぶせると考えていたようだ。自分には、それだけの頼りになる軍勢が江戸に控え

ているようには思えなかった。果たして、そのとおりだったではないか。今や江戸でも、我々が残っていることだけが救いになっている。

そうだ。新選組だけが頼りなのだ。

我々の実力を間近でみていた京のお偉方は、そのことを十分承知していた。新選組にあれこれ頼ってきてのも、そのためだ。新選組は自分たちが思っているよりも、遥かに重きを置かれる存在だったのだ。新選組が戦いを仕切ればよかったのだ。

いや、そうではない。自分も甘かった。最新式の銃に、火縄銃で勝つ。これが戦いの美学だと思っていた。

それがために……

「源さん。山崎。申し訳ない」歳三は固く目を瞑ると、大きく息を吐いた。

さて、どうする。

戦況は最前線から一気にさいごの砦にきてしまっている。

何をなすべきか。

勝先生が教えてくれたではないか。

そう、服部半蔵が作った徳川の防衛論。それを今半蔵たる、この土方歳三が二百六十年の時を経て実現するのだ。

それはある意味、自分が時代の頂点に立つということだ。

野心が芽生えてくる。

やるぞ。信じてきた道に間違いはない。

歳三は誰もいない部屋で、乾杯のポーズをとった。

この夜は酒よりも、自身の生き様に酔い潰れ、床に就いた。


だが、翌二十四日。

府中に宿泊したこの日以降……

「二十二名だ」彦五郎が言った。

これが彦五郎の集めた農兵軍の総数である。

「二年前の夏だ。あん時、この辺りの農民をやっつけちまった。それと敵の情報宣伝。これが効いているんだ」

彦五郎の説明に、鹿之助も力なく頷いた。

一八六六年（慶応二年）七月のことだった。

大阪にはじまった一揆は、その規模を瞬く間に拡大。三多摩では彦五郎率いる日野農兵軍がその鎮圧の任に当たった。そんなことをして。農民を敵に回して。こののち農兵軍を組織していけるのか。心配していたとおりになってしまったのだという。

さらに、徳川の悪政が続くなか、とって代わる救世主がいよいよ現れた。と、敵の情宣部隊が吹き回っている。鳥羽伏見の戦いの結果も、とうに知れ渡っており、よほどの志がなければ、徳川と運命を共にする者など現れないというのが、正直なところだというのだ。

なるほど。言われてみれば、沿道でもそうだった。

「今度こそ、薩摩の芋野郎を倒してくれよ」、「京の仇を江戸でとってくれ」

結構な歓声を受けて、いい気分に浸っていたが、つまり幕府軍が負けたということは、皆知っている訳だ。

だから、薩長を倒してくれと願う声は多々あっても、弱い方に自ら加わるという者は現れない。実際、荷駄係をしたいと、武蔵村山から駆けつけてくれた応援部隊がいたが、あくまで荷物運びであって、戦場に行くのは勘弁してくれという。

実を言えば彦五郎が連れてきた二十二名だって、志願した農民ではなく、実は天然理心流の門人たちであったのだ。

歳三は深夜、目を覚ますと、ぐっしょり汗をかいていた。心臓もドキドキしている。どんな嫌なゆめをみたのだろう。

再び眠りに就こうとするが、

「義兄さん。何年もかけて準備してきたんじゃないのか。それで二十二人かよ。それはないだろう」

身体をくの字に折り曲げ、布団のなかで、ついこう叫んでしまった。

幕府は甲府城の主となる近藤、それに土方も功臣に相応しい名前として、勇には大久保剛。歳三には内藤姓を与えた。土方家では家長が隼人を名乗ることから、歳三は内藤隼人と変名している。

新選組八十人と、弾左衛門の部隊百人、それに日野農兵軍二十二名。この混成部隊に正式名称はなかったが、役柄から甲府御用鎮撫隊と呼ばれた。

二十五日。

八王子に向かう途中、鎮撫隊は彦五郎宅で休息をとった。

新選組の故郷日野。英雄のお帰りである。大変なもてなしを受けた。

立派になったねえ。と、微笑んでくれたのは、四つ上の姉とくだった。

「私もだいぶ出世した訳ですが、これから先はどうなることやら」歳三は力なく答えた。

歳三はとくを慕っていた。とくが彦五郎に嫁いだあとは、この家に毎日のように転がり込んでいたっけ。こんな状況の時ではなく、もっと余裕のある時に帰ってきたかった。故郷に錦を飾ったかのように褒めてくれるのは嬉しいが、それに応えられる気分じゃない。

とくが「そうそう、あなたが実家に植えた矢竹があったでしょ。武士になったら弓を作るんだとか言って。遂に使う時がきたのね」

「いや、弓じゃなくて、矢の方な。でも、それももういらねえんだ」

そうだったなあ。武士にはなったが……

この日、八王子千人同心も戦列に加わらないということが分かった。

源さん。あなたがいたら、上手く話をしてくれていたでしょうに。私ではどうにもなりません。途方に暮れるばかりだ。

それでも勇に対し、「こんだけの数で甲府に行っても駄目だ。城んなかに居るのは、頼りにならねえ連中ばかりだろう」

「確かにな。そんじゃあ、新選組がきたことを、ここら辺りの連中に、もう少し宣伝して回ってみるか。それに彦五郎義兄さんも、これだけ歓待してくれてんだ。ゆっくりご馳走になっていこうや。次の宿には寝る前にでも着けばいいさ」

お気楽な返事だった。それでも、そこは勇のこと。新選組を一目みようと集まってきた大勢の人々の前に現れると、

「これはこれは、皆さん。私が新選組の総代、近藤勇です」

ワーッと歓声が上がる。

「私こと。この度、甲府を鎮撫するため、その部隊長に任ぜられました。征夷大将軍様より大久保剛という有難いお名前も頂きまして、郷土の英雄、土方歳三、いや、これも改めまして、内藤隼人君とともに、このお役目、しっかり果たしてまいる所存であります」

すると、「ご一緒させてください」あっという間に、三、四十人の兵隊が集まるではないか。いい村だなあ。もう二、三日。いや、せめて今夜だけでも、ここに泊まってゆっくりしたい。歳三はそんな思いで、得意顔の勇をみつめていた。

二十六日。

雨降りだった。道がぬかるんで六門授かった大砲を運ぶのに、かなりの時間がかかった。だが、それでいい。とにかく時間が欲しい。一人でも多くの兵隊を集めなければ。道中、一人、

二人と志願兵が現れる。それは嬉しい。しかし、まとまった数が必要なのに、その当てが全くない。

歳三は、勝と相談するため、いったん江戸に引き返そうかとも思った。だが、ここまできて副長が消えてしまう理由を説明できない。こんな数ではやられてしまうからだと正直に言えば、兵士たちはどう思うだろうか。やられるなら、逃げてしまおうということになるだろう。

いったいなんのために御料地が設けられたと思っているのか。年貢割付け率を低く抑えてきたのは、いざという時、武器をとって幕府のために戦ってもらうためなのだ。それがどいつもこいつも、恩を忘れやがって。と、ため息をついた時、

「副長。馬上でため息なんて。どうしたのですか」

島田が声をかけてきた。勇は駕籠のなか、だから、

「沿道の人々は皆、副長をみておられますよ。あの馬に乗った洋装の美男が土方先生だって」

歳三はハッとした。

「そ、そうか。うん、そうだな、確かに。気づいてくれてありがとう」

島田に礼を言った。

そうだった。思ってはならないことだった。薩長の侵略者から御料地を守る。おまえたちのために戦いに行くのだぞ。こんな発想では、芹沢と一緒ではないか。いけない。いけない。

そう思い直してはみたものの、徴兵は御免とばかりに、さっと身を隠す沿道の若者をみる度に、やはり腹の立つ歳三であった。

二十七日。

この日も天候が悪く、おまけに道も酷かった。甲州道で一番の難所、笹子峠を越えなければならない。暴風雨と格闘しながら、前を向いて進むのが精一杯という状況で、なんとか駒飼の宿まで辿り着いた。

ところが。

「おい、これだけしかいないのか」

勇が点呼を命じると、総員百二十一名である。

二百五十名近くにまで、なっていたはずだったが。

確かに、遠足気分で行軍に加わってきた者もいた。その者たちは仕方ないにしても、新選組隊士のなかにさえ見当たらない者がいる。

そこに大石が戻ってきた。そして、大声で、

「甲府城が落ちました」

「落ちた？　落ちたって」、「何？　まさか薩長が？」皆、唖然となった。

大石によれば、薩長軍はざっと見渡しても、二千から三千人の規模で押し寄せ、城の明け渡しを求めてきたという。城主は断れば命がないと、開城を決めたが、抗戦派もおり、数人ではあるが、その者たちと城を抜け出してきたとのことだった。

「勇さん。待っていてくれ」歳三は言った。

「待つ？」

「ああ、俺は江戸城に戻る。勝先生に頼んで援軍を呼んでくるよ」

そこに永倉が、「援軍だって？　そんなものを呼べるなら、最初からそうすればよかったじゃないか」

原田も、「そうだよ。そんなもんくるかよ。ここは俺たちだけで戦おうぜ」

「勝先生も甘かったんだと思う。新選組に頼れば大丈夫だと思ってたんだろう」

歳三の意見に、再び永倉が、

「あんたが言ったんだぞ。江戸城に残っている兵なんて、なんの役にも立たねえ。平和ボケした武士連中だ。だから、ここら辺りの御料地から義勇兵を募って農兵軍を組織していこうって」

痛いところを突かれ、黙してしまう歳三。

代わりに勇が、「まあ、それはそうだったかもしれんが、済んじまったことを嘆いていてもしょうがねえ」と言うと、原田がすかさず「済んでねえって。現在進行中の出来事だろうが」と怒った。

歳三が普段はみせない沈痛な面持ちで口を開いた。

「永倉、原田。お前たちの言うとおりだ。ではどうする。原田、百二十一人で三千人に挑むのか。それとも永倉、このまま逃げ帰るつもりか」

「だれが逃げ帰るなんて言いましたか」永倉が色を作《な》す。

幹部隊士の議論は延々と続いた。

議論はまるで進展しなかった。同じことを何度も言い争うばかりだ。組織とは得てしてこういうものである。うまくいかなくなると議論の時間が増えるだけ。そのかんに状況はますます不利になっていくのだ。

ここは統率者が格好をつけなければならない。

「分かった。みんなもう何も言うな。俺は歳を信じる。つうか、他に方法がねえだろ。もちろん、責任はすべて俺がとる」

責任はとる。収まりをつけるためには、この一言が必要だった。

二十八日。

歳三は馬に跨った。

雨は止んでいたが、江戸までは三十里近く。とても一日で行ける距離ではない。

二十九日。

彦五郎宅に立ち寄り、羽織袴に着替えた。

「慶喜公にお願い申し上げるのに、洋服姿という訳にもいかないと思いまして」

慶喜に会うことはないが、一応そう言っておく必要はあったのだろう。歳三は早駕籠に乗って江戸へと急ぐのだった。

夕刻、城に着くと。

「何ですって！」

不在の勝に代わって従者が伝えるには、既に戦は終わり、甲府御用鎮撫隊は壊滅したという。

鎮撫隊は甲府城周辺で篝火《かがりび》を焚き、官軍を威圧しようとした。あちこちで火を起こすことで、幾多の幕府軍部隊が甲府城近くに待機しているよう装ったのである。だが、これをみた官軍は先手必勝とばかりに甲府城から出撃。実際には百人しかいない鎮撫隊を相手に、戦いはあっという間に終わった。官軍は城に戻ったが、鎮撫隊は敗走中。近藤などの生死は不明とのこと。

「わ、分かりました」あまりの衝撃に、これ以上何も言えなかった。

再び早駕籠に乗って甲州道を駆け戻るが、どこへ行けばいいのだろう。闇雲《やみくも》に走っても会えるとは限らない。

とにかく、みんな無事でいてくれ。それしか考えられなかった。鳥羽伏見の戦いで、井上、山崎を失い、この戦いで、また仲間を失うのか。そんな思いが、歳三から冷静な判断能力を奪っていた。

従者の言葉を鵜呑みにするなど、普段の歳三ならしなかった。

日野から二十里先の勝沼で起きた戦の情報が、こんなにも早く江戸城に伝わるものなのだろうか。援軍がくるまでは身を潜めているべき鎮撫隊が、なぜ篝火を焚いたりしたのだろう。勝は本当に不在だったのか。都合が悪くて出てこなかっただけなのでは。従者は薩長軍のことを官軍と呼んでいた。幕府側の人間がそんな表現をするだろうか。

しかし、この時の歳三には、こうした疑問点を検証する余裕はなかった。

三　永倉、原田去る

三月三十一日の昼ごろ。

鎮撫隊は相模原の吉野宿でまで敗走し、休息をとった。

歳三はそこに現れ、試衛館以来の仲間の無事を知ることになる。安堵する歳三だったが、仲間たちからは辛辣な言葉が次々と浴びせかけられた。

「歳よ。お前はともかく、俺はもう日野に顔を出すことはできねえ。あん時、志願してくれた若者たちを死なせちまったからな」

「勇さん。それは違う。日野は御料地じゃないか」

「御料地だと？　だからどうした。徳川のために命を投げ出す。それが御料地に住む者の宿命だとでも言うのか」

「そうさ。前途有為な若者を死なせてしまった責任は感じるが、まさしく義に殉じたんだよ」

「副長、あなた何か勘違いをしちゃいませんか」

「なんだと」歳三は声の主に顔を向ける。永倉であった。

「勝沼の戦いは、新選組の私戦だった。いや、もっと言えば、あなたに唆された戦だったんだ」

「えっ」歳三はドキリとした。

服部半蔵の構想を自分が実現してみせる。そんな野望はあった。永倉に見透かされていたというのか。

だが永倉は、「慶喜公は恭順の意を示されている。だから、今回の戦いは徳川の戦いではない」

歳三はホッとした。いや、そうじゃない。言われてみれば、そのとおりだ。

原田が続く、「歳さん。ところで援軍はどうしたんだ。いつくるんだよ」

「そ、それはだな。既に戦は終わったと江戸城で説明を受けたから、もうその必要はないということで」

「なんでそうなるんだ。何千という兵を引き連れてあんたが戻ってくれれば、戦は続けられるだろう。これは徳川の戦いではない。新選組が勝手にやってることだ。だから、八王子千人同心だって動かない。そうなんだろ」

「違う。それは違う」

「何が違うんだ」

勝から持ち掛けられた話だとは、この場では言えない。ここに居るのは新選組の隊士だけではないからだ。だがその結果、「騙された」と怒って宿を去る者。戦場にいなかった歳三に、「どこへ逃げていたんだ」と詰る者まで現れる。

みかねた勇が場を収めようと、

「もういいだろう。みんな、いったん江戸に戻ろうじゃないか」

しかし、「局長。お約束どおり、責任はとってもらいますよ」永倉が言った。

「なんだ、その物言いは」怒鳴る歳三に、永倉は、「あなたを信じた結果、局長は責任をとらされるんです。違いますか」淡々と答えるのだった。

かくして、甲府御用鎮撫隊は吉野宿で消滅した。

隊を抜ける者も、江戸に戻って再起を期す者も、皆、甲州道をとおって帰るのは同じ。違うのは、帰り道には会話がなかったこと。永倉は日野宿の手前の八王子に宿をとり、勇と歳三は日野宿の先に宿をとった。常に行動を共にしてきた仲間が別々になった。

もう日野には戻れない。この思いだけが同じだった。


すべては勝の筋書きどおりであった。

薩長軍は周辺諸藩を加えた連合軍となり、既に民衆からは官軍として認知されていた。官軍は中山道を進んで先に到着。甲府御用鎮撫隊を迎え撃つべく、甲府城に陣取った。その数三千人。

一方、幕府軍は慶喜が恭順の意を示している以上、それに倣うしかない。鎮撫隊は二、三百も集まればいい方だろう。

篝火は勝からそうせよと指令を受けていた回し者たちが勝手に焚いた。これはまずいと思った勇は、自分たちは官軍に敵対する部隊ではないと大久保名で慌てて書状を送ったという。

官軍はこの地で新選組を粉砕する意図であったから、そんな書状など相手にしない。鎮撫隊が百二十人程度と分かったので、十倍の千二百人で襲撃した。

勝の従者は、事前の筋書きを、どうせそのとおりになるだろうと、そのまま歳三に報告したのである。

勝は新選組を手玉にとってやったような気分であったろう。

ただ、大きな誤算もあった。

それは鎮撫隊が落ち武者の集団とはならなかったことだ。

甲州勝沼の戦いは大勢の人々に目撃されていた。わざわざ高いところに登って見物する者。近くの宿から恐る恐る覗く者。宿の客のなかには、鎮撫隊の兵士と間違われ、官軍に殺された者もいた。

浮世絵師の月岡芳年《よしとし》も、戦を食い入るようにみつめる一人だった。

飛びくる弾丸に全く動ぜず、包帯を巻いた右腕に虎徹を握る勇の姿は、驍勇《ぎょうゆう》無双の将として、月岡の目に深く焼きついた。

見物人も皆、同じ印象を抱いていた。千対百の戦で敗走した鎮撫隊を格好悪いと思う者など誰一人いなかったのだ。

だが、官軍に敗れたことに違いはない。賊軍となる鎮撫隊を英雄扱いするのは憚られるところであった。それでも、あの強烈な印象を後世に残したい。と、芸術家としての衝動を抑えきれなかった月岡は、官軍とそれに抗する部隊との戦いを描くべく、実際に戦の現場（彰《しょう》義隊《ぎたい》と官軍の上野戦争）に赴いて、『魁題百選相』を発表している。

月岡は自身の晩年に近藤勇の雄姿を著して、この世を去った。当代最高の浮世絵師の一人も認めたとおり、新選組は敗れてなお闘う勇気を人々に与え、組織としての影響力を残したのである。

だがそれも……

一八六八年（慶応四年）四月三日。

勇が治療を受けている神田和泉橋の医学所を、永倉と原田が訪れた。歳三は先にきていた。

沖田は少し離れた部屋で、引き続き静養中であった。

永倉が「局長、あのあとみんなで話し合ったのですが」

「みんな？　みんなというのは誰のことだ」

「八王子で宿をとったみんなです」

「それで？」

「はい、江戸城陥落はもはや時間の問題です。そこでどうするかですが」

「うん、どうするつもりだ。その八王子に泊まった皆さん方は」

嫌味めいた言い方に、永倉は眉をひそめたものの、

「やはり、会津に行くべきだと思います。あれだけ朝廷に尽くしながら賊軍の汚名を着せられている会津と、我々はまさしく思いを共有している。ですが……」

「ですが、なんだ？」

「私と原田君に分派活動を認めてもらいたいんです」

「分派だと」

「ええ、そうです。薩長に刃向かうのは今や新選組だけ。だから、集中して狙われる。たった八十人で、この先、何千の兵に襲われたらどうなりますか」

原田も、「義憤に駆られている者は大勢いるんだ。しかし、新選組だと真っ先に狙われるから、入隊を躊躇ってしまう。それは甲府への道中で、痛いほど分かったでしょう。だから、永倉さんと私とで別組織を作り、人員を拡大し、反転攻勢に出ようと思う」

「歳よ。お前どう思う」

歳三は黙って聞いていた。

甲府城から反撃に出るという構想は、自身の集大成であった。

御料地に生まれ、服部半蔵に防衛論を学び、徳川の築いた泰平の世を守りながらも、腐敗した武士階級の支配を終焉させる。この健全な保守主義の実践が、みるも無残に崩れ去ったのだ。

吉野の宿では、永倉、原田と少しばかりやり合ったが、江戸に戻ってからのここ数日で、歳三は何もかもが嫌になっていた。

永倉も、原田も、勇と自分のやり方に不満を感じている。組織とはこんなものだ。負けてしまえば、たとえ統率者の責任でないと分かっていても、部下たちはその者を引きずり降ろそうとする。

まして、歳三が指揮を執った鳥羽伏見の戦い。歳三の野望の実現でもあった甲州勝沼での戦い。その敗北と犠牲者に対して、歳三は大きな責任を負っているのだ。

責任はとってもらう。吉野の宿で、はっきり言われていた。二人の提案を聞き入れることで、局長と自分が責任をとったことになるのなら、もう、それでいいではないかという気になった。

「いい考えだと思う。その線で立て直しを図ろう」

そう言うと、スッと席を立った。

歳三の意外な回答に勇は、「な、何を言うんだ、歳。お、おい、待て、どこへ行く」と頭に血を上らせたまま、永倉と原田に、「局長の私を差し置いて、そんな決定をしていいと思っているのか。君たちは私の家臣のなんだぞ」

この発言が喧嘩別れの原因になった。

永倉が激昂し、「家臣ですって？　我々は同志ではなかったのですか。共に尊王攘夷の志を抱いた同志ではなかったのですか」

暫しの言い争い。そこに歳三が戻ってきた。

「お前たち、別組織を作ると言っても当てはあるのか。どちらにしても資金がいるだろう。松本先生が三百両用立ててくれるそうだ」

歳三はさっさと事を収めてしまった。

勇も、松本までが了承したとなると、黙るしかなかった。

あとから歳三に本心を問い質し、「お前が無力感に苛まれてどうする」と、文句を言うどころか、慰め役に回ってくれた。

永倉は幕府内の抗戦派とともに靖共隊《きょうせい》を結成し、会津に向かうも、その闘いぶりは精彩を欠くものであった。

そのためではないが、永倉は戦死を免れ、平均寿命四十五歳の時代に、七十七歳まで生き長らえた。新選組の生き字引として書物も幾つか残しており、永倉の語りは新選組の真実を伝えるものと思われている。

しかし、永倉の残した文章は、その瞬間に書き留められたものではない。新選組隊士であったことを隠さねばならない極めて困難な時期に著されたものか、もしくは亡くなる数年前に、誰かの聞き書きによって作られた文書であり、そこに記された内容に一貫性は認められない。

明治維新から大正デモクラシーの土壌が形成される激変の時代に、身を潜めて生きた人間が、生きるために不都合な真実を書き換えたとしても、記憶違いを犯したとしても、それは罪にはあたらないだろう。

元新選組二番隊隊長、永倉新八。一九一五年（大正四年）一月六日。敗血症で北海道にて死去。享年七十七。

四　近藤勇

思いどおりにならない腹立たしさを、永倉と原田にぶつけてしまった。そのまま喧嘩別れとはなんとも情けない。只、恥じるばかりである。

それでも、いつもの勇なら、また会えるさ。そのためには勝つことだ。と、気持ちの切替えも早いのだが、今回ばかりはそうはなれない。

歳三の落胆ぶりが甚だしいのだ。

勇は誰もいない部屋で、何度も大きなため息をついた。

ここまで前ばかり向いてこられたのは、山南や歳三が周囲の困難を取り除いてくれていたからなのだ。

山南がその役を務められなくなった時、自分は伊東を迎え入れてしまった。その誤りに気づかせてくれたのも、思えば少年時代からずっと自分を支えてくれたのも、歳三だった。

その歳が、あんなに落ち込んじまったら、俺はどうすりゃいいんだ。勇は闘い続ける自信を失いつつあった。

永倉と原田に提案されるまでもなく、勇も会津行き以外に道はないだろうと思っていた。

だが、その前に新選組としての体裁を整えておく必要があった。天下の近藤勇が混成部隊の一人に加わったのでは、残った隊士たちにも示しがつかないからだ。

どうしようかと思っていた時、松本が関東代官の佐々井半十郎を紹介してくれた。

佐々井によれば、千住の五兵衛新田。ここに幕府の抗戦派が駐屯しているから、そのなかから新選組の新入隊士を選抜したらいいとのこと。ありがたい話であった。組織の立て直しが完了次第、市川、船橋、流山辺りに布陣し、奥羽列藩からの援軍を加え、江戸城を奪還するのだ。

新選組はこの時、六十六名であった。そのうち、戦闘能力を欠く者については、治療を優先すべきということで、怪我人とその付き人、合わせて十八名が、斎藤に率いられ会津に先乗りすることになった。

残った四十八名から新選組の再生がはじまるのである。

一八六八年（慶応四年）四月七日。

五兵衛新田では、名主見習いであった金子健十郎が隊士たちの世話を焼いてくれることになった。三千坪の広大な敷地に、新選組のためにと、さっそく家屋を改修し、ヒノキ風呂まで設けるなど、受け入れ態勢は万全であった。

ただ、金子家は時勢も踏まえ、あとのことも、ちゃんと考えていたようだ。

新選組が押しかけ、断ったが居すわられた。滞在中、三百五十両もの出費があったが、新選組の支払いは五両足らずであった。金子家は記録には、こう記されてある。

金子邸には、連日、隊士希望者が訪れた。四月七日から二十三日までのあいだに、実に百七十九名の新入隊士を獲得。新選組は二百二十七名を数え、半月であっという間の再生を果たすのであった。

この時、入隊した者たちは、これまでの隊士募集では得られなかった質の高さを誇っていた。

それはそうであろう。他にやることもなく新選組を職場として選んだ者。新選組を出世の登竜門にしようとした者。新選組に入れば肩で風を切って歩けると考えていた者。こんな輩はもはや集めようと思っても集まってこない。今、この段にあって、新選組に入ろうという者は、信念、根性、迫力、すべてにおいて過去を凌駕しているのだ。

「歳よ。またまたお前の出番だぞ。鬼の副長として、こいつらを、なおいっそうの強者に鍛え上げてくれよ」

「あ、ああ分かったよ」返事は力なく、頼りないものだった。

隊士の数が膨れ上がり、金子邸だけでは寝泊りできないようになると、新選組は近くの寺、観音寺を宿として借り受け、そこを軍事調練の場とするようになった。

勇や島田などは、前川邸や壬生寺に居たころを思い出し、再起の気持ちを強くするのだが、歳三の無気力状態は続いていた。歳三が綾瀬川で一人のんびりと釣り糸を垂れる姿を、付近の村人は度々目にしており、実際に会話をした人からは、誠に柔和な人柄と評されたほどだ。

ほんの数ヵ月前、鬼にならねばと、左奥歯を噛みしめながら、卑怯で冷酷な男になりきろうとしてきた歳三。それが今では、「あれが鬼の副長と言われた土方歳三ですか」、「こっちは死にもの狂いなのに、土方先生のあの態度はなんですか」新参隊士たちから陰口を叩かれる有様だった。

結果、悲劇が待っていた。

一八六八年（慶応四年）四月二十三日深夜。

新選組は、急遽、流山へと向かうことになった。

どうやら、薩長軍が迫ってきているらしい。この情報をもとに、まだ戦える段階にはないとの判断から、避難の意味合いもあって、深夜の行軍となったのである。

二十四日早朝に到着。

酒類問屋の長岡屋に勇と歳三が入り、他の幹部隊士は相模屋に。残りは近くの寺、光明院などに分宿し、この日の夜は皆、酒を浴び大いに英気を養った。

二十五日。

大石が新参兵士を率いて、半里先の山中へと武闘訓練に向かった。本陣では幹部隊士らが囲碁を楽しみ、すっかりくつろいでいた。歳三も囲碁を打つ。

そこに。

東山道総督府斥候、有馬藤太を名乗る者が大勢の部下を従え、やってきたのだ。

みれば、本陣は既に官軍兵士に包囲され、その数ざっと三百人。

歳三は大慌てで部屋を飛び出していった。

馬に跨ったまま門を潜ろうとする有馬に、

「何者だ」

「有馬藤太と申す。おいどんは……」

「馬に跨ったまま入ってくるつもりか。それもこんな大勢で押しかけるとは、非礼極まりないぞ」

そう言って、手綱を掴むと、有馬を睨みつけた。

「うっ、そ、そうでごんした」

有馬は迫力に押され、すぐに馬を降りると、深々と謝罪した。

一発かましたのちの、ほんの数秒だけ、歳三は考える時間を得た。

停止状態にあった思考回路が、突如、流れ出す。

この状況では脱出は不可能だ。全員殺される。自分は何をしていたのか。五兵衛新田の近くに薩長軍が迫っている。その程度の情報で、流山まで移動した。なぜ、きちんと調べなかったのだろう。諜報部隊は？　島田は何をしていたのだ。いや、人のせいにしてはいけない。自分が勝手にやる気を失っているうちに、取り返しのつかない状況になっているではないか。どうしたら、どうしたらいい。

「ここで何をしているでごわす」

有馬の問いに、ハッと我に返る。

「我々は敵ではない。この地を鎮撫するために駐屯しているのだ」

咄嗟に嘘をついた。

「それは朝命によってのものか」

「もちろん、そうだ」

この嘘が不味かった。

「それなら解散しやんせ。おいどんが任じておいもす」

「そ、そうか、分かった。上の方も混乱し、まちまちに指示が出ているのかもしれない。ならば我々は早々に立ち去るとしよう」

「待て、責任者は貴公か。念のため、ご同行願いたい」

とうに見破っているぞ。有馬はそんな表情をしている。

だが、どうした訳か、すぐに踵を返し、部下に何事か囁くと、再び馬に跨り去って行った。部下も、「粕壁（現在の春日部）でお待ちしております」とだけ言って、有馬に続いた。

歳三は戻ると、「このまま逃げてしまおう。大石のところへは俺が行って知らせる。落ち合う先は……」

だが勇は、「出頭しよう」覚悟を決めたように言った。

「何を言うんです」、「局長、ちょっと待ってください」

皆が止めに入るが、

「この状況で、どうやって逃げるつもりだよ。それに有馬って奴は礼をわきまえている。連行するんじゃなく、お待ちしておりますってんだろ」

勇は大きく息を吐くと、「それとも切腹いたすか」

あまりに衝撃的だった。しかし、自分たちの置かれている状況を考えれば、それも……

「局長、駄目です。私が身代わりになります。私が出頭します」

一人の若者が名乗り出た。名を野村利三郎（一八四四年〈弘化一年〉生まれ）。入隊からまだ半年と経っていない。それでも、どこか藤堂のようなところがあって、魁先生二世として幹部隊士から可愛がられる存在だった。

勇は豪快に笑うと、「君は幾つだ。俺の影武者が務まるはずがないだろう」

「勇さん。それにしたって切腹は駄目だ。犬死という奴になっちまうかもしれない」

歳三の進言に、勇は小さく頷いた。

「そうだな。切腹したところで皆が助かる保証はない。ならば出頭して時間を稼ぐとするか」

「勇さん。だったら俺が行く。さっきの奴は俺のことを責任者だと思っているようだ」

歳三の申し出に、勇は笑みを浮かべながら首を横に振り、

「俺も、ここまでの男だったたってことさ」

あまりに展開が急過ぎる。こんなことってあるのか。ついさっきまで、くつろいでいたのに。

「勇さん。俺の責任だ。俺が自分の仕事をしなかったせいで」

「……」

勇は何も答えなかった。本心では、気づくのが遅えよ。と、言いたかった。

自分をここまで支えてくれたのは歳三だ。

その歳が腑抜けになっちまいやがった。

だから、自分もこんなことになる。

敗北が続き、永倉、原田が去り、勇はすっかり弱気になっていた。そんなところを敵に急襲されて、あっさり覚悟を決めてしまった。

歳よ。おめえのせいだ。

いや、お前に頼り過ぎてきた俺が悪いんだ。
俺を死なせちまって、悪いことをしたなあ。
そう思って、歳が立ち直ってくれりゃあ、それでいいか。
意外なほど、サバサバした気持であった。

勇と歳三。
盟友は勇の生家で出会い、第一幕を開いた。
第二幕が開いたのは、鹿之助宅で世の中を変えていこうと誓い合った時だ。
そして、池田屋事件。あれが出撃の第三幕であった。
復権を目指した第四幕。それは開かれることなく、これが今生の別れとなった。
「さ・き・逝・く・ぞ」
勇の背中が、歳三に微笑みかけていた。

官軍の本陣では、勇を連行しなかった有馬に対し、批判が集中していた。逃げられたら、どう責任をとるのかという訳だ。
有馬は、近藤ほどの男が逃げるなどあり得ぬと突っぱねた。さらに、近藤が出頭すれば、それでもう十分であり、残りの者の逃走には目を瞑れとまで部下に命じた。有馬は、近藤を死刑に処すべきではないとも主張した。これからの時代を作るのに、必要な人間であるというのが、その理由であった。

勇は、野村を付き人に指名し、そんな有馬の待つ粕壁へと向かった。

このかんに隊士たちは、小舟に分乗して会津へと逃げた。有馬の指示どおり、官軍兵士たちは追いかけたふりをしただけだった。

歳三は数名を引き連れ、勇の助命を願うため江戸城へと赴くが、勝とは会えずじまい。代わりに、誰が書いたのかも分からぬ、大久保助命の嘆願書を受け取っただけだった。

勇はそのまま板橋の本営へと連行されていた。

有馬の考えに賛同する者もいたが、それならば、宮部鼎三、吉田稔麿、久坂玄瑞はどうなるのかという話になった。今、長州に残っている連中より、彼らの方が遥かに優れていたではないか。坂本龍馬、中岡慎太郎の暗殺も、新選組の仕業だと考えられていた。こうした人材をことごとく葬ってきた近藤が許されていいはずはなかろう。

これが結論となって、刑は打ち首と決まった。

最終判断を下したのは、五年前、芹沢が奉公したいと申し出た有栖川宮。この時、東征大総督の地位にあった。

一八六八年（慶応四年）五月十七日。

新選組局長、近藤勇。極刑。享年三十五。

勇は面紙を謝絶し、その死に顔は、周囲を圧倒する迫力に満ちていた。晒首を描いた絵師に対し、情けない顔に書き改めるよう指示が出たほどである。

この十日ほど前、局長逮捕の報を聞き、会津から飛ぶように戻ってきた男がいた。

原田である。

原田は、勇を救出しようと考えた。それも刑場に向かう列に突っ込み、自らは華々しく散るという方法を用いてである。

数々の奇行で知られる原田。勇に拾われたも同然の男が、袂を分かち永倉と行動を共にした。これこそ最大の奇行であったと言えるかもしれない。

だが、さいごは戻ってきた。助けに飛び出したい気持ちをぐっと堪えて、恩師の死を見届けると、そのまま江戸で彰義隊に参加し、上野で官軍と戦い、銃弾を受けた数日後に亡くなった。

坂本、中岡暗殺の実行犯と疑われたまま、この世を去ったのである。

一八六八年（慶応四年）七月六日。

元新選組小荷駄係長、原田左之助。戦死。享年二十八。

「ま・さ・し・げ・る」

最期は目を潤ませ、妻子の名を呼んだ。

五　再出発

一八六八年（慶応四年）五月三日。

江戸城が開城された日である。

しかし、戦わずして敗れるを断固拒否する。そんな戦士だっているのだ。

榎本武揚は部隊を江戸城に籠城させ、自らは圧倒的な海軍力をもって反撃に転じる意図であった。

それに待ったをかけたのが、慶喜である。

昨年三月末、オランダから榎本を呼び戻したのは慶喜であった。榎本にそんなことをされれば、我が身が危ういと、気がふれていたはずだったが、急に正気を取り戻し、「我が首に刃を突きつけるつもりか。そのような暴挙は許せぬ」と宣《のたま》われた。

徳川さいごの将軍は、無血開城の立役者となって、そのまま故郷水戸へと去っていった。

榎本は、慶喜さいごの願い、すなわち命乞いこそ聞き入れてやったものの、徹底抗戦の意思を変えることはなかった。

「徳川の恩顧を被ること二百六十年。戦わずして江戸城を侵略されたと、祖霊に報告できようか」

檄を飛ばすと、海軍兵士たちは皆、奮い立った。

「我々には最大級にして最新鋭の戦艦、開陽丸がある。これを筆頭に、富士山丸、蟠龍、朝陽、回天、他も合わせれば六十四もの砲門があるのだ。薩長賊軍、何を恐れることがあろうか」

この叫びに、歩兵奉行、大鳥圭介（一八三三年〈天保四年〉生まれ）が呼応した。

大鳥のもとにも、フランス式伝習兵をはじめ、桑名藩を中心とする各藩の脱走兵がたちまち集まり、その数二千名。新選組もこれに加わり、下総鴻之台に集結した。

翌四日。

軍議が開かれ、幕府軍総督には大鳥が就いた。

部隊は、先鋒軍、中軍、後軍の三隊に分けられ、歳三は先鋒軍の参謀に推された。

先鋒軍の司令官は、会津藩士の秋月登之助（一八四二年〈天保十三年〉生まれ）である。秋月は伝習兵からの人望も厚く、その任に相応しい人物であったが、名声という点では歳三に遠く及ばない。おまけに年下でもあった。

歳三が不満を述べるのではないかと、心配する者もいたが、「私は秋月司令官から給与をもらう立場で大いに結構です」と周囲を安心させた。

もっともこの時、新選組は流山を脱出し、会津にいたから、先鋒軍に加わったのも、歳三を含めて六名しかいなかった。

幕府軍が目指すのは宇都宮城攻略であった。

先鋒軍は伝習第一大隊、桑名藩兵を中核に進軍し、八日、九日には敵の小部隊を蹴散らし、そのまま宇都宮城へと向かった。

幕府軍は東照大権現の旗のもと、地元民からの盛大な歓声と、もてなしを受けるが、少しばかり邪魔も入った。栃木県下都賀郡の壬生城より使者がきて、城には既に薩長賊軍の手が及んでおり、壬生藩領地をとおるのは勘弁して欲しいと言ってきたのだ。

この願いを大鳥は、一つの密約を交わすことで聞き入れてしまった。

壬生藩によれば、あなた方より先に、官軍を名乗る先発隊がきてしまった。拒めば朝敵にされるので、入城を許した。だから今、藩内を通過させることはかなわないが、どうか我が城を奪い返してもらいたい。その際には、幕府軍の攻撃と連動し、門を開くなど、必要な措置を講ずるとのことだった。

大鳥は遠回りさせられる、少しばかりの邪魔も、この密約があれば大きな得点になると考えた。宇都宮城を獲ることが先決であるが、その後、壬生城も得られれば、宇都宮城防衛の前線基地にできると思ったのである。

五月十日。

宇都宮城への進攻を明日と定め、歳三は周囲の状況を分析していた。

前日に宿陣した下館藩からは、五百両の軍資金と百俵の兵量米を得たが、兵士の供出は拒否されていた。

「下館の藩主が、金だけよこして、あとは知らんですか」あり得ないという表情の島田に、歳三が「それほど深刻だということさ」淡々と答えた。

下館の藩主は、幕府陸軍の副総裁を務めた経歴の持ち主であった。それが、慶喜が恭順の意を示しているからなのか。それとも戦の専門家として到底かなわぬと判断したからなのか。戦に加わるのはご勘弁をという。

負け続きもあって、歳三の思考は、悪い方、悪い方へと流れていた。

「大鳥なんて奴は、長州征伐も、鳥羽伏見も、甲州勝沼も何も知らねえ。薩長なんか、いつでも捻り潰せる。そんな考えでいるうちに、ズルズルとここまできちまった。そんな間抜けな大将の一人に過ぎねえんだ」

悪口は続く。

「宇都宮城だって酷えもんだぜ。あんだけ濠が深く強固な造りになってんのに、その濠には、なんと水が入っていねえときていやがる。草木が茫々としてるじゃねえか。どんだけ平和ボケしてたんだよ」

だから、「城を落すのは訳ねえ話だ。そのあとだよ問題は。どうやって守るんだ。こんなとこが反撃の拠点になる訳ねえだろう」

歳三の分析はもっともであった。

大鳥の考えは、服部半蔵の徳川防衛論と変わらない。甲府城が宇都宮城に代わっただけだ。宇都宮城に立て籠もり、抗戦を続けながら奥州諸藩の応援を得て反撃に転じ、江戸城を奪還。そのまま京に進軍し、我が世の春を取り戻すという夢想なのだ。

しかし、下館藩がそうであるように、奥州の諸藩も、どうせ時勢に靡いているに決まっている。甲州道中、御料地の民衆でさえ、戦列に加わらないという姿をみてきた歳三にとっては、宇都宮城攻略もまた、なんの展望もない戦いの一つであるように思えた。

だが、「副長。軍中法度を覚えておいでですか」島田が唐突に言った。

「ん？　軍中法度？」

「そうです。その第二条。敵が強いとか、味方の軍勢に弱いところがあるとか、批判の一切を禁じる。ではなかったですか」

そうであった。そんなものを作っていたっけ。歳三は笑ってしまった。

島田も笑いながら、「すると、副長はただいまの発言で、法度に違反したる罪で切腹申しつけられるということですね。あれっ、禁令四箇条とごっちゃになってますか？」

歳三は頭を掻きながら、「いや、いや、島田。君の言うとおりだ。頼むから見逃してくれ」

笑顔で応えた。

すると、島田は話を変え、「副長、池田屋事件なんか、早くも伝説の域に達していますよ。みんな私のところに話を聞きたいとやってくるんです」

「ほう、そうか」

「ここら辺りの住民だってそうです。あの池田屋の土方先生を一目みたいと」

「けど、俺は斬り込んでった訳じゃねえからなあ」

「その斬り込んでいった四人は、今どうしていますか」島田がボソッと問うた。

そうであった。勇は捕えられ、総司は病に伏し、永倉は去った。もう一人の英雄、藤堂は自らの指令で葬り去ったのだ。

ところが、島田は嬉しそうに、

「副長。だからね。嘘言ったってバレないんですよ」

そう言って立ち上がると、

「一人も逃がすまい。大きく手を広げ、一段一段、階段を登って、敵をじりじりと追い込む土方。一人の浪士が斬りかかってきた。和泉守兼定が唸る。斬られた浪士、そのまま池田屋の階段をゴロゴロと転がり落ちていったあ」

などと、役者の真似をしてみせると、

「名づけて、池田屋階段落ち。こんな芝居の名場面が将来できるかもしれませんよ」

元気を出してくださいということか。歳三は、島田の気遣いが嬉しかった。

なのに、そこはひねくれ者。「島田。お前、そんな話で俺が励まされるとでも思ってんのか」

島田は意味ありげに笑うと、「そうじゃありません。副長が先頭に立ってくれないのなら、私が土方歳三になっちゃいますよ。ここら辺りの若い女性は副長の顔を知らないから、私が土方を名乗って、口説いちゃってもいいんですか」

「よせよ。お前はそんなことできるガラじゃないだろう」

「じゃあ、相馬にやらせますか。ここいらの若い娘が、相馬のあの顔を土方歳三の顔だと思い込んだまま、語り継ぐんです。それでもいいんですか」

「お、お前なあ」歳三は呆れてしまった。

相馬主計《かずえ》（一八四三年〈天保十四年〉生まれ）、入隊は野村とほぼ同時期で、新選組では出世街道まっしぐらの男だったが、顔の方はかなりイケていない。

いや、待て。歳三はハッとして「そ、それで、それで相馬はどうなったんだ。野村は？」

相馬は、勇の助命嘆願の手紙を歳三から託されて刑場に赴き、そのまま捕えられていたのだった。同じく、勇が出頭した際、付き人となった野村も捕縛されていた。

「副長、今ごろ何を言ってるんですか。まさか、二人のことを忘れていたんですか」

「す、すまん」

「二人とも近々、保釈されるとの情報です」

「そうか。よかった」

「副長。明日、頑張りましょう。どうやら大鳥軍は間に合わないようです」

「間に合わない？　戦にか？」

「いいじゃないですか、いない方が。副長。改めて、この場所から、土方歳三の伝説を作っていきましょう。この島田魁、全力でお支え申し上げます」

小さく頷く歳三の口元が、「ありがとな」と動いた。


一八六八年（慶応四年）五月十一日早朝。

先鋒軍は後続部隊の到着を待たずに戦闘を開始した。既に壬生城は薩長賊軍の先発隊の手に落ちているのだ。グズグズしていると賊軍本隊が宇都宮城にきてしまう。一刻の遅れも許されないとの判断からであった。

歳三は桑名藩兵を率いて、城の南東から攻めた。柳瀬橋を突破し、下河原門に攻め寄せると、激しい銃撃戦となった。城内には七百の兵がいた。先鋒軍も数は同じだったが、濠に水が無いような城の兵士など敵ではない。

面白いことに、濠に生い茂った竹藪が敵弾を防ぐのに効果を発揮してくれた。それでも、銃の威力は刀槍の比ではなく、数年前なら一気に片がつく戦闘も案外手こずった。

「進め、進め、突貫」

最後尾で号令を発する歳三だったが、耐え切れなくなった兵士たちが後退をはじめていた。

「ヒーッ、嫌だああ」一人の兵士が逃走を図ろうとした。

その時だった。

「退く者は斬る」

歳三の剣がビュンと、その者を切り裂いたのだ。

この瞬間、兵士たちは前進突破する以外、生きる術のないことを知った。

歳三の傍らにいた島田は、「よし。鬼の副長が戻ってきた」と拳を握りしめた。


午前十時、宇都宮城は陥落した。

近代戦争の指揮官として、歳三は華々しいデビューを飾ったのである。

ただ、すべてが思いどおりという訳にはいかなかった。城攻めは誰かを捕えるという目的がない限り、包囲はしない。逃げ場を一ヵ所残しておくのが基本だ。

秋月の率いる伝習第一大隊も、中河原門など東方向から攻め入り、宇都宮城の西側は残兵の逃走用にと開けておいた。さっさと逃げてくれれば、財産が丸々手に入る。そうはさせまいと敵が思えば、逃げる前に火を放つ。宇都宮城の残兵が選択したのは後者の方で、二の丸から赤々と火の手が上がった。

ところが、折からの強風に煽られ、想定外の大火事となってしまったのだ。宇都宮城の残兵たちも、逃げるどころか、煙に巻かれて死者まで出る始末で、先鋒軍もこれでは入城は不可能と判断。出撃した地点まで引き返さざるを得なかったのである。

翌十二日。

凄まじい激戦。そんな勘違いをしそうな焼け跡に、漸く大鳥の部隊が到着した。

酒が振舞われ、戦勝を祝うが、幹部会の席上、大鳥は、

「勝利の美酒に酔いしれている時間はありません。明日にでも壬生城に進撃しようと思うのですが如何でしょう」

これに歳三は、「待ってください。宇都宮城を反撃の拠点と考えているのなら、何をおいても防衛力の整備が優先です。ならば、濠に水を流すところからはじめないと」

「土方先生。何を悠長なことを。あの新選組で副長だったあなたの発言とは思えません。攻撃こそ最大の防御ではありませんか。壬生城も我々の城にして、宇都宮城の前線基地とするのです」

「しかし、今はそれだけの兵力がない」

「大丈夫。壬生城を落すなど私にとっては訳ない話です。いいでしょう。土方先生は昨日の疲れを癒しておられたらよろしい。私は明日、壬生城を獲りに行きます」

遠回りさせられた結果、戦に間に合わなかったという恥をどうにかして挽回したい。大鳥の本心は、こんな程度のものであったろうが、総督の意向だけに、歳三も駄目だとは言えなかった。

翌十三日。

ところがである。

行軍の疲れと、酒に酔い潰れたことを理由に、この日の出撃は回避されたのである。幕府軍がこの地を鎮撫したと、周辺住民に知らせて回る以外、何もしない骨休めの一日となってしまった。

大鳥からすれば、如何に土方歳三といえども、近代戦の指揮官としては素人同然にしかみえない。その素人が宇都宮城を半日で奪取したのだから、それより小規模で、なおかつ内部に協力者もいる壬生城を獲るのに、困難が待ち受けているとは思いもしない。余裕綽々《しゃくしゃく》であった。

十四日。

激しい雨に身体を打たれながらも、悠々と進軍した先の壬生城で待ち構えていたのは有馬藤太であった。

一言で言えば、遅かったのだ。

壬生城が戦略上、そんなに重要な位置にあるのなら、九日、壬生城からの使者がきた段階で、すなわち官軍の先発隊しかいなかった時に、そのまま攻め入ればよかったのだ。

あれから五日。有馬を迎え入れた壬生城の守りは盤石であった。

時勢という追い風にも乗って、実践のなかで鍛え上げられた有馬の指揮と、逆風の世にあって、理論を実践に移す場を初めて与えられた大鳥のそれとでは勝負にならない。

午前四時ごろ出発し、午前十時には、大鳥軍はボロボロになって宇都宮城に戻ってきた。只、往復するだけでも、徒歩ならこれ位の時間になる。どれほど一方的にやられたかが分かるというものだ。

十五日。

夜明けとともに、今度は官軍が宇都宮城を奪還すべく攻め入ってきた。

大鳥の罪は大きかった。前日、大雨のなかを持ち出した銃器は、どれも火薬が湿気って役立たない。大鳥軍兵士も全く戦意がない。幕府軍は官軍の砲撃の前に、一方的に敗れ去ったのである。

いや、一方的というのは正しくない。

歳三率いる桑名藩兵軍は粘りをみせた。城の南館門から入ってきた敵を、いったんは押し戻すほどの働きをみせた。

しかし。

歳三の左足。その甲の辺りに激痛が走った。

身体が固まり、一歩も動けなくなった。

何が起きたのか分からない。けれど身体が小刻みに震えている。

異変に気づいた島田が慌てて駆け寄り、「副長、副長、どうされましたか」

「……」返事さえない。

島田は、歳三を背負うと、「退却」と大声で叫んだ。

六　会津戦争

一八六八年（慶応四年）五月二十一日。

歳三は会津若松城下七日町の旅籠清水屋にいた。

「暫くここに厄介になりそうだな」恨めしそうに左足をみつめる。

宇都宮城の攻防戦に敗れた幕府軍は、奥州街道を迂回し、間道から今市方面へと逃れた。

会津には三日前に到着。新選組の先乗り部隊、約六十名ともども宿が定まったばかりである。

歳三は全治三ヵ月。敵弾に左足の甲を砕かれていた。

「つま先ですか？」島田が首を傾げる。

「そうだ。俺まで大怪我を負ったとなれば士気にかかわる。流れ弾が、つま先にあたった。その程度の怪我だってことにしておこう」

「意図は分かりますが、つま先というのは如何なものかと」

「ん？　なぜだ」

「弾が当たれば、足の指なんて吹っ飛んでしまいます。そうなれば、その後の歩行は困難になります。土方はもはや戦場で暴れられる身体ではなくなった。そんな噂の立つ方がよろしくないのでは」

「なるほど。そういうふうに考えるか。君にはいつも感心させられるなあ。まあそれでも、とにかく軽傷ってことにしといてくれ。つま先に、ちょいと当たった程度だ」

僅か一ヵ月前。五兵衛新田で入隊した新参隊士たち。これまでになく優秀で、相当な覚悟を持った隊士たちが集まってきたのだが、近藤捕縛の報を聞くと、一人、また一人と脱落していった。

新参隊士だけではない。勇に可愛がられていた尾形俊太郎なども、すっかりやる気を失い、自ら平隊士への降格を願い出ていた。力の象徴である勇を失うことで、新選組は途端に魅力を失ってしまったのである。

近藤がいなくても、土方がいるじゃないか。そう思わせるだけのものが、あの時の歳三にはなかった。

このためだろうか。歳三は宇都宮城での戦いで、味方の兵士を斬った。臆病にも前線から退けば、その者は斬る。軍中法度第八条を実践してみせたのである。

鬼の副長の復活を印象づけて、自らが力の象徴にならなければならない。そう思った矢先に足を撃たれた。そして、四日前。覚悟はしていたが、勇が処刑されたのだ。自分が戦線離脱するなどと、どうあっても思わせてはならなかった。

五月二十六日。

新選組は奥州への入り口となる白河に出陣することになった。

怪我の歳三に代わって、新選組隊長に抜擢されたのは斎藤一である。

副長には安富《やすとみ》才助(一八三九年〈天保十年〉生まれ)がなった。入隊は大石鍬次郎と同じく、勇が行った江戸での隊士募集の時だった。馬術に長け、歳三の信頼も厚い男だ。

甲州勝沼での戦いののち、負傷者とともに会津に向かった第一陣を率いたのが斎藤。流山で勇が捕えられたあと、残りの隊士を率いて会津入りしたのが安富であった。

島田も序列第三位の軍目として出兵に加わった。軍目とは軍全体が機能しているかどうかを監視する役職であり、歳三がいない以上、その任を担えるのは島田をおいて他にいなかった。

そして、もう一人。

歳三は、大石を江戸に潜入させたのだ。

「副長、こいつだけは許せん。殺らなきゃならん。ってな奴がいるでしょう。ひとつ俺に任せてもらえませんか」

自らテロリストとなることを希望する大石に、「そうだな。勝海舟を討ってこい」冗談とも、本気ともとれるように言った。勇が処刑され、歳三もやっとこさ勝の正体が分かったのだろう。

それはともかく、今の戦は、一発の砲弾で死体の山ができる。その一人に大石が数えられるのは、不謹慎な言い方だが、もったいない。歳三はそう思っていた。大石には、第二の佐々木只三郎となって、大いに名を馳せてもらいたいものだ。

だが……

この判断は大きな間違いであった。大石はどうあっても手放してはならない存在だったのだ。斎藤を隊長に、島田を軍目に起用したことも、そうだ。鳥羽伏見の戦い以降、歳三は新選組の組織者として極めて重要なことを忘れてしまっているようであった。

白河に向かう新選組部隊と、江戸に行く大石を見送ったのち、歳三は容保公に謁見し、深々とお礼を述べた。容保公は東山の天寧寺に勇の慰霊墓を建ててくれたのである。立派な墓碑で、戒名は貫天院殿純忠誠義大居士《かんてんいんでんじゅんちゅうせいぎだいこじ》。院殿号は戒名の法号最高位である。

勇さん。

あんた、さいごに「俺も、ここまでの男だったってことさ」って言ったよな。

それ、すっごく分かるよ。

疲れちまったんだろ。

二百六十年間続いた徳川の世がこれで終わりになる。

そんな時に、新選組の総代だったんだ。

どんだけ重たいもんを、あんた一人に負わせていたのかと思うと、本当に申し訳ないことをしたと思う。

ここまでやったんだ。もう楽になりてえ。

その意味するところが、たとえ死であっても、楽になりてえ。
そんな気持ちになるもんなんだな、大将ってえのは。
そうなんだよ。勇さん。二番目でいるのと、一番になるのとでは全然違うんだよ。
宇都宮城の戦で、俺は退く兵を斬っちまった。
ああした形でしか、統率者としての迫力を表現できねえんだよ、俺には。
あの兵士には、不憫《ふびん》なことをしたと思う。
そんで罰が当たったんだろうな。
銃弾を受けたよ。
痛えとかいう話じゃねえぜ。
足に当たっただけで、怖くて身体が動かなくなっちまって、声も出せなかった。
あんたは肩を撃たれて、そんでも馬を走らせて帰ってきたじゃねえか。
やっぱ、凄えよなあ。俺にはとても真似できねえぜ。

歳三はそう言って笑うと、一転、涙を浮かべて手を合わせた。

勇さん。
最期の瞬間、あんた何を思った？
妻や子どものことぐらい考えてやったんだろうな。

俺にも、もうじき子どもができるらしい。

生きて、その子に会えたら、さぞ幸せだろうな。

けど、そんな普通の幸せを捨て去ることで、今があるんだ。

そうだろ、勇さん。

それは歴史が俺たちに与えた使命なんだよ。

そうさ。たとえ、天が俺たちに味方しなくとも、これは使命なんだ。


涙を拭った。もう泣くことも生涯ないのではないか。歳三はそう思った。


じゃあな、勇さん。

次に会う時は、俺もきっと墓んなかだぜ。

仲良く隣に並べてもらえたらいいな。


六月十一日。

会津軍が白河城を奪い、会津戦争の幕が切って落とされた。

この前日。奥州鎮撫の官軍参謀で、長州奇兵隊上がりの世良修蔵が阿武隈川で斬首されていた。

世良は第二次長州征伐と鳥羽伏見の戦いでも活躍した叩き上げの参謀であったが、東北人を馬鹿にしきっていた。

奥州は貧しく、徳川の恩顧など被っていない。なのに、皆お人よしだ。仙台も、庄内も、幕府に忠誠を誓っている。そんな人々だから、ちょっと威圧してやれば、今度はこっちに従うだろう。

こんな先入観で奥州に乗り込み、会津征伐のために兵を起こせと仙台藩に命じたのだ。そのあまりに横柄な態度に、仙台藩主の怒りが爆発。藩主の命で、世良は宿で襲われ、二階から転落。そのまま連れ去られ、河原で極刑に処された。

もし、世良ではなく、まともな交渉人が足を運んでいれば、違った展開になっていたかもしれない。

誤った先入観を抱いていたのは、幕府も同じだったからだ。徳川が危機に陥れば、奥州諸藩は次々と援軍に駆けつけてくれるだろう。などというのは希望的観測もいいところであった。甲府城にしても、宇都宮城にしても、反撃の確固たる拠点が築かれなければ、奥州諸藩だって、どちらにつくか、正直なところ様子見をするしかない。

東北人は従順であると思っていたのなら、敢えて時勢の流れに逆らうような真似はしないと考えるべきだった。世良程度の一軍人が藩主に命令するが如き態度をとれば、反発を受けて当然であろう。奥州諸藩が薩長賊軍許すまじの方向へと意思統一されていくことになったのは、ひとえに世良のおかげであった。

十五日。

世良暗殺が宣戦布告となって、遂に会津軍と官軍とのあいだで白河城攻防戦がはじまった。会津藩はきたるべき日に備え、春ごろから軍制改革を推し進めていた。十六、十七歳で構成される白虎隊など年齢別に部隊を再編し、役割分担を明確化するとともに、兵器の近代化にも取り組んでいた。

その成果もあって、会津軍の奮闘ぶりは相当なものであったが、実践経験の差が次第にあらわれ、五日後、白河城は官軍の手に落ちた。

しかし、こののちも会津藩は奥州と越後の三十一藩からなる軍事同盟（奥羽越列藩同盟）を組んで、薩長賊軍と堂々渡り合った。その戦いは五ヵ月間に及んだのである。

歳三が、勇に別れを告げてから、五十日余りのち。

剣神沖田が世を去った。

沖田は四月中旬以降、千駄ヶ谷で植木屋を営む柴田平五郎宅で静養を続けていた。松本が幕府軍とともに会津入りすることになり、静養先を替える必要があったのだ。

身体を鈍《なま》らせまいと、十畳ほどの部屋で刀を振り回していた時、発作に襲われ、吐血で喉が詰まり、亡くなった。最期を看取った者は誰もいなかった。

剣に敗れることなく、戦に斃れることなく、しかし、若くして病魔に散る。

まさしく天才の生涯、そのものと言えた。

一八六八年（慶応四年）七月十九日。

新選組一番隊隊長、史上最強剣士、沖田総司。労咳にて死去。享年二十七。

山南、藤堂、井上、近藤、沖田が死に、永倉、原田が新選組を去った。五年前、共に上洛した仲間は、これですべていなくなった。

もう一人だけ。京で合流した試衛館以来の同志、斎藤がいる。

八月下旬。怪我の癒えた歳三は、斎藤とともに薩長賊軍と対峙していた。

「斎藤、お前どこまでやるつもりだ？」

「どこまで？」

「指揮をとってみて分かったろう。結局、会津以外は腰ぬけじゃねえか。あとは庄内に過激な連中がいるだけで、そういつまでももたないぞ」

「だったら、もっところまでやる。どこまでやるつもりかって、それは死ぬまでですよ」

斎藤らしい答えだなと思いつつ、歳三は「蝦夷《えぞ》地に行かないか」と誘いをかけた。

「蝦夷？」

「ああ、そうだ。お前、富士山丸って覚えてるか」

「はい。江戸に戻る時に乗った船ですね」

「あの船にはなあ、十八万両という大金が積まれていたんだ」

「十八万……。凄え、さすが歳さん。やることがデカイ」

「違えよ。盗んだのは、あ、いや、大坂城から運び出したのは榎本武揚って奴だ」

「榎本？」

「幕府海軍の親玉さ。こいつが蝦夷に国を作るという構想を描いているんだ」

榎本が徹底抗戦の意思を表明したのは五月三日である。あれから四ヵ月になろうというのに、榎本艦隊は江戸から動こうとしない。海軍の決起に勇気づけられ、脱走兵となって薩長賊軍と戦っている大鳥軍や新選組にしてみれば、何をしているのかという思いがある。

薩長軍にとって、東北遠征はもちろん初めて。おそらく自藩の守備はガラ空きだろう。幕府海軍に一斉に襲われれば大打撃を被るのは間違いない。なのに、薩長に軍艦が差し向けられることも、奥州に援軍がくることもない。大鳥や歳三も、しばしば使者を遣わせて、要請はするのだが、未だ待機の状態である。

榎本は徳川家の後始末に奔走していたのだった。

徳川家は駿河遠江七十万石の減封となっていた。この時、駿府移封（静岡に領地を移す）を許す条件として、西郷隆盛が海軍の武装解除を要求してきた。榎本としては、ここで戦艦を失う訳にはいかない。榎本は、駿府移封のためには、幕臣たちと家財道具などを乗せるための船がどうしても必要だとして、即座の引き渡しを拒否。結果、富士山丸は差し出したものの、開陽丸など主要な戦艦はそのまま持ち去ることに成功。見事、海軍力を維持したのである。

さらに、駿府移封だけでは徳川家幕臣八万人のすべてを養うことはできないとして、ゆくゆくは、この人々を蝦夷地に移住させ、開拓と北方防衛にあたらせようと、蝦夷地植民認可の嘆願書を作成し、朝廷に提出していた。

加えて、この植民行為を諸外国に認知させるため、軍事顧問として招いていたフランス人教師たちを、開拓団の一員に加え、一緒に船に乗ってもらう準備を進めていた。

徳川の世を復活できない場合でも、新しい土地で、新しい世の中を作ろうと、榎本なりに腐心していたのだった。

「十八万両は新しい国づくりのための資金ってことですね。それはいいとしても、会津はどうなるんです」

「あれだけ尽くしたのに朝敵にされちまったんだ。怨念は半端じゃねえだろうな」

「そのとおりです。会津の人たちは何も間違っていないのに、蝦夷に逃げる理由なんてありません。薩長賊軍とさいごの一人まで闘う。子どもから老人まで、その精神武装たるや震えがくるほどです」

「さいごの一人か……そこまでは無理だろうな」

「歳さん。それは会津を見捨てて逃げる。そういうことですか」

「現状では軍事力の差は如何ともし難い。薩長賊軍をやっつけることができるのは榎本艦隊だけだ。蝦夷地に渡り、海峡に戦艦を並べてとおせんぼをする以外に方法はねえ。その前に、俺たちがここで全員死んじまう訳にはいかねえんだ」

斎藤は何も答えず、話はここで終わった。

一八六八年（慶応四年）九月三日。

この日、江戸が東京と改まった。

歳三は伝習第一大隊の総督として、新選組隊長、斎藤とともに戦の準備を進めていた。

これが会津での最終決戦になる。歳三はそう心に決めていた。やれるところまではやる。同時に、その先も見据えていた。

大政奉還の直後、彦五郎が「どっかに独立共和国でも作って、そこに慶喜公をお迎えしたらいいじゃねえか」と言ったことがある。

「独立共和国なんて考えが飛躍し過ぎちゃいませんか。長州一派を粉砕する。それあるのみです」と答えると、「歳よ。俺はさいごのさいご。そういう考えもあるだろうってことで言ったんだ」

まさしく、彦五郎義兄さんの言ったとおりになってきているではないか。

腐敗した武士階級に代わり、自分たちが夷狄を撃ち払う。新選組を前衛に、農兵軍を組織し、四民平等の世の中に作り替え、未知の分野である外交に挑む。描いていた夢は次々と瓦解していった。

それでも、師匠の言うことは、いつまでも心の支えにしておきたいものだ。榎本艦隊と蝦夷地は、歳三にとってさいごの希望であった。

そして、もう一人。同志の絆がこの会津戦争を経て生まれていた。

会津は四方を幾つもの峠に囲まれている。歳三と斎藤が布陣する所にも三つの峠があって、どこの守備を固めるかで戦況が変わってくる。

十月四日。

軍議の結果、新選組は母成峠《ぼなり》に決まり、九月中旬から先陣していた大鳥軍に合流するが、その数は八百人足らず。

「敵は必ずここを襲ってくる。なのに八百人とは。これでは捨て駒にされるだけだ。最低でも二千、いや三千人は必要なんだが」

大鳥が危機感をあらわに訴えた。

実戦経験に乏しくとも、そこは軍学を知る大鳥である。敵軍軍師は大村益次郎。奴ならどこから攻めてくるか。大鳥は母成峠と読み、先乗りして、必要な兵数を要望していたのだが、

「土方さん。新選組がきてくれたのはありがたいが、ここでの戦いは質より量がものを言います。これでは作戦も変えていかないと」

「どう変わってきますか」

大鳥は恐る恐る、「如何に仲間を失わないようにするかということです」

歳三はニンマリしながら、「そうしましょう」

大鳥はホッとして、大きく息を吐くと、なんと物分りのいい男だ。これなら一緒にやっていけそうだ。と、思った。

情報によれば、十月四日は、榎本艦隊が品川港から碇を上げる日でもあった。

開陽丸、回天、蟠龍など八隻の戦艦に、ブリュネらフランス人軍事顧問団、長州訊問使と

して勇とともに高杉晋作と相対した永井尚志、他にも、松平定敬、板倉勝静、小笠原長行ら、そうそうたる顔触れが、こちらに向かってくるという。

歳三、榎本、大鳥。この三人にとって戦の本番はこれからであったのだ。


五日。

薩長賊軍は母成峠に攻め入ってきた。その数二千六百人。

大鳥の読みどおりだった。武器にも、兵数にも劣る幕府軍がかなうはずがなかった。深い霧に包まれた戦場に官軍の大砲が火を噴く。続けて高性能の連発式銃が乱射され、たちまち屍の山ができた。

すぐに退却となったが、視界不良のなかでは命令系統も混乱し、逃げることさえままならない。歳三は猪苗代城へと敗走したが、この時点では、大鳥はどこへ行ったのかも分からず、安否が危ぶまれた。

予想以上の惨敗だった。幕府軍の銃の多くは、霧に湿って役立たない。濃霧のなか、仲間がバタバタと敵弾に斃れ、恐怖に慄き、逃げるのが精一杯。そんななか、霧に潜んで敵陣に斬り込み、白兵戦を展開した幕府軍部隊があった。

そう、斎藤率いる新選組。その戦いぶりは、会津藩から、池田屋以上の働きであったと、称えられるほどであった。

「援軍を派遣してもらえるよう要請した。もしこなければ、明日の午前中にはここも突破され、賊軍は会津城まで一直線だ」

六日。大鳥を欠く軍議で、歳三はこう発言した。

これに対し斎藤は、「援軍は無理だと思います。会津は地形的にどこから攻められてもおかしくない。四方に防衛軍を配置する訳ですから、どこも手一杯のはずです」

斎藤の言うとおりだった。会津を攻める側は、どこか一ヵ所でも突破口を開けばいいが、守る側はその一ヵ所がどこになるか、四方に目を配らなければならない。母成峠に配された大鳥たちは、自分たちは捨て駒にされたと思っているが、会津藩にはそんなつもりは毛頭なかった。

事実、この時、会津城に残っていたのは、老人、女性、子どもたちであった。会津の戦記が伝えるには、槍を手に奮戦するも、前に少年死し、後ろに老翁斃れ、婦人たちは奥座敷で自害したとのこと。

それでも歳三は、「大鳥さんは戦の専門家だ。しかも幕府軍の総督である。その人がここだと言った場所に兵力を集中させないとは理解に苦しむ。信頼関係にもかかわる」

そのうえで、「これは会津を守るためだけの戦いではない。長州一派から京の治安を守ってきた会津藩に敬意を表し、そこに改めて依拠しつつ、賊軍粉砕の狼煙《のろし》を上げる。そういう戦いなんだ」

歳三の主張も、もっともであった。

戦の目的は、ここ会津の地から薩長賊軍を倒すための橋頭堡《きょうとうほ》を奥羽列藩に築くことなのだ。

だが、歳三の意見に与する者はなく、それどころか、「こんな戦、誰も望んじゃいない」ボソッと誰かが言った。

奥州の人々にとっては、薩長と新選組という、よそ者同士の戦いに、なぜ自分たちが巻き込まれるのかという思いの方が強かった。暮らしぶりは貧しいが、それは自分だけではない。周りもみんな一緒だ。一緒なら仕方ない。食えなくなれば一揆を起こすが、それはコメをよこせという主張が爆発しただけで、世の中を変えるなどという目的のためではない。はっきり言って、メーワクなのだ。戦は利害のある者たちだけでやればいい。これが奥州諸藩の本音であった。

だが、迷惑であろうとなかろうと、まもなく薩長賊軍が会津に攻め入ってくることに違いはないのだ。

歳三は姿勢を正して言った。

「容保公のたっての願いで、弟君の定敬公は米沢に向かうそうです。援軍を要請するためです。ならば私は庄内に行きます」

軍議はこれで終わった。容保公が援軍を求めてでも戦いを続ける意思を示した以上、それに従うより他はなかった。

七日。

やはりと言うべきか。猪苗代城に会津からの加勢は得られなかった。幕府軍は城を諦め、火を放って撤退した。

翌八日。

歳三は庄内へ。斎藤は会津城へ。

別れ際、「斎藤。俺は庄内で目的を達したら、仙台に行く。榎本艦隊も仙台に向かっているんだ。仙台藩にやる気があるなら共に闘うが、ないなら、前にも言ったとおりだ。そのまま蝦夷に行こうと思う」

「歳さん。なら、ここでお別れです。俺は会津城に入って、さいごの一人になっても戦いますよ」

「そうか」歳三はニコリとして頷いた。

こいつは気まぐれな奴だから、説得してどうなるものでもない。いつかまた、俺の前に元気な姿を現すさ。歳三はそう思いつつ、ただ、いつもの斎藤とは、どこかが、何かが違うような気もしていた。

斎藤は会津で密かに恋人を作っていたのだった。

こんな時に。いや、こんな時だからこそ、恋人が欲しくなったのだろう。それも会津藩大目付、高木小十郎の娘で、名を時尾と言った。のちに斎藤は別の女性と婚姻するが、容保公を上仲人、佐川官兵衛を下仲人に時尾と再婚。三人の男児にも恵まれた。

素敵な女性と出会えて、斎藤の会津藩に対する恩義は一入《ひとしお》のものがあったのだろう。会津藩が降伏したあとも、籠城を続けて戦った。容保公の使者から再三説得されて漸く投降したのだった。

新選組の撃剣師範であったころは、「型にとらわれるな。斬って、斬って、斬りまくれ」だった斎藤も、晩年は、「刺す時は、刃を上に向けよ。臓物が落ちてきて、一刺しで身体の中身までバッサリだ」、「低い門を潜る時は足から入れよ。足を斬られても闘えるが、頭から入れば終わりだ」など、さすがは元新選組と周囲に言わしめる言葉を残している。

新選組隊長、斎藤一。のちに警察官となる。その後、師範学校の守衛や事務職を経て退職。一九一五年（大正四年）九月二十八日。胃潰瘍にて死去。享年七十二。

この年の一月に永倉が没している。試衛館以来の新選組のなかで、さいごの一人となったのが、山口二郎こと、この斎藤一であった。


一八六八年（慶応四年）十月八日。

歳三は食事に立ち寄った会津檜原《ひばら》村で、大鳥の無事を知った。

新選組隊士たちを大鳥に預け、一足早く庄内に向かおうとするが、途中の米沢で行く手を阻まれた。米沢藩は既に恭順の方向で藩論を固めていた。このため、援軍を得るため米沢藩に赴いた定敬公もまた、藩内に立ち入ることさえかなわなかった。歳三の向から先は庄内藩であったが、米沢をとおらなければ庄内へは行けない。

歳三はそのまま仙台へと向かい、十月十八日。

二日前に仙台入りしていた榎本とともに、仙台城での軍議に出席した。

席上、榎本は、歳三を奥羽列藩同盟軍の総督に推薦した。

異論は出なかった。

だが、この前日。

歳三が「仙台藩は奥州諸藩を固めるうえで重要な役割を果たしました。しかし、戦況がこうなった今でも戦う覚悟があるのかどうか、甚だ疑わしいところがあります」

榎本は、「試してみましょうか」と答えていた。

奥羽列藩同盟は、既に戦意なし。歳三も、榎本もそうみていた。

実際、弘前藩から仙台藩に届いた書状がある。

我が藩は官軍より命令され、心ならずも奥羽列藩同盟と戦う側に回ることになりました。しかし、戦を交える気などありません。かといって、やらねば朝敵にされてしまいます。そこで提案なのですが、戦ったふりをするというのはどうでしょう。我が藩はこの方針でいきますので、弘前藩の旗をみとめし時は、よろしくご配慮願えればと思います。

歳三は、奥州各藩代表者を前に言い放った。

「私が総督を引き受ける以上、皆さまにもご覚悟願いたい。すなわち生殺与奪の権を、私にお与え頂きたい」

軍令に違反した者は、たとえ各藩のお偉方といえども斬る。と、明言したのである。

場がざわめき、総督就任に異論が出はじめた。

二本松藩の代表者が、「藩主以外の者に自分の生死を委ねることはできかねます」

このもっともらしい発言が大勢となって、歳三の総督就任の話は消えた。

何のことはない。歳三に総督を任すことに当初異論が出なかったのは、奥州諸藩のどこも戦の責任を引き受けるつもりがなく、あなたたちだけでやってくれ。それなりに協力はするから。こんな程度の考えでいたからなのだ。

「思ったとおりでしたね」歳三が言うと、榎本も呆れ顔で頷くのだった。


奥羽列藩同盟の崩壊は時間の問題であった。

それにしても蝦夷地に向かうには、それなりの準備が必要である。歳三も蝦夷については何も知らなかった。準備に一ヵ月はかかるだろう。歳三はそのかんの宿泊費、食事代、戦艦の整備費用、燃料費などを、仙台藩にご負担頂くということで話をつけた。

十月二十三日。

この日、元号が明治に変わり、四日後に仙台藩も降伏した。

しかし、幕府軍は立ち退く気配はなく、粛々と準備を進めている。仙台藩としては、降伏した身で敵軍を養うなど許されるはずがなく、早期の領内立ち退きを求めるが、歳三は船出に必要な物資が足りないとして応じない。

結局、立ち退き料として、二千五百の人員に対し、コメ千俵、乾飯《かれいい》百二十五俵、味噌二百樽、塩百五十俵、白砂糖三百貫など大量の食料品。各種油、炭、紙といった生活必需品の他、酒一斗千樽の贅沢なおまけまでつけさせた。

さらに、「沢庵はあるかね。沢庵は」

「沢庵ですか。そりゃあ仙台にもございますが」

「じゃあ、それも三百樽」

「そ、そんなに？」

「悪いかね」

「い、いや、あんなものでよろしければ。しかし、そんなに食べきれるのかと」

いらぬ心配をするな。それにあんなものとはなんだ。俺の好物を。とは言わなかったものの、歳三は交渉にあたった仙台藩の役人、遠藤文七郎を睨みつけた。

遠藤としては早く出て行ってもらいたいので、丸々要求を呑んだのだが、出航は予定どおり、一ヵ月ののち。遠藤はよほど悔しかったのであろう。「土方は器の小さな人間で、論ずるに足らず」と、この時の印象を書き残している。


「いよいよ出発だな」

「はい」

幕府軍と行動を共にし、会津入りしていた松本は、ここ仙台まで同行していた。

松本は蝦夷地にも赴く覚悟であったが、

「先生の知識と技術をもってしか治せない患者のために、どうか江戸にお残りください」

松本は申し訳なさそうに頷き、

「歳三君。明治政府は蝦夷に独立国を作る構想を認めないそうだ。戦になるが、勝算はあるのかね」

「薩長賊軍に権力の正統性はありません。これに命がけで抵抗する者がいなくては、この国の未来はどうなるのでしょう。勝算はありません。ただ快《こころよ》く戦い、国家に殉ずる。それあるのみです」

「何か言伝《ことづて》はないかね」

暫し考えた。

共に闘う新たな仲間はできた。

しかし、世の中を変えていこうと誓い合った勇、彦五郎、鹿之助はもうここにはいない。

松本ともこれで……

この瞬間、土方歳三は、たった一人で権力に立ち向かう、さいごのサムライとなった。

「呆れるほど元気に旅立っていった。そうお伝えください」

蝦夷地

一　上陸

一八六八年（明治一年）十二月四日。

仙台出航から十日あまりを経て、幕府軍は鷲ノ木浜（森町）に上陸した。

目指すは函館であり、本陣は五稜郭に構える方針であった。鷲ノ木は函館より十里も北にある。函館には既に新政府軍の府が置かれていた。函館港でいきなり衝突するようなことになれば、外国艦船も行き来する港であるから、諸外国に悪い印象を与える。

こうした配慮から、わざわざ遠くの鷲ノ木に蝦夷地の第一歩を印したのである。

諸外国から自分たちの行動がどう評価されるか。それにすべてがかかっている。蝦夷地には日本の実効支配が及んでいるが、現実には、未開の地であるという大前提のもとに、自分たちはこの地の開拓者であって、侵略者ではない。と、諸外国から理解してもらえるかどうか。そのために何をなすべきかが、榎本の関心であった。

朝廷に提出した蝦夷地植民の認可は、明治政府によって却下されていた。

このまま戦争になった場合、北方防衛を理由にフランスと協力し、この地を平定、開拓することが目的であったとするのと、甲府城や宇都宮城の時のように反撃の拠点づくりだったと主張するのとでは、まるで違ってくる。

後者は蝦夷地への侵略行為であり、明確な国際法違反である。しかし、前者の論理をもって新政権が欧米諸国に承認されれば、今度は明治政府軍による蝦夷地奪還が侵略行為とみなされる。榎本たちは戦犯の裁きを受けない立場となるのだ。

榎本艦隊が賊軍の留守を狙って薩長に攻め入らなかったのも、こうした意図があったからだと考えれば頷ける。自分たちの目的は、国を奪い返すために明治政府軍と戦うことではなく、未開の地で新しい国づくりをすることにある。そう内外に示しておきたかったのであろう。

これがオランダで国際法を学んだ榎本の常識であった。

戦犯か否かの判断は、戦勝国の手に委ねられるのだという悲しい現実は、榎本の学んだ条文のなかにはない。

それにしても、蝦夷地の十二月である。皮膚が切り裂かれるような寒さに震えながらの十里の道のり。大変な行軍となった。

そんな兵士たちの疲れを癒してくれたのは、現地の人々からの思いもかけない歓迎ぶりであった。

「蝦夷地については猛烈に寒いということ以外、何一つ知識がない。人々は洞穴のなかに住んでいると思っていた位です」

大鳥が言えば、歳三も、「私もそう聞いておりました。上洛した時とは逆の驚きがありますね」

「上洛？　新選組を結成する前のことですか」

「ええ、私は三多摩の田舎者でしたから。京の都は進んでいて、初めて目にする物ばかりだと。そう期待していたところ、世話になった壬生村というところは、すっかり田舎の町で、がっかりしたと言うか、逆に安心したと言うか」

「なるほど。鷲ノ木にこんなに家があって、それも結構立派な家々で、これなら江戸とそう変わらんじゃないか。そんなところですかね。それにしても、昨夜は大変なおもてなしを受けたものです。まだ酔いが覚めぬようで、フラフラしておりますよ」

歳三も、大鳥も皆、いい気分であった。

実のところ、どうだったのかは分からない。蝦夷地の人々にとっては、十四年ぶり（ペリーの函館上陸は一八五四年）にやってきた黒船の来襲に等しい。村の主は袴を着てのお出迎えであったが、恐怖に駆られ、ここはしっかり接待しておかねばという思いであったのかもしれなかった。

蝦夷地に対する情報がこれほど不足していれば、渡航を躊躇う者が出るのも当然であった。新選組にあっても、仙台で四十八いた隊士のうち、実に二十三人が蝦夷行きを拒んだ。言い換えれば、仙台で降伏することを希望したのである。隊を抜ける自由はあっても、今が戦の最中であることを考えれば、降伏は軍中法度に照らして許されない。

だが、歳三は無理を言わなかった。

旅行に行く訳ではない。外国留学ともまた違う。一時期の出兵ではなく、この先ずっと凍る辺土に暮らすのだ。薩長賊軍と闘うのとは、別の覚悟を求められる人生の選択であった。

他方、蝦夷行きを希望しているのに、収容人数を超えてしまうという理由で、乗船を断られた者たちもいた。歳三は新選組の乗船枠があまっているとして、桑名藩や伝習兵の渡航希望者に声をかけ、七十名を吸収。新選組を百人規模の部隊に復活させたのである。

だがこの時、新選組は大鳥の部隊に配属されることになり、歳三は仙台藩の洋式部隊である額兵隊などを率いることになった。他の部隊の長にポンと据えられてしまう辺りに、歳三がかつての姿を取り戻せていないさまがうかがえる。

それはどういうことか。

鳥羽伏見の戦いに敗れてから今日まで、新選組は幾度も復活を遂げてきたようにみえる。甲州勝沼の戦いでは、穢多頭の計らいで百人の兵士を得た。たが、甲府城には官軍が先乗りしていた。

五兵衛新田では百七十九人もの新入隊士を加えた。だが、移転先の流山では、有馬率いる官軍の接近に気づかず、勇を捕えられた。

宇都宮城を奪還されたのは、大鳥軍の敗北による戦力の低下が原因であったが、この敗北は、壬生城の官軍戦力が強化されていたのを知らなかった結果であった。

会津戦争では薩長賊軍は予想どおり母成峠から攻めてきた。しかし、敵の動きを読んだのは、歳三ではなく、大鳥であった。

結果、このすべてで敗北した新選組は何を欠いていたのか。

答えは、情報である。

新選組を最強軍団に押し上げたのは、歳三によって鍛え上げられた監察方の力である。警察組織として機能していた時はもちろん、禁門の変でも、圧倒的な情報力で長州一派を寄せつけなかった。

それが鳥羽伏見の戦いで山崎が戦死して以降、主だった監察方の顔ぶれは、次々と歳三の前から姿を消していた。

流山で官軍に包囲された時、諜報部隊は？　島田は何をしていたのだ。と、歳三は瞬間思った。だが、あの時、斎藤や大石が別の重要職に就いていたため、島田以外で監察方に属したことがあったのは、近藤隼雄（生年不詳、仙台で降伏）という隊士一人だけになっていたのだった。

一人、二人で十分な諜報活動などできるはずがない。歳三は隊士の数を増やすだけでなく、監察方を再構築しなくてはならなかったのだ。だから、大石を江戸に潜入させたのは大きな過ちであった。新入隊士に教育を施すことのできる経験者を手放してはならなかったのである。

十二月五日。

幕府軍は歳三と大鳥を総督に、五稜郭に向けて出発した。

本道を大鳥部隊。土方部隊は間道を進むが、これとは別に三十人ほどの遊撃隊が組織された。蝦夷地開拓の嘆願書を、函館府知事に渡すための部隊であった。

歳三と大鳥の部隊が、途中、どこかの部隊と交戦になったとしても、あくまでも蝦夷地の開拓が目的であったということにしなければならない。榎本はその証拠となる文書を作成し、府知事に提出していたという既成事実を作っておこうとしたのである。

さらに、五稜郭に本陣を構えたあとは、松前藩に講和の使者を送るつもりでいた。

松前藩は奥羽列藩同盟にも名を連ねていたが、既に降伏し、明治政府の側に回っている。だからといって、いきなり戦はしない。まずは講和を持ちかけるという手順を踏むことが重要であった。

五稜郭まで一直線に本道を進む大鳥隊は、伝習士官隊、伝習歩兵隊、それに新選組などからなる七百人。沿岸線に沿って間道を進む土方隊は、額兵隊、陸軍隊など五百人であった。

目指す五稜郭は、幕府が北方防衛の拠点として、総工費四十二万両を投じ、一八六四年（元治一年）に築造したもので、パリ郊外にある城砦を手本に周囲を土塁と堀で囲んだ外周一・八キロメートルの巨大な星型五角形の城であった。

ただ、城を作ってはみたものの、蝦夷地は北方面からの外国侵略の脅威には晒されていなかった。このため、五稜郭は函館奉行所として使われることになり、堅牢な要塞が築かれたのは、函館港湾入り口の弁天台場岬であった。

七日。

土方隊は湯の川に向かう途中の川汲《かっくみ》峠で、松前藩の斥候と思しき部隊と一戦を交えることになった。

もっとも、相手は二十人程度。発砲してきたのち、妨害工作のつもりなのか、火を放つと、すぐに退散してしまった。戦も初めてらしく、火をつけたことで逆に自分たちの姿を晒してしまうというドジを踏み、狙い撃ちされた。

土方隊の方も、峠の深雪を理由に追撃せず、またその場に布陣もせずに、さっさと湯の川へと向かう有様で、北の大地での戦いの水準を露呈させていた。そんなことでは駄目だと、額兵隊の隊長が改めて川汲峠に向かい、極寒の夜を徹して布陣し、温泉で一服しようとしていた部隊の甘さを締め直したほどである。

九日、早朝。

大鳥隊が五稜郭に入城した。

函館府知事は七日深夜には船に乗り、青森へと逃げていた。

全くの無血開城となって、土方隊も夕刻に到着した。榎本は戦艦回天と蟠龍を函館に回航し、運上所や弁天岬台場に日章旗を掲げ、この地を治めたと宣言したのである。

十日。

榎本は蝦夷地平定に向けて、さっそく松前藩との講和交渉に乗り出した。

交渉人に選ばれたのは、歳三である。榎本は、歳三がこうしたことには誰よりも馴れているはずだと思っていたらしかった。土方と言えば、あの新選組の副長である。幕府側代表の一人として、交渉に臨んでは、長州や薩摩の大幹部と、さぞやりあってきたに違いない。ここは経験豊富な土方先生にお任せしたい。そんなところであったろう。

実際には、交渉事のほとんどは勇の仕事であった。歳三は知恵を授けただけ。駆け引きが必要な場面に出て行くことは稀で、歳三が交渉すると、その率直な物言いが相手に不快感を与えることもしばしばであった。

案の定、「こっちには三千人近い兵隊がいる。強力な軍艦もある。函館の府知事なんか、とっとと逃げていった。それでも我々と戦いますか」

出頭に応じた松前藩士三人を前に、いきなりこれだった。ほとんど脅迫である。

「いやあ、そのう、三人の判断では即答できかねる問題でして」

時間稼ぎのためのお決まりの返答に対しても、ズバリ、

「それじゃあ困んだよ。最初から判断のできる奴を寄こせよ」

ただ、出頭した三人もまともな連中ではなかった。江戸で松前藩の幕府側要人を殺害し、つい二日前に蝦夷地に乗り込んできたばかりのテロリストであった。

こうした輩の正体を見破ることなら、俺に任せておけというところだ。松前藩に講和の意思はない。そう断定した歳三は、

「明日、もう一度、話し合いましょう。お三方で、よく相談しておいてください」

交渉を早々に打ち切ると、部下に三人を松前城に返さぬよう。使いの者さえ出させぬよう命じた。そして、明日また、交渉するような顔をして、榎本と相談のうえ、松前城攻略軍を一夜にして組織したのである。

十一日。

松前城攻略軍は七百名。総督は歳三である。

部隊を密かに出発させたあと、歳三は改めて三人と交渉をはじめた。

「あなた方は徳川から受けたご恩というものをどう考えているのですか」

「それはもちろん、恩義は感じておりますが、尊王の志もまた負けぬほど強いものがございまして、勤皇と佐幕の板挟みのなかで、誠に悩みながらここまできた次第でして」

のらりくらり言うと、三人は、

「やはり、私どもだけでお答えするのは無理というものです。如何でしょう、往復の時間も考え合わせませして、二十三日まで、ご猶予を頂けないかと。もちろん、それまでは互いに戦わざるをお約束願いたいのですが」

歳三はあっさりと、「承知いたしました。それではお気をつけてお帰りください」

こう言って、三人に通行証を手渡した。主要道路は幕府軍が塞《ふさ》いでいるが、これをみせれば無事にとおれるとのこと。歳三は敵に誤った情報を与えておくために、この三人を早く松前藩に帰してしまおうと企んだのだ。

攻略軍は敵の斥候にみつからぬよう細心の注意を払いながら、茂辺地《もへじ》、木古内《きこない》を通過したばかり。それが帰り途中のこの三人にみつかってしまっては元も子もない。通行証は三人を早く帰すだけでなく、攻略軍七百人がどこかに隠れるまでのあいだは、逆に足止めを喰らわすための道具として使われたのである。

歳三の計画どおり、十四日、城に戻った三人は、

「うまくいきました。二十三日までの停戦協定がありますから、このかんに秋田、弘前の両藩から援軍を呼び寄せましょう。幸いここ数日は風もなく、すぐに出航できると思いますよ」

得意そうに話したが、この日、攻略軍は松前領手前の知内《しりうち》に達し、昼には蟠龍が松前沖から砲撃。事実上の宣戦布告を終えていたのである。

十四日深夜。

攻略軍は松前藩軍の夜襲を受けた。蟠龍の砲撃に対する報復措置であった。民家に火が放たれ、銃撃を受けるも、攻略軍は一撃で敵遊撃部隊を退散させている。

この時、歳三は以下のような声明を出している。

我々は周知のとおり松前藩になんの恨みもなく、松前藩からの使者には講和を申し入れ、協議終了までは交戦しないと約束していたにもかかわらず、知内において夜襲を受けた。さらに、松前藩軍は知内と松前の中間点にあたる福島に布陣している。自ら申し入れた約定を破るとは許し難き蛮行である。

この声明文は既成事実を捏造するために作成されたものだった。すべて榎本の筋書きに従った内容であり、戦をするつもりはなかったが、松前藩軍からの攻撃を受け、やむ無く応戦したとのこと。

実際、蟠龍が先に砲撃を加えたことは事実だが、弾は城下湾に陣取る松前藩大砲部隊の間隙に向けて発射され、それも一発だけだった。弾も炸裂弾であったから、陸地までは到達していない。大砲操作を誤った結果の偶発的な事故だったと強弁すればいい。これに対して、松前藩軍の大砲部隊は、蟠龍に向け一斉砲撃を加えてきた。松前藩の行為は、約条違反になる。武力にものを言わせて、この地を征服しても意味がなかった。諸外国から、どう評価されるかが重要であったのだ。

十二月十八日。

前日からの小戦闘に続いて、遂に松前城攻防戦となった。

攻略軍は午前十一時に五稜郭東側高台にある法華寺から砲撃を開始する。

一方の松前藩軍は城門を開いて大砲を撃つと、すぐに門を閉め、弾を詰め終わると、また門を開いて撃つという単純な攻撃を繰り返した。ただ、攻撃は単純でも、城門は強固で、正面突破は困難を極めた。

「渋沢さん。最も困難な所を引き受けてください」

歳三は彰義隊頭取の渋沢成一郎（一八三八年〈天保九年〉生まれ。渋沢栄一の従兄）に願い出た。原田も属した彰義隊。上野で官軍に敗れたあとも、なお闘志衰えぬ者が蝦夷地まできていた。

歳三は実戦経験のある彰義隊と、仙台で鍛えられた洋式部隊の額兵隊の二隊を、敵弾を真正面から受ける城門攻め部隊に据え、

「ここで粘れるだけ粘って、敵を釘づけにしてください。二十回、息を吐いて吸って、その間隔で扉が開きます」

こう助言すると、自らは二十人ほどを率いて、搦《から》め手門（裏門）に回った。

一進一退の攻防が続くなか、暴風で出撃の遅れていた回天が到着。海上から砲撃を加える。松前藩軍にとっては、城門の守りに全神経を傾けているところに、脇からの攻撃である。城内が混乱しはじめた。

今だ。歳三は搦め手門側の城壁に梯子をかけて侵入。叫びながら突進した。

「撃て、撃て」

突然現れた後方からの敵に、松前藩兵はなすすべがなくなった。

この隙に、額兵隊が正面突破に成功。城門から雪崩れ込む。

午後一時。松前藩兵は城に火を放つと、西門から逃走した。

攻略軍は全軍が城に入り、残兵を討ち取りつつ、消火活動を展開する。

そんなか、渋沢だけは城の蔵から、ちゃっかり金を運び出していた。

「ありがとう。ゆっくり休んでくれ」歳三が労《ねぎら》いの言葉をかけた。

十一日に出発してから八日間。野宿をさせた夜もあった。敵に存在を知られてはならない。七百人を暖めるための火を、赤々と熾《おこ》す訳にはいかない。凍死者が出てもおかしくない進軍に耐え、その甲斐あって知内まで進むことができた。

松前藩は弘前藩や秋田藩から百五十人程度の援軍を呼び寄せたが、この数では到底かなわぬと、藩主は早々に青森へと逃亡した。

攻略軍の完勝であった。

兵士たちは皆、深い眠りに就いた。身体の回復には四、五日かかるだろう。

このかん、彰義隊の内部では、渋沢が吊し上げにあっていた。額兵隊は城門を突破し、敵を一掃する手柄を上げたのに、彰義隊の統率者は火事場泥棒に精を出していたとあっては示しがつかない。新しい国づくりに資金は必要だが、兵士たちの多くは武功を上げることを望んでいたのだ。

結果、彰義隊は分裂し、歳三はその仲介でも汗をかかねばならなかった。一番の地位に立つというのは、あれこれ面倒なものだと改めて思うのだった。

十二月二十四日。

攻略軍は江差に向けて出発した。蝦夷地の平定を宣言するためである。

城を落とせば、それで終わりではなかった。松前藩兵は江差に落ち延びていた。江差は抵抗を続けようと思えば、それが可能な地形であった。山麓の狭い道しかなく、攻撃を受ける範囲が限られていたからだ。大軍が投じられても怖くない。と、抵抗を続けられるうちに援軍がこようものなら、江差を反撃の拠点にされてしまう。そうなる前に叩く必要があった。

実際、攻略軍は小戦をものにしながら順調に歩を進めたが、一気に片をつけられないもどかしさも感じていた。

とりわけ、榎本の苛立ちはかなりのものだった。

榎本は仙台を出てからここまで、兵士たちに休息というものを殆ど与えていない。仙台から十日あまりの船旅ののち、蝦夷地に上陸。極寒の十里の行軍を経て、十二月九日に五稜郭に入城すると、十日に松前藩との講和交渉に入り、その気がないとみるや、十一日には出兵である。

松前城で五日間の休息をとっている時にも、

「平定は早ければ早いほどいい。地元民からの支持と歓迎があればこその早期平定であったと、各国に表明できます。その逆に抵抗を受けて戦闘が長引けば、諸外国の目には我々が侵略者に映ってしまう。大鳥さん、土方さん、どうかこの意を汲んで欲しいのです」

二十七日。

そんな榎本が暴発する。

函館港から開陽丸に乗り込み、江差に向かったのである。

二十八日。

攻略軍、松前藩軍の双方が巨大な船体をみとめた。

「どちらの船だろう」、「決まっているだろう。あんな大きな船は他にない。開陽丸だ」

ドーン。開陽丸からの威嚇射撃に、攻略軍から歓声が上がった。

もし、戦艦が蟠龍くらいの大きさであったなら、どちらの船なのか、すぐには分からなかったかもしれない。双方の部隊ともに援軍がきたと勇気づけられるか、あるいは形勢を逆転しようとして、戦闘が開始されていた可能性を否定できない。

巨大な開陽丸であったからこそ、松前藩軍は戦わずして降参するしかなかった。松前藩軍は、結局、熊石まで逃げて、そこで降伏したのである。

降伏した隊士たちには、身体の自由が保障され、幕府軍に加入することさえ許された。開陽丸での出撃が、さいごの戦を回避させ、無用な犠牲者を出すことなく蝦夷地の平定を実現したという限りで、榎本の行動は称賛されて然るべきものであった。

しかし。

この地域は、水域が狭く開陽丸が停泊できる場所が見当たらなかった。仕方なく島の外に錨を下ろそうとするが、北西から烈風が吹きつけ、波は荒れ狂い、船体はどんどん島の方へと流されていく。そしてとうとう午後十時。開陽丸は座礁した。

榎本は回天と神速の二艦を救援のため急遽派遣させたが、開陽丸がやられてしまうような海上で活躍できるはずもない。案の定、神速もまた、海岸に吹きつけられ、藻屑と化した。

榎本は日本海軍を統率する地位にあった者だ。その榎本が戦地の情報も曖昧なまま出撃し、焦って過ちを重ねるという失態を演じた。海軍力だけは薩長賊軍に勝っていたのに。その象徴である開陽丸。さらに、神速の二隻を失ったのだ。

蝦夷地早期平定の代償はあまりに大きかったと言える。

二　政権樹立

一八六九年（明治一年）一月一日。

蝦夷地政権に対し、明治政府より追討令が発せられた。

蝦夷地の平定と開拓を認めない。一国に二つの体制を認めないということである。榎本はこれに抗し、交戦団体としての権利を行使する。と、各国に伝えた。交戦団体とは、一国の政府と対立して、一部の地域に支配を確立し、外国から承認を受けた団体のことを言う。

例えば、函館で貿易をしているフランス商人が、函館に新政権ができたことで、商売を続けられなくなったり、まして捕えられたりしないよう。その逆に、フランス商人が函館の新政権と取り引きしていることを理由に、明治政府がフランスとの外交を断絶したりしないよう。つまり、政情不安を抱える日本国側の都合で、諸外国に不利益が生じないようにしなければならない。

こうした理由から、交戦団体の承認が、国際法上、必要になってくるのである。

蝦夷地政権が交戦団体として認められれば、諸外国は蝦夷地政権からも、明治政府からも貿易等の差別を受けない立場となり、またそうなる以上は双方に対し公平中立を求められる。極めて重要なことは、諸外国との良好な関係を維持するために交戦団体の承認が行われるのであるから、承認後は体制の安定を求められ、すなわち、内戦はご法度になるということである。もし、蝦夷地政権か、明治政府か、いずれかが戦争を継続した場合、国際法違反となって、諸外国から裁きを受ける立場となる。

榎本の狙いは、まさしくここにあったろう。

この筋書きを実現するために、榎本は計算ずくで事を進めてきた。歳三や大鳥が考えていたように、甲府城や宇都宮城など、どこかに反撃の拠点を構え、薩長から政権を奪い返すために蝦夷地に行くのではない。だから、海軍を薩長に差し向けることもなく、戦艦は徳川の人々を駿府に移住させるために使った。ゆくゆくは蝦夷地にお招きし、共に開拓者となってもらうつもりなのだ。

船にはフランス軍人を乗せ、自らの事業が国際協力のもとに成り立っているかの如く演出するのも忘れなかった。蝦夷地に着いてからは、松前藩に対し、まずは話し合い解決を求めた。侵略者ではないという既成事実を作ったのちに、はじめた戦もさっさと終わらせて、地元民からの支持があればこその早期平定であったと、諸外国にアピールしてみせたのである。

榎本にとって好都合だったのは、隣国ロシアが蝦夷地政権に好意的だったことである。北方防衛と言ってはみても、仮想敵国が存在しなければ、強靭な防衛力もいらない。あとは交戦団体としての承認を受けるのみ。

そうなれば、早期平定に貢献し沈んだ開陽丸も、まさに浮かばれるというところであったのだが。

一月十二日。

蝦夷地政権の交戦団体権につき、否認する。と、英仏公使が通告してきた。

榎本の筋書きは崩れ去った。

つい二ヵ月前、明治天皇が江戸城改め東京城に入り、英仏の公使が明治政府を承認したばかりなのだ。当然の結果であった。

同日。

蝦夷地政権の会議が開かれた。席上、榎本は、

「我々は蝦夷地の開拓者であって、国家転覆を企て、結果として、どこかの土地を占領したという輩ではありません。だから、交戦団体としての認定を受ける必要もなかったと言われれば、そうなります」

こう強弁したうえで、「アメリカとロシアは、我々を承認している。イギリスの行使だって、こっちが宣言した訳でもないのに、この政権をリパブリック。つまり共和国と呼んでいます」

自慢気に紹介したあと、大鳥に問うた。

「大鳥さんは、会津の戦いでは、敵がどこから攻めてくるのか、見事に見破ったそうですね。そこでお尋ねしたいのですが、薩長賊軍はいつごろ攻めてくるとお考えですか」

蝦夷地の冬である。春になるまで動きはないのではないか。そんな希望的観測が支配的であった。

大鳥も、「春まではこないでしょうね」

それはありがたい。だが、なぜそう言える。皆の疑問に、

「交戦団体の承認を受けようとしたからですよ。自らはこれ以上の戦はしないと宣言したも同然なんですから。薩長にしてみれば、向こうが攻めてこないんだったら、こんな冬に無理して軍隊を送る必要もない。そう考えるんじゃないですか」

大鳥の読みは正しかった。

明治政府軍は大村の助言に従い、春までの休戦を決めていた。かつて経験したことのない蝦夷地の戦で、どんな困難が待ち受けているとも限らない。焦ることはないとのことであった。

敵が攻めてこないなら、この冬のあいだが一つの勝負どころになる。

榎本は、「フランスは公使が変わったばかりで、薩長政府の言うことを、はいはいと鵜呑みにしているのでしょう。しかし、我が軍にはブリュネをはじめ、十名ものフランス人教師がいます。フランスの支持を失った訳では決してない」

こう述べると、「函館には大勢の外国人がいます。彼らを呼んで祝賀会を開こうと思っています。まずは彼らに目の前の現実を認めてもらいましょう」

一月二十七日。

蝦夷地平定を祝う祝賀会が盛大に開催された。

函館港の砲台や軍艦から百一発の祝砲が撃たれると、外国艦船も呼応して、汽笛を高らかに鳴らしてくれた。

「土方さん。これですよ。これ。函館の外国人が、新政権の誕生を祝してくれているじゃありませんか」

歳三は松前藩軍の降伏後も江差に留まり、守備隊を整備し、この日に戻ってきたばかり。

「あなたの凱旋を祝う祝賀会ですよ」榎本のこんな冗談に、嬉しそうに笑顔で応えるのだった。

閲兵式は、馬に跨り、ラッパを手にした榎本が先頭に立ち、フランス軍人たちも列に加わった。平素は娯楽も少ない函館であるから、人々も総出で沿道から歓声を送ってくれる。みよ。新政権はこれだけ民衆から祝福されているのだ。榎本は得意顔で手を振った。夜は、各国要人を招いての宴席である。外国語のできる榎本と大鳥が、民衆の歓迎ぶりを盛んにアピールして回ると、酔いも手伝い、各国要人も祝辞においては、そのことに触れてくれた。

祝賀会は大成功であった。

そして、この日。

今一つの重要な試みが実施されていた。

「新政権の閣僚を公選で決めたいのです」

「公選とは？」榎本の提案に、歳三は強い関心を示した。

「入札で決めます。総裁に相応しい人物は誰か。函館の藩主には誰が適任か。陸海の統率者を誰にするか。すべて我々の一票で決するのです」

「総裁は榎本さんですよ。わざわざそんな方法で決めなくてもいいのでは」

「土方さん。代官や名主の家の長男に生まれた者が、世襲によって自動的にその地位に就く。これは我々にとっては常識ですが、西洋では非常識なのです。人の上に立って権力を行使できる者は、命令される側から選ばれるものでなければなりません」

この指摘に、歳三は大きな衝撃を受けた。

これこそ自分が求めていたものなのかもしれない。生まれによって差別されるのは嫌だ。

努力次第で誰もがなりたいものになれる世の中を作りたい。ずっとそう思って、頑張ってきたのだ。

「榎本さん。その一票というのは、農民にも与えられるのですか」

「えっ、なんですって？　農民とおっしゃいましたか」

「ええ。私は農民でしたから」

榎本は大笑いしながら、「土方さん。あなたは別ですよ。あなたは戦の天才だ」

「お褒め頂き光栄に存じますが、では、普通の農民では駄目なのですか」

「当然です。一票を投じた者は、できた政権に対し、自らも責任を負うものでなければなりません。ろくに読み書きもできない農民に、それができますか」

さらに榎本は、「税金を納めていない者も駄目です。行政は税金を使って行うのですから、それを納めていない者に、政治行政に関わる人を選ぶ資格はない。従って、女、子どもにも一票はありません」きっぱりと言った。

「なるほど……」

歳三は感心しきりだった。

農民に一票が与えられれば、国民の大半は農業者であるから、百姓でもこの国を動かせるという自分が信じてきた国づくりの夢がかなうはずだ。だが、農民が政権を手にしたところで、果たして政権運営が可能だろうか。榎本の話を聞いていると、なんだか自信がなくなってしまう。

歳三に限らず、榎本の話は新鮮過ぎて、専制国家の住民には容易には理解し難い内容であった。

とはいえ、その確信に満ちた物言いには、誰もが引き込まれざるを得なかった。

「入札の参加者は、士官以上とし、最高得票者を総裁。次点を副総裁として、以下、得票の多かった者のなかから、総裁が適材適所に役職を割り振っていくという方法でよろしいでしょうか」

異論は出なかった。

実のところ、幕府軍はさまざまな部隊からなっており、彰義隊のように内部分裂しているところもある。役職を決める際、不平不満が出ないようにするためにも、入札で決めるというのは上手いやり方であった。

しかし、榎本の狙いはあくまで、諸外国に向けて蝦夷地政権の正統性をアピールすることにある。

「西洋社会では常識のデモス（人民）クラティア（権力）の制度を、我々がこの国で初めて実施するのです」

デモクラシーを美徳とする西洋と同じ価値観を持った共和国を、ここ蝦夷地に築くことが政権の目的である。と、思わせておきたかったのだ。

ただ、榎本の本心は、せめてこの蝦夷地だけでも徳川の世が続いて欲しい。こんな細《ささ》やかなものであったのかもしれないが。

公選入札の結果。

入札総数、八百五十六。

一位、榎本武揚、百五十六票。

二位、松平太郎、百二十票。

三位、永井尚志、百十六票。

四位、大鳥圭介、八十六票。

五位、松岡四郎次郎、八十二票。

六位、土方歳三、七十三票。


歳三は幸せな気持ちだった。「俺って、結構人気あるんだなあ」

島田は不満だった。「松岡って誰だよ？　なんで俺らの大将の上なんだよ」

選挙とはこういうものである。

松平は、勝海舟のもとで陸軍奉行並の地位にあった。蝦夷地にきてからは、榎本の女房役としての存在感を示していた。大将を補佐する地位に就くのに最も相応しい人物として、二番目に多い得票を集めたのである。

五位に入った松岡は、一部隊の長に過ぎないが、金勘定や事業家としての才覚が評価された。知名度や実績で歳三と比較すれば、島田が不満を持つのも理解できるが、政権を維持運営していくうえで求められる能力の有無もまた、選ぶ側にとっては重要な基準となる。

歳三自身がこの選挙結果に納得であった。

選挙という平和的手段によって自分が認められたという初体験を素直に喜ばずにはいられなかった。歳三の七十三票に不満があるというのなら、松平定敬は五十五票で九位である。板倉勝静は二十六票で十位。小笠原長行は十五票しかとれず、十二位だった。

藩主や老中が、選挙をやれば今や歳三の下なのだ。公選入札の結果に、大いに屈辱を覚えたことだろう。ちなみに、三公は蝦夷地政権の閣僚にも名を連ねることはなかった。


蝦夷地政権の主な閣僚。

総裁、榎本武揚。

副総裁、松平太郎。

海軍奉行、荒井郁之助。

陸軍奉行、大鳥圭介。

陸軍奉行並兼函館市中取締裁判局頭取、土方歳三。

函館奉行、永井尚志。

松前奉行、人見勝太郎。

江差奉行、松岡四郎次郎。

歳三は軍の要職にも据えられたが、権力を有したという点では、函館市中取締裁判局頭取の方が遥かに凄いことだ。

榎本が蝦夷地政権で目指したのは、西洋デモクラシーの制度を如何に取り入れるのかということである。軍が絶対で、警察や裁判所の地位が相対的に低いという考えには立っていない。その蝦夷地政権の都である函館で市中取締裁判局頭取に任命されたということは、警視総監と最高裁判所長官の地位を得たことになる。榎本がどれだけ歳三を信用し、高く評価していたかが分かるというものだ。

余談になるが、新選組の土方歳三が警察の最高位。まさに相応しい地位に就いたと言える。だが、最高裁判所長官まで兼ねるというのは大いに問題ありだ。

西洋デモクラシーの国々では、権力の分立は必須の制度であり、とっ捕まえた犯人に、自ら判決を下していいはずがない。裁判局頭取まで務めたのでは、西洋デモクラシーの否定につながる。歳三が悪いのではなく、こんな役職をこさえた榎本がおかしい。色々講釈を垂れてはみても、所詮、榎本も西洋デモクラシーに対して、この程度の理解だったということである。

三　宮古湾海戦

シンシンと雪が降り積もる毎日。

おそらくは百日くらいになるだろうか。束の間の休息というやつが訪れた。

蝦夷地政権と明治政府とのあいだに休戦協定が結ばれた訳ではないが、雪に埋もれた戦で、予想だにし得ない事態の生じることを両軍ともに恐れていた。

戦場が凍土であれ、灼熱の地獄であれ、実戦を積み上げ、その経験のうえに状況判断できる軍師など、この国には存在しない。二百六十年もの泰平の世に生まれては育ちようがない。知恵を授かるのは、外国人の書いた教科書だ。我が国では第一級の軍師と呼ばれる人たちが、同じ教科書を手に、同じ箇所を読み、似たような判断をする。

冬の戦が回避されたのも、君子危うきに近寄らず。精々、そんなところであろう。


一八六九年（明治二年）二月十一日。

歳三のもとを、かつての部下が訪ねてきた。

蝦夷地にきてからの歳三は、粗食に甘んじ、婦人を近づけない日々を過ごしていた。京に居たころとは随分な変わりようだが、先々のことを考えれば、とてもそんな気分にはなれなかったのであろう。

それでも、この日は明治二年の一月一日。雑煮など振舞うが、

「実は元旦早々申し上げ難いのですが、大石さんが逮捕されました」

かつての部下からの報告に、「そうか」力なく返事をした。

負け続きのなか、テロルに訴えてでも状況を変えたい。こんな大石の申し出を、歳三はあ

っさり了承してしまったが、

「ずっと潜伏していたのですが、先月発見されて、死罪は避けられないかと」

そうか。そうだよな。新選組の隊士は皆、お尋ね者の身じゃねえか。暗殺者は民衆のなかに紛れてこそ目的を果たせるんだ。出歩くことさえままならない大石に務まるはずがねえよなあ。なんで、そんなことに気づかなかったんだろう。気の毒なことをした。

せめて元旦ぐらいは、函館市中取締裁判局頭取に抜擢された名誉に浸りながら、束の間の休息を楽しんでいたいところだったが……歳三は大きくため息をついた。

大石は、伊東甲子太郎の暗殺については自供した。

坂本、中岡殺しの犯人にも仕立て上げられそうになったが、それについては否認した。

拷問に耐え、二年近く獄に繋がれたのち、一八七〇年（明治三年）十一月三日。

新選組監察方、大石鍬次郎。極刑。享年三十二。

新選組隊士といえども、その多くは投降、謹慎、社会復帰を遂げている。人斬り鍬次郎は、勇と同じく極刑に処せられた数少ない隊士の一人となった。


一八六九年四月下旬。

蝦夷地に春が訪れた。

春と言っても、かなり寒い。雪も方々に残っている。雪が解けると春になるというが、それは雪国の人々の発想ではない。雪が消えるころには、もうほとんど夏だ。

明治政府軍が討伐に動く日も刻々と迫っていた。

榎本が「イギリス、フランスに倣った政権運営に努めているのに、諸外国は薩長政府を承認している。残念なことです」

大鳥もまた、「土方さんのおかげで治安が実にいい。陸軍兵士たちも皆、町の人たちと親しくなっています。この地に平和な政権ができていることは明らかなのに」

正式な軍議の場ではないが、席には榎本、大鳥、歳三の他、海軍奉行の荒井郁之助（一八三六年〈天保七年〉生まれ）と、荒井の弟子で回天艦長の甲賀源吾（一八三九年〈天保十年〉生まれ）。五人の軍幹部が顔を揃えていた。

「戦に勝たねば駄目。結局、そういうことか」ため息をつく榎本。

荒井が「甲鉄艦をあっちが手に入れたことが大きいでしょうね」と言った。

甲鉄艦。アメリカ南北戦争で使われる予定だったが、完成前に戦争が終結。いらないなら欲しい。と、幕府がアメリカから購入していたもので、正式名はストーンウォール・ジャクソン。南北戦争の英雄とされた陸軍少将の愛称から、この名がつけられた。

甲鉄艦と呼ばれるのは、みたままの姿を表現したためで、木製ではあるが全体を鉄板で覆った総甲の戦艦は全長五十八メートル。回天の六十九メートルと比べて小ぶりだが、馬力は千二百。回天の四倍の性能である。最新兵器を備え、火力においても、開陽丸を凌ぐ最強の戦艦であった。

ところが、この戦艦。数奇なもので日本に引き渡される前に、今度は幕府が瓦解していた。

かと言って、薩長の方も新政府の樹立を宣言できるまでにはなく、アメリカは中立を理由に、戦艦の引き渡しを延期する旨、日本に通達していたのだった。

榎本は甲鉄艦は我が主君であった徳川の金で購入されたものであり、他のどこにも引き渡されるべきではないとして交渉を重ねていたが、結局、アメリカは明治政府の樹立をもって、日本国政権とみなし、薩長賊軍に甲鉄艦を引き渡したのである。

榎本は何も責任を感じていないのか、他人事のように、

「徳川のために富士山丸を奪われ、悪天候で開陽丸を失い、甲鉄艦もさらわれた。回天と番龍で、果たしてどこまでやれることか」

その時、甲賀が唐突に、「甲鉄艦を手に入れましょう」

「なんですって？」皆、甲賀の顔をみた。

「第二回天の時と同じようにやればいいのです」

昨年暮れのこと。

秋田藩所有の戦艦高雄丸が函館に寄港した。船長は函館が既に幕府軍に抑えられているという情報を全く知らずにやってきて拿捕《だほ》されたのだった。高雄丸はそのまま蝦夷地政権のものになり、艦名も第二回天と改められていた。

「アメリカ商人の話では、甲鉄艦は二十五日ごろ品川港を出た模様です。物資補給のため、どこか港に寄るでしょう。そこを急襲し、戦艦を奪うのです」

甲賀の提案に、榎本は申し合わせていたかのように、

「なるほど、海軍力の形勢を逆転するためには、それもアリだな」

だが大鳥は、「急襲すると言ったって、海の上ですから。こっちの船が近づいて行けば、向こうだって迎撃態勢を整えるでしょう。それで撃ち合いになって勝てるんですか」

甲賀はニンマリしながら答えた。

「いいえ。急襲するのです。相手に反撃の余地など与えません」

「どうやって？」

「回天にアメリカの旗を立てるのです」

「アメリカの？」

「そうです。アメリカの船だと思わせておいて接舷し、戦闘員を飛び移らせ、甲鉄艦を奪うのです」

榎本が「アボルタージュ（接舷）・ボールディング（攻撃）と言って、国際法的にも承認されたやり方です」解説を与えた。

歳三は黙って聞いていたが、内心は愉快で堪らなかった。

本当にいいのかよ。そんなの只の騙し撃ちじゃねえか。だが、国際法とか、アボルなんたらとか、難しいことを言われてしまえば、なんだか正しく聞こえてしまうから不思議だ。

自分は攘夷を叫んでいた時も、西洋のすべてを否定するのは間違いだと考えていた。今、目の前にいる榎本という男は、西洋の合理的なやり方で物事を解決しようとしている。そう思って感心していると、

「大鳥さん。土方さん。そこでお二人にお願いしたいのですが」

甲賀がいきなり話を振ってきた。

「接舷は海軍の仕事ですが、甲鉄艦を奪うのは陸軍の仕事になります」

歳三と大鳥は目を合わせると、互いに苦笑いをした。

こういう筋書きだったのか。やってやろうじゃないか。開陽丸が果たすはずであった役割を、その甲鉄艦とやらに担ってもらうしかない。この作戦の成功に蝦夷地政権の存亡がかかっている。

甲鉄艦が停泊するであろう港、そこから函館到着までに要する日数など、軍議はブリュネの助言に従って進められ、回天にはニコル、蟠龍にはクラトウ、第二回天にはコラッシュのフランス軍人三名の参加も決まった。

榎本総裁、松平副総裁、そして大鳥陸軍奉行は居残り組となった。

榎本は、「この作戦の重要性を考えれば、私が行くべきなのですが、どうも敵将の一人と相性が悪くて」

榎本は日本海戦史上、初めて洋式軍艦同士が対決した際の一方の指揮官であった。

あの鳥羽伏見の戦いにおいて、開陽丸は薩長軍の戦艦春日丸を拿捕、撃沈せんと砲撃を加えていた。性能は断然、開陽丸が上であったが、一発も当たらず。悠々と逃げて行く春日丸から、逆に数発の砲弾を浴びるという有様であった。

この時、春日丸で大砲を操作していたのが、東郷平八郎（一八四八年〈弘化四年〉生まれ）

であった。三等士官だったが、榎本の目には大将に映ったのであろう。それほど見事にしてやられたのである。

榎本は統率者とは思えない弱気な発言と、過去の敗北を白状し、総司令官を荒井に委ねた。

回天がアメリカ国旗を掲げて近づき、甲鉄艦に一斉射撃を浴びせ、乗員が怯んだ隙に、蟠龍と第二回天が接舷。突撃部隊が乗り込んで艦内を制圧し、そのまま函館に運び去るという計画であった。

一八六九年(明治二年)五月一日、午後十時。

榎本総裁以下、蝦夷地政権の閣僚が回天船上において杯を交わす。

午前一時。暗闇なかを回天、蟠龍、第二回天が出発した。

回天には、甲賀、荒井以下、七十人ほどの兵士が乗り込み、新選組からは野村利三郎と相馬主計が加わった。

蟠龍には、彰義隊十五名の他、松前奉行、人見勝太郎(一八四三年〈天保十四年〉生まれ)を統率者とする遊撃隊の精鋭十五名が乗船。この三十名が甲鉄艦突入の主力部隊であった。

第二回天は、コラッシュが指揮するところとなって、同じく突撃部隊三十人ほどが選抜された。

三艦は出発段階から、もたついた。一キロも進まぬうちに霧の夜が明け、船上から函館の街並みが姿を現すのがみえた。

二日。

晴れ渡った空。穏やかな波。この日、三艦は順調に南下を続けていた。

突入部隊の主力となる蟠龍の司令官は、北の青空を見上げて、

「いつも雲がゆらゆらしている。真っ青な空というのは、北の地にはないのだろうか」

傍で聞いている者は居たが、誰も何も答えなかった。

すると、〝五稜郭　梅一厘の　花飾り〟一句詠んだ。

「梅の花が水溜りに落ちて、ちょうどこの雲のように、ゆらゆらとしていたんだ。水溜りには五稜郭が映り込んでいて、女の子が花飾りをしているようにみえた。そんな光景を詠んでみたんだが。どうだ？」

「……」誰も答えてくれない。

相変わらず駄目か。俺の句は。

がっかりしながら、改めて空を見上げた。

この長閑《のどか》な青空が、俺のみるさいごの青空になるかもしれない。

蟠龍司令官、土方歳三はそう思った。

三日。

三艦は八戸の鮫港に寄った。

薩長賊軍は甲鉄艦、春日丸、護衛船三隻、運搬船三隻の計八隻の部隊を編成し、品川港を出発したという。情報はここまでしか得ていない。八隻の向から先は、海軍の常識で判断すれば、南部藩の宮古湾であろう。ここでさいごの補給を終えれば、薩長賊軍はそのまま函館

に攻め入ってくるはずだ。宮古湾で甲鉄艦を奪い取らなければならない。

そのような判断のもとに、回天、蟠龍、第二回天はひとまず宮古湾の隣、鮫港に寄ってみたのだが、地元漁師に尋ねても、宮古湾の最新情報はとれなかった。

仕方ないので三艦はいったん、宮古港をとおり越し、五里先にある山田湾に集合、そこで情報を収集しつつ、決行の時を待とうということになった。

合わせて、悪天候などで出撃が不能となった場合の集合場所をここ鮫港に決めた。

同日。

鮫港を出発し、夜に入ると、突如、突風に襲われる。風向きも一定ではなく、船が半回転し、とても三艦一列縦隊で進める状態ではなくなり、遂には互いの存在を見失うまでになった。

蟠龍では船長が、「司令官、これは台風の通過と考えて間違いないと思います」

「そういう場合は、どうしたらいい」

「無理して進めば、船体のあちこちを痛めます。ここは荒れ狂う波に身を任せ、漂流しながらでも、台風が立ち去るのを待つ以外にありません」

「分かった」歳三は船長の考えに従った。

的確な情報のもと、必ず勝てるという状況を作り上げてから事を進めるのが、歳三の闘い方だ。非常事態のなかで、本能が目覚めたのであろうか。この時の歳三は、自身のあるべき姿を取り戻していた。

翌四日も波強く、三艦は漂流を続けた。

五日。

明け方になって漸く嵐が過ぎ去るが、三艦は散り散りバラバラ。

蟠龍は夕刻になって、野田崎沖に到着した。ここからは南へ十八里で宮古。北へ同じく十八里で鮫港である。

歳三は迷うことなく、「鮫港に戻る」と、取り決めどおりの指示を出した。

しかし、他の二艦は違った。

回天は運よくと言うべきか、漂流を終え最寄りの陸地に向かうと、そこは目的地、山田湾であった。

甲賀艦長は、辺り一面、菜の花の咲き乱れる陸地をみつめながら、

「残り二艦の到着を待つ」

第二回天は自然の猛威に立ち向かいつつ、目的地へと進んでいた。その代償は大きく、艦のあちこちで故障が発生し、さいごは漂流するしかなかった。おまけに流された先は、宮古湾であった。発見されたら、お終いだ。と、ロシア旗を掲げ、山田湾へと逃げ去った。

第二回天の場合、残された体力を考えれば、最も近い港にまずは辿り着き、修理することが賢明な判断であったと言えるかもしれない。

しかしこの結果、山田湾に二隻が揃ったことで作戦が変更になった。

甲賀、荒井、ニコル、コラッシュら幹部は、午後三時、消息不明の蟠龍を捨て、回天と第二回天による二艦での甲鉄艦奪取計画を決したのである。

アボルタージュ・ボールディングの決行日時は、六日、午前四時となった。

海軍の総員起しと呼ばれる起床時間は四時半。夜通し見張りは立っているものの、ほんの数人であり、午前四時なら動力機関も停止状態である。

一八六九年（明治二年）五月六日。

二艦は午前二時前に山田湾を出発するが、直後に第二回天に機関故障が発生した。応急手当はしたが、出撃に耐えられる状態ではなかったのだ。暫く様子をみながら進んだが、第二回天の速度は五キロが精一杯で、二十二キロで進む回天に追いつけなくなった。当然、目的の時間にも間に合わない。

グズグズしていると、甲鉄艦が出撃してしまう。この機会を逃してはならない。と、甲賀は回天一艦での攻撃を、荒井とニコルに進言し、了解を得た。

しかし、出航時のもたつきから、宮古湾に到着したのは三十分遅れの午前四時半。既に起床時間となって、甲鉄艦と春日丸の乗員は甲板に姿を現わしはじめていた。

それでも、回天は星条旗を掲げ、甲鉄艦に近づいていく。

甲鉄艦と春日丸の砲には覆いがかかったままで、乗員もアメリカ船の入港をのんびり眺めているだけだ。

「いけるぞ」荒井が檄を飛ばす。

だが甲賀は、「だ、駄目だ。横付けできない」

船の形状が違う。接舷できないのだ。

不穏な動きで、暫し湾内を彷徨《さまよ》う。

この様子をみていた東郷平八郎。何かあると直感し、

「アメリカ船の動きが変だぞ。武器をとれ。油断するな」

敵も動き出した。だがもうやるしかない。

「このまま突っ込みます」

甲賀がままよとばかりに絶叫する。

「アボルタージュ」

星条旗が降ろされ、旭日旗が上る。

回天は甲鉄艦の横腹に舳先《へさき》から突っ込んだ。

一斉射撃がはじまる。

逃げ惑う甲鉄艦の乗員。

今だ。ところが。

船の高さが違う。目測で三メートル。三メートルも下に飛び降りなければならない。

「構わん、一番」

一人だけ兵士が飛び降りた。

しかし、あとが続かない。

「何をしている。行くぞ、みんな俺に続け」

野村利三郎であった。数名が続いた。

しかし、舳先からでは一人ずつしか飛び降りることができない。

七人目が飛び降りた時、突然、回天船上にいた兵士がバタバタと倒れはじめた。

春日丸からの銃撃であった。

このかんに、甲鉄艦の乗員も体勢を立て直すと小銃で応戦してきた。

甲鉄艦船上に降り立ったのは七名のみ。野村をはじめ全員が憤死を遂げた。

甲賀も数発受けながら、なお果敢に指揮を執るが、さいごはこめかみを撃ち抜かれた。

「後退、回天後退、とーりかーじ一杯」荒井が叫ぶ。

僅か十数分。作戦は失敗に終わった。

死者十八名。負傷者二十数名。

宮古湾海戦。このアボルタージュ・ボールディングを評して東郷は、「トラファルガルの戦い（ナポレオン戦争）以来の、世界海戦史上の棹尾《ちょうび》を飾る戦いであった」と述べている。

いかにも勝者らしい余裕の論評であった。


全速で逃げる回天を春日丸が追った。

回天は砲撃を浴びたものの、機関は無傷で、その速度に春日丸は追いつけなかった。

東郷が諦めかけた時、第二回天が遅参してきた。

第二回天には銃砲撃の音こそ届いていたが、宮古湾で何が起きているかまでは分からなかった。早く加勢しなければと、精一杯急いだつもりだったが、回天から逃げろを意味する黄色信号が瞬く。慌てて舵一杯で逃走を図るが、如何せんのろい。

これをみた東郷は、拿捕の標的を第二回天に変更した。

逃げ切れないと判断したコラッシュは羅賀《らが》海岸に故意に座礁させ、船に火を放ち（一名焼死）、山中に身を隠すも、追撃の手は緩まず、翌朝、総員が投降した。

回天は函館に戻る途中、今度は蟠龍と出合うことになる。

蟠龍は鮫港で回天と第二回天を待ったが、こなかったため、宮古湾に向けて出発したところだった。蟠龍に乗船していた医師に負傷者を手当てさせつつ、二艦は七日、午後三時に函館港に帰ってきた。

三月八日。

函館の浄玄寺にて、犠牲者の葬儀が行われた。

野村がかわいそうだ。歳三には納得できないことだらけだった。

まずは、なぜ取り決めどおりに、鮫港に再結集しなかったのかということである。戦では、その時々の状況に応じて、作戦が急遽変更になることはある。それは司令官の判断次第だ。だから、行方不明の蟠龍は見捨てられても仕方がなかったというのか。それは違うだろう。行方不明か否かの判断は、鮫港でなされなければならなかったはずだ。

次に、決行に際して、なぜ第二回天を待つことができなかったのだろう。

既に予定時刻は過ぎており、奇襲の効果が減じている以上、一艦だけで無理して行う必要はなかった。第二回天の乗員は海上で銃砲撃の音を耳にしている。コラッシュによれば、回天が宮古湾に姿を消した時、遅れは三キロ程度であったということだ。

この時、第二回天の船上では、突撃部隊の兵士たちが早くも剣を抜いていた。さあ行くぞという雰囲気に包まれていたという。到着を少し待つだけで、たった七人が、それも彼らにとっては予定されていない突入行動に及ばずとも済んだのだ。甲鉄艦を奪ったあとは、総員乗り移り、第二回天の方は火を放ち捨てていけばよかったのである。

さらに、不思議なことがある。

回天は外輪式の蒸気船であり、大きな水車が邪魔になって横付けできないことは分かり切ったことだった。舳先から行くしかなかったのだが、回天と甲鉄艦の甲板の高さ、その違いは、そこに行ってみて、両船を並べてみて、初めて分かるというものなのだろうか。

そんな馬鹿な。榎本をはじめ海軍幹部は、仕様書もみずに甲鉄艦の性能を語り、奪い取る価値があるとして、この作戦を練ったというのか。だとしたら、あまりに乱暴な計画である。

さいごに、甲賀はなぜ事を焦ったのだろう。これが一番の疑問点だ。

確かな情報など、何もなかった。例えば、黎明《れいめい》の五月六日を逃せば手遅れになる。賊軍が蝦夷地に進撃するのは、この日の午後である。こんな情報がもたらされていたのであれば別だが、分かっていたのは、先月二十五日ごろに甲鉄艦が品川港を出たということのみ。宮古湾に立ち寄るというのも、海軍の常識に照らして、そうであろうと判断しただけなのである。

蟠龍、第二回天を見捨ててまで、あの瞬間に仕掛けなければならなかった合理的理由が見当たらないのだ。焦りからくる思い込みの強さが原因だったのか。それとも、手柄を独り占めしたかったのか。

それでも、敵弾を浴びながら、なお指揮を執り続けた甲賀の武勇が語られると、批判は憚られた。

歳三でさえ、「私も回天に乗っていたということにして頂けないでしょうか。みんなで決めて、みんなで頑張ったが駄目だった。そういうことにしましょう」

責任を共有したいとまで申し出たのである。


歳三の本心は違っていた。

作戦の失敗を受けて、やっとのことで気づいたのだ。

この人たちは素人だと。

自分は、台風が通過中という船長の報告と判断に従い、船体を守ることに努め、取り決めどおりの行動をとった。なのに、残りの二艦は行き当たりばったりの行動に出て、多くの犠牲者を出した。決めたことには従わず、きちんとした情報もないままに、心の余裕を失っていた。

そうだ。情報だ。まともな判断材料もなく作戦を練るなど、新選組ではあり得なかったことだ。

確かに、新選組は軍隊の戦闘単位で言えば、局長といえども初級将校程度のものでしかない。率いる兵隊の数が全然少ないからだ。武器だって大砲、鉄砲を用いたのは最近のことで、刀槍の時代の最強集団だったと思われている。

にもかかわらず、蝦夷地政権の要職に登用してくれた榎本に対し、自分はどこか負い目や遠慮があったのかもしれない。

顧問として招いたフランス軍人にしても、戦争の技術や知識の大切なところを、そう易々と伝授する訳がない。それに本当に優秀な教官だったなら、本国が手放すはずがなかろう。

これ以上、素人の戦に振り回されていては駄目だ。

自分は新選組で幾多の血路を切り開いてきたのだ。二百六十年の泰平の世にあって、実戦を積み上げ、その経験に立って状況判断できる軍師。それは自分しかいないのだ。

諜報活動を徹底し、自らが主導的立場に立って、きたるべき蝦夷地決戦に備えなければならない。そのためには今、仲間と喧嘩しないことだ。非を詰って、そっぽを向かれたらなんにもならない。

こんな理由で歳三はいい奴を装ったのである。

歳三は漸くにして真の姿を取り戻した。

この数日後、歳三は情報収集のため、青森、秋田方面に数名の諜報員を放つのだった。

四　二股口の戦い

歳三は諜報員に奥州出身の兵士を選んだ。捕虜を送還するという理由で船に乗せ、そのまま津軽三厩《みんまや》、能代辺りに忍び込ませた。

弘前藩も秋田藩も、平和ボケ甚だしく、帰還兵が諜報活動をするとは思ってもいない。蝦夷地の政権が攻め込んではきやしないだろうか。そんな心配より、豪雪との格闘を終えた今は、のんびりした春の日々を過ごしている。

歳三は敵の進軍を座して待つつもりはなかった。かくなるうえは、こちらから攻め入る以外ないと思っていた。薩長賊軍とは違い、こちらの兵士と兵器には限りがある。これでは勝敗は目にみえている。徴兵のために蝦夷地のさらに北へと赴くまでの冒険心はなかったから、軍事力の増強は北奥羽からの調達で図るしかないと考えたのだ。

だが、既に時を逸していた。報告によれば、薩長賊軍は続々と津軽三厩に集まってきており、弘前藩を落とすなど、もはや不可能な状態であるとのことだった。

ただ、これだけの情報を得ただけでも意味があったというものだ。

なるほど、考えてみれば、そうだ。自分たちは限られた数しかいなかったから、蝦夷地へと直行した。これに対して、薩長賊軍は一気に攻め上る必要などなかったのだ。北へ北へと進軍しながら、途中、奥州諸藩からの援軍を募り、戦力を拡充させた方がいい。宮古湾から直接、函館に行く気など、はなからなかったのである。

歳三が嘆く。「敵の動きを読めていれば、甲鉄艦奪取を焦る必要はなかった。野村を失うこともなかったんだ」

これに相馬が、「おっしゃるとおりです。ただ、野村は格好良かったですよ。私みたいな巨体だと、飛び移ることさえできたかどうか。海に落ちて溺れ死んでいたかもしれません」

歳三は笑った。だが、ん、待てよ。と、表情を変え、「そうか、そうだよ。相馬、お前、いいこと教えてくれた」


五月十七日。

明治政府軍から宣戦布告の報が届いた。

函館に居る外国人に対しては、二十四時間以内の避難勧告が出された。家財道具一式をまとめて船に乗れということだった。

歳三は、松平定敬、小笠原長行、板倉勝静を釧路の先の厚岸まで避難させようと、その旨申し出て、いったんは了承を得た。三公を危険な目に遭わせる訳にはいかないとの配慮だったが、本人たちにしてみれば、蝦夷地政権ではご隠居扱いであり、このうえ、さらに北に流されるのかという気にもなった。

結局、三人はアメリカ船とイギリス船に分乗し、蝦夷地を去ることになった。

松平は桑名藩に戻ると、早速、恭順の意を示した。明治政府に許しを請うため、桑名藩が切望していたことである。小笠原は逃亡したが、のちに逮捕。松山藩主だった板倉も、藩内世論に耐えきれず、自首を強要された。

五稜郭で開かれた軍議の席上、まず歳三が報告した。

「賊軍は輸送船三隻で出航しました。第一陣は陸軍。数は二千になります」

榎本にとっては、これだけでも詳細かつ具体的な情報であった。これまで偵察船を八戸、盛岡辺りまで行かせたりもしたが、情報のほとんどは外国商人からもたらされたものであった。

陸軍と聞いて榎本は単純に、

「すると、ここは大鳥さんに、お任せするということでよろしいですね」

「いや、そこは情報を掴んできた土方さんに戦略を練ってもらいましょう」

歳三は呆れながらも、ひとまず榎本と大鳥の顔を立て、

「どこに上陸するのか、肝心なところが分かりません。そこは大鳥さんに読んで頂かないと。そのうえで対応策を総裁に決めて頂きたいと思っております」

榎本は大きく頷くと、「我々が鷲ノ木に上陸したように、函館を避けるか。それとも中央突破でくるか」

これに荒井が、「弁天岬台場が函館の要塞になったのは、当時は五稜郭まで砲の届く戦艦がなかったからですが、甲鉄艦だと射程圏内かもしれません。外国人を逃がしたあと、いきなり函館に撃ち込んでくる可能性もあります」

大鳥が「五稜郭の要塞化はほぼ完了しています。撃ち合いになっても十分戦えます。ただ、敵の第一陣は歩兵ということですから、やはり函館以外のどこかに上陸する公算が大きいでしょうね」

議論を重ねたが、結局、鷲ノ木から江差まで、五稜郭を包む形で湾岸線の全域に防衛軍が配備されることになった。

歳三は頭を抱えた。こんなやり方でいいのなら専門家はいらない。

五稜郭に五百人。函館と松前に三百人。規模に応じて単純に人数が決まり、五稜郭まで僅か一里の湯の川にも、まさか上陸はないだろうが、念のためにということで、数十人が配された。

会議の終了後、歳三は島田を呼んで、

「敵は二千人なんだ。絶対に勝てる。冬のあいだに作っておいた胸壁《きょうへき》も威力を発揮するはずだ。地の利はこちらにある」

「敵が一度に送り込める数には限りがある。その度に、やっつけてやればいい。そういうことですね」

「そのとおりだ。賊軍は青森まで勢力を拡充しながら進軍してきて、結局あれだけの規模にしかならなかった。第二次長州征伐の逆を味あわせてやろうじゃねえか」

相馬の話を聞いて、歳三は考えを改めていた。乗船定員以上の兵隊は送り込めない。泳いでこれる訳ではないのだ。こちらと同じ二千人程度の数なら、どこからくるのかさえ分かれば、地の利を生かして幾らでも弾き返すことができる。

薩長賊軍が諦めるまで、とことんやってやろうじゃねえか。

そんな気になっていたのだが、敵がどこに上陸するのかが分からなければ、地の利も生かしようがない。

五月二十日、午前八時。

明治政府軍は江差の先の乙部に上陸した。

蝦夷地政権は江差に奉行所を置き、守備隊を整備していたが、そこから先は無防備だった。敵の諜報活動の方が上を行ったのだ。

歳三が得ていた情報とは異なり、明治政府軍の船八隻すべてが乙部に集結していた。数日間教育しただけの諜報員では、さすがに正確な情報をもたらすことはできなかったのであろう。それでも、上陸部隊が二千人というのは、ほぼ正しい数字であった。

だが、上陸地点を読めなかったことで、敵軍二千は苦も無く上陸を果たすことができた。慌てて駆けつけた江差の守備隊を蹴散らすと、必要な物資を降ろし、進軍をはじめたのである。

明治政府軍は部隊を三隊に分け、三道から五稜郭を目指した。

五稜郭までの最短道は、山（台場山、標高四百八十五メートル）を越えながら、乙部からそのまま東に進む二股口。

次に、少し南下してから間道をとおる木古内口。

そして、湾岸線を進む本道となる松前口である。

松前口には兵数を揃えてある。本道とはいえ大回りになるから時間もかかるであろう。

問題は、二股口と木古内口だ。二股口防衛軍を率いるのが歳三。木古内口は大鳥の持ち場となった。

歳三と大鳥は二手に分かれる前、宿陣した市渡村で杯を傾けながら、

「土方さん。こちらの兵には限りがあるが、向こうにはない。最終的にはどうなるか。それを考えた時、なんと言ったらいいのか、厳しいものがありますね」

戦う前から、こんな調子である。

歳三は、「大鳥さん。私も同意見でした。でも、今は違いますよ」

「今は？」

「そうです。確かに、敵は次々と兵士を送ってくるでしょう。しかし、一度にこれる数には限りがあります。船に乗り込める以上の数はこない。その数は二千人。こちらとほぼ同じではないですか。ならば地の利を生かせるこっちが有利です。何度こようとも、その度ぶっ叩いてやればいいのです」

「しかし、体力が続くかどうか」

「大鳥さん。第二次長州征伐は幕府軍十五万に対し、向こうは四千人だったんですよ。それでも最新兵器が威力を発揮し、旧態依然とした幕府軍を打ち破った」

歳三は杯をなめると、

「蟻の一穴ですよ。何か一つでもきっかけを掴めば戦況は変わる。戦とはそういうものでしょう。第二次長州征伐、鳥羽伏見、そして会津戦争。敵はここまで連戦連勝。それも楽勝ときています。しかし、この蝦夷地には、冬のあいだに大鳥さんが築いてくれた胸壁がある。

あれに賊軍が手こずれば、それだけで状況は変わってきますよ」

大鳥を持ち上げたつもりだったが、返ってきた答えは、

「土方さん。第二次長州征伐は帝がお亡くなりになって、それで休戦になったんじゃありませんか。幕府を支持する孝明天皇がご健在なら、戦いも継続され、長州などあの時に捻り潰せたものを……」

本気でそう思っているのか。これが徳川を代表する軍人の意見なのかと思うと情けないやら、腹立たしいやら、「ま、まあ、今夜は呑んでいることですし、話題を変えましょうか」と答えるのが精一杯であった。

五月二十四日。

明治政府軍の上陸から四日。

二股口の戦いは未だ火ぶたが切られていない。峻険《しゅんけん》な山間部のどこをどう攻めたらいいか。敵も検討に時間を要しているようであった。

歳三の方もこのかんに五稜郭に戻り、諜報員からの報告を受けるなど、今後の作戦を練っていた。

「二十一日に青森に向かった回天。敵軍艦と途中遭遇し退却です」

歳三の意を汲んだ青森への出撃であったが、失敗との報が入った。

「本道からきた賊軍。我が防衛軍が松前の先にて撃退」

一方で蝦夷地における緒戦の勝利が伝えられた。

情報に一喜一憂しながら、市渡村まで戻ると、連絡係から「土方総督。二股口、はじまりました」

歳三は大急ぎで現場に向かった。

二股口には山中、海岸などに大小、十六の胸壁が設けられていた。さらに、一里先に前線基地を作り、そこにも三つの胸壁を置いた。

防衛軍兵士は百三十人。

歳三の作戦は、「前線基地の部隊はすぐに撤退だ。弱いと思わせ、十分引きつけてから一気に攻撃するんだ」

午後三時にはじまった戦いは、歳三の狙いどおり、前線基地を易々と突破してきた賊軍が、油断を突かれ、台場山からの銃砲撃に堪らず後退。そのまま双方の睨み合いが続いていた。

日暮れごろから、激しい雨になる。

この雨では今日の戦闘はないのでは。そんな兵士たちの声に、

「敵部隊はどれだけいた」

四百と答える者もいれば、六百と答える者もいた。

「こちらより多いんだ。このまま退いたのでは格好がつかないだろう。夜襲をかけてくるものと思え。弾薬を濡らさないように。それから雨水を桶に溜めておけ」

歳三は部隊を一カ所に集め、同時に斥候を出した。

雨の降り続くなか未明になって斥候兵が、「きました。敵軍来襲」

「準備をしろ。弾など使い尽くすつもりで討ちまくれ。銃が熱を持ったら、桶の水で冷やすんだ」

防衛軍は胸壁の左右から三十丁余りの銃を出し、賊軍が射程距離に入るのを待ち構えた。胸壁の後ろには、同じく銃を持った部隊が控え、弾込めのあいだに交代。多勢の敵を寄せつけないよう、間断なく撃ちまくるという戦術である。

未明にはじまった銃撃戦は、朝七時まで続いた。

胸壁の威力は抜群で、防衛軍は死者一名、負傷者七名を出したに止まった。

賊軍の被害は甚大で、三万五千発の銃弾を浴び、多くの死者を出して敗走を余儀なくされた。

この闘いののち、明治政府軍は東京に使者を送り、二股口を攻略するには兵隊の倍増と、五十五万発の銃弾が必要であると要請している。

闘いを共にしたフランス軍人のフォルタンは、これだけ敵兵の数が多ければ勝ち目はないと、撤退を勧めたが、総督は地の利はこちらにあるとして聞き入れず、いざはじまると、一人の兵士も無駄な動きがなく、目を見張る闘いぶりであったと、歳三を称えている。

それでも……

一八六九年（明治二年）五月二十六日。

歳三は五稜郭の一室に小姓の市村鉄之助を呼んだ。

他の二道の戦況が思わしくなかった。もしものことを考えたのである。

「頼みがある。これを日野の佐藤彦五郎宅に届けて欲しい」

これとは、手紙と歳三を撮った写真であった。

「船は用意してある。外国船に乗ってここを脱出するんだ。佐藤彦五郎というのは、私の義兄で、君の面倒をみてもらえるよう、この手紙に書いておいた。あとは金と、金目の物も渡す。今すぐに行け」

突然のことに、びっくりする市村。

歳三は笑顔で、「おまえ幾つだ」

「えっ、あ、はい。十五歳になります」

「そうか、十五か」

歳三は目を細めた。そうだった。日野の大火。あれが十五歳の時だ。義兄の無事を願いながら、向かい風のなかを走ったっけ。ん、向かい風だって？　そうか、いつごろからだろう。そんな風を感じなくなっていた。肌感覚が狂うほど、あれ以来、俺の人生には追い風ばかりが吹いていたのかもしれない。

そうさ、俺の人生は、十五歳からはじまったようなものだ。こいつの人生を十五で終わらせてはならない。

市村が「あの、自分でなければ駄目でしょうか」

「なんだと？」

「私は隊長とともに、さいごまで戦って……」

言い終わらぬうちに、「市村。俺の言うことが聞けぬのなら、今、この場で叩き斬るぞ」

市村はうつむいて、「分かりました」

そう返事をして、ふと写真についた傷に目が留まった。

「隊長。この歯形のようなものは？」

「ああ、それか。こっちにきて撮った写真なんだが、佐野さんの子どもに悪戯されたんだよ。歯が生え揃ったばかりの」

味噌醤油商を営む佐野邸。ここが蝦夷地にきてからの歳三の宿であり、隣にある称名寺に市村たち新選組は宿泊していた。

椅子に腰かけた洋装姿の歳三を写した四、五センチ程度の小さな写真。歳三の頭を抉《えぐ》るように歯形がついていた。

「赤ちゃんですか。そうですか……」

「市村、短いあいだだったが、ありがとう。君の人生はこれからだ」

五稜郭を去る市村。振り返る度、歳三は手を振ってくれた。姿がみえなくなるまで、手を振ってくれたという。

市村鉄之助。この二ヵ月後に彦五郎宅に写真を届ける。二年間匿われたのち、岐阜大垣の実家に戻るが、一八七三年（明治六年）、十九歳にして病死。


六月三日。

薩長賊軍は兵力を八百に拡大し、午後四時、再び二股口に侵攻してきた。対する防衛軍は二百名だったが、四倍の兵力をもってしても攻略できなきまま、先頭は丸二日間続いた。

そして、五日午後三時。

長州藩出身の軍監、駒井政五郎が胸を撃ち抜かれて死亡。二股口の戦いは、防衛軍の勝利に終わったのである。

数日前のこと。

明治政府軍は二股口の敵将は新選組の土方歳三なり。現地よりの報告を受けて、そこでは無理をせず、他道の突破に傾注せよとの指示を与えていた。

ただ、長州藩士の軍監は、相手が土方と分かり、逆に奮い立ったらしく、兵力を倍増させて戦いに挑んだ。本陣の意向より、現場の思いを尊重してくれと言わんばかりの戦いとなった。将が討たれた瞬間に勝敗が決するという、いささか時代錯誤の結末は、こうした理由からもたらされたのである。

歳三は引き続き二股口の守りを固めていたが、賊軍が作戦を変更したことで、五月三十一日には木古内口が落ち、六月九日にはその先にある矢不来《やぎない》が突破された。矢不来から五稜郭までは四里。三時間もあれば到達できる距離にまで迫られた。

十日。

二股口を守る意味は無くなり、歳三は、榎本の要請を受け、五稜郭へと引き揚げた。

翌日。ブリュネがフランス船に乗り函館を去った。投降していたコラッシュや、他のフランス人軍事顧問も、明治政府の計らいで、全員、函館を脱出し、母国へと送還されることになった。

十六日の海戦では、回天が蒸気機関をやられ、戦艦としての機能を失った。弁天岬台場に身を寄せ、大砲のすべてを海側に移動。浮砲台と化した。

このかん、歳三らは遊撃戦を展開し、賊軍を苦しめたが、他方、降伏を求めて脱走する兵士が湾岸線に次々と出没し、五稜郭内でも如何なる条件で、その時を迎えるかが検討されはじめていた。

五　五月十一日

明治政府軍は、一八六九年六月二十日（明治二年五月十一日）を函館総攻撃の日と決めた。情報は蝦夷地政権にもすぐに伝わった。と言うよりも、明治政府軍から伝えられてきたと言うべきか。勝敗は時間の問題だ。これ以上無駄な血を流す必要はないということなのだろう。実際、前日の十九日には、陸にも海にも銃砲音はなかった。それは嵐の前の静けさではなく、降伏を促すために、明治政府が与えてくれた静寂の一日であった。

五稜郭の一室では、

「薩長賊軍の政府に権力の正統性はない。奴らは朝廷を占拠し、錦旗を奪いて、民衆を欺き、その支持を拡大した侵略者である。これに義憤を覚え、さいごまで戦い抜くという者たちと、私は運命を共にする」

歳三は考えを変えることはなかった。

しかし、荒井が「海軍も精一杯やりたいと考えます。ただ、海上では蟠龍のみという状態ですから、どこまで耐えられるか」

大鳥も、「荒井さん。状況をみて五稜郭に戻ってくるべきです。籠城戦に持ち込んで時間を稼ぎ、敵の出方をうかがいましょう」

これに対し歳三は、「敵の出方をうかがうとはどういう意味でしょうか。そもそも籠城戦というのは援軍を待つためにやるのであって、敵の様子をみるための戦術ではありません」

大鳥は露骨に不快感を著しながら、

「土方さん。私たちの言いたいことは分かるでしょう。はっきり言わなければ分かりませんか」

「私たちですって？　全員そうなのですか。仮にそうだとしても、私には分かりませんね。既にブリュネは去り、兵隊も次々と脱走しています。そうしたい方はそうなさればよろしいのではありませんか」

榎本がみかねて、「土方さん。我々は共に戦ってきた仲間じゃありませんか。そういう言い方はよしましょう。戦い続けるにしても、降伏するにしても、名誉あるやり方というものがあるはずです」

「……」

歳三は何も言わなかった。失礼を百も承知で言ったことだから、黙るしかない。

それでも、降伏というのは、あり得ない。生き抜くことの大切さは分かる。だったら、恥を忍んで許しを請えばいい。戦線離脱者が次々現れるのは、この状況だから、もはや仕方なかろう。ただ、闘いを継続する意志のある者にまで、一緒に頭を下げよと強要するのは間違いだ。歳三はそう思っている。

この日の夕刻。

蝦夷地政権の閣僚の他、幹部の四十人ほどが、函館最大の遊郭楼武蔵野にて別杯を交わした。そこに歳三の姿はなかった。居ないのをいいことに、函館奉行の永井が愚痴る。

「戦になれば金がかかる。ところが御用金を集めて回ろうとすると、そんなことは止めろと言う人がいるんだよ」

幾ら金を集めても、新しい武器が手に入る訳ではない。民衆の生活を第一に政権を打ち建てた我々が、その逆の行為を行うことは深く慎まなければならない。函館市中取締裁判局頭取の歳三はこう主張し、人々から感謝されていた。

だが、軍資金や食糧が底を突きかけていたのは紛れもない事実であり、金集めは必要であった。悪役にされた永井にしてみれば、面白くないのは当然だ。

大鳥も、「我々だって、やれるところまではやるさ。しかし、どなたかは全員討ち死にしないことには気が済まないらしい」

降伏したい奴はすればいい。歳三は簡単に言ってくれるが、大鳥たちの方は、戦いたい奴は戦えばいいとは言えない。当然である。戦いたい奴が戦っていたのでは、講和は図れない。蝦夷地政権にあって、歳三は今や邪魔な存在であった。

この時、歳三は五稜郭近くの千代ヶ岡陣屋にいた。新選組の幹部と額兵隊、合わせて四十人ほどが待機していた。そこに武蔵野楼から相馬が戻ってきた。どんな様子で、どんな話が出ていたか。報告すべきところなのだが、

「何も特別な話はありません。くだらない酒宴です」

と言ったあと、「そうそう、今ごろになって言うのもなんですが、近藤局長を助けようとした者がいたんですよ。有馬です。これからの日本に必要な人間だ。そう言ってくれたそうです」

板橋で野村と一緒に捕えられていた時、看守から聞かされた話だという。

何を言い出すのかとは思ったが、「ほう、それで」と、歳三。

さいごの晩餐《ばんさん》。お主《ぬし》もこいと言うので、代わりに相馬を行かせたが、どうせ俺の悪口言い放題の酒宴だったのだろう。ここは相馬の気遣いに応えてやらねば。

相馬が話を続ける。「これからの日本に必要な人間をことごとく斬ってきたのは近藤だろう。こんな理由で却下されたそうです」

「それは、そうだろうな」

歳三が苦笑いしながら答えると、相馬は、

「興味深いのは、このあとの話なんです。看守によれば、長州に残った人間はカスばかりだ

そうで。少なくとも、死んでいった宮部や久坂、吉田に比べたら、ろくでもない連中が生き残っているとのことでした。そんな奴らに政権運営なんてできっこないですよ」

「そうか、ろくでもない奴が残るか。そんなもんなのかもしれねえなあ」

相馬は慌てて、「ひ、土方先生は違いますよ」

歳三は笑った。いいよ、いいよ。変な気遣いをするな。と、優しい笑顔だった。

ただ、笑顔になった時の左右の頬のシワの寄り方が違っている。右の横顔は朗《ほが》らかだが、左の横顔は笑顔でも表情が険しい。どれだけ左の奥歯を食いしばって生きてきたのだろう。

この人と一緒に散れるのなら悔いはない。その場にいた隊士たちは皆、そんな思いになった。


歳三は、相馬の話を、そのとおりだと思った。

激動の時代を生き抜いた者たちは、後世、格好よく語られていく。

しかし、世の中を変えたいと、その先頭に立って頑張り続ければ、敵に首を獲られるのは必至なのだ。巨大な敵に先頭切って挑み続けた者で、遂にその敵を倒し、一国の主に収まった者など果たしていたであろうか。誰かの後ろに隠れていて、そいつに頑張らせて、いよいよという時に、ひょこと出てくるのが賢い生き方だ。そういう輩が出世し、天下を治めているではないか。

自分は副長だったから、生き長らえているのだろうな。本当にそう思った。

生きる大切さより、死んでいった者たちに美学を感じてしまう。

その時、その時代を真摯に生きた人間は殺されるのだ。

時勢の移り変わりに巧みに対応できる卑怯者が生き残るのだ。

そんなことを考えながら、歳三は床に就いた。

市村はちゃんと船に乗れたんだろうか。いつごろ日野に着くだろう。

彦五郎義兄さん。残念だけど、農民がこの国を変えるなんて無理だったみたいだ。

徳川の築いた泰平の世を夷狄から守りながら、腐敗した武士階級に自分たちがとって代わる。

よくもまあ、そんなことを考えたもんだ。

こんな夢を描けたのも、出会いに恵まれたおかげだよ。

鹿之助義兄さん、松本先生、ありがとうございました。

斎藤、今どこでどうしているんだ。永倉も。原田も。

源さん、山崎、俺のせいで、申し訳ない。

大石、お前にも悪いことをしたなあ。

山南さん、藤堂、総司、今思えば、助ける方法は幾らでもあったはずだ。なのに、すまない。本当にすまない。

みんな、待っていてくれよ。

俺は俺のやり方で、勇さん、明日は格好つけるぜ。

六月二十日。午前三時。

明治政府軍による函館総攻撃、上陸作戦がはじまった。

函館湾と大森浜沖に五隻の軍艦が結集。砲撃音に驚き、飛び起きた時には、既に函館山の頂上に敵陸軍の姿があった。

弛《たる》んでいたのは斥候だけではない。蝦夷地政権の幹部のなかには、大慌てで遊郭楼から飛び出して行った者までいたのだ。明治政府軍の総攻撃前日に持ち場に戻らず、遊女と一夜を過ごす。明日は死ぬ運命だからと、そうしたのか。それとも、降伏するんだから、もういいんだという気にでもなっていたのか。

明治政府軍はいとも簡単に上陸を果たし、蝦夷地政権軍の陣を次々と突破していった。

新選組は島田を先頭に函館山へと向かうが、既に太刀打ちできる状況にはなく、弁天岬台場まで退却し、砲を構えて、海からの敵、上陸した敵の双方を迎え撃った。

海上では蟠龍一艦のみが応戦し、浮砲台となった回天が援護射撃をする形をとった。

午前七時。

抵抗虚しく、明治政府軍は続々と函館市中に入場をはじめていた。

回天は弾を撃ち尽くすと、指揮をとっていた荒井以下、伝習兵たちは五稜郭へと退却した。

午前七時三十五分。

海上で奮闘する蟠龍が敵艦一隻を撃沈した。

これをみた歳三は、「戦とはこういうものだ。たった一つのきっかけで戦況は変わる。この機を逃すな」

額兵隊を率いて、一本木関門へと向かった。

一本木関門は幅八十メートル、奥行六十メートル。通行人を監視するための関所のようなもので、歳三はここに陣取った。

敗走してきた伝習兵たちを引き止め、

「どうした。もう終わりか。やり返してやろうとは思わないのか」

足を止めた兵士たちに向って、

「俺は闘うぞ。この俺と。土方歳三と。どうかみんな、一緒に人生を終わってくれ」

ワーッと歓声が上がり、兵士たちは一斉に踵を返した。

「我この柵にありて、退く者は斬らん」歳三が絶叫する。

歳三が逃げようとした自軍の兵を斬った話は、新選組、鬼の副長の伝説の一つとして、兵士たちの誰もが知るところであった。

退路はない。敵を倒す以外、生きては帰れない。

安富才助が部隊の先頭に立ち、「覚悟はいいか。突貫だあ」

函館を奪い返すべく、土方軍の戦いがはじまった。

馬に跨る歳三の、すぐ横には沢忠助がいた。沢は、勇が狙撃された時、機転を利かせて勇を救った馬丁である。

馬上から歳三は空をみた。

銃砲撃でできた黒煙がモクモクと立ち上る、真っ黒な晴れだった。

一進一退の銃撃戦。

だが、それも長くは続かなかった。

さいごは自分が突っ込む。そう決めていた。

格好よく散ってやろうじゃねえか。

たとえ敗けても、俺の死に様を伝説にしてやるのさ。

そうすれば俺に憧れて後を継いでくれる者だって、きっと現れるさ。と、歳三はその時機を計りはじめていた。

歳三はその時機を計りはじめていた。

そのかん、さまざまな情報がもたらされてくる。

午前八時ごろ。

「報告いたします。荒井海軍奉行、五稜郭に入城。閣僚たちも皆、集まっている模様です。土方総督もお急ぎになってください」

「急ぐ？　何を急ぐのだ」

「えっ？　ですから五稜郭へと」

「私に戻ってこいという指令が出ている訳ではあるまい」

そうさ、あの連中にとって、俺はいらぬ人間だろう。

午前八時半。

「隊長、弁天岬台場が孤立しました。周りは皆、逃げてしまって。戦っているのは新選組だけです。このままではお仲間が」

「構わん。あいつらだって覚悟はできている」

そう言うと歳三は硬く目を閉じ。

島田、長いあいだありがとう。お前にはどれだけ助けられたことか。本当にありがとう。

相馬、生きろよ。あとはお前に任せた。

新選組監察方、島田魁。弁天岬台場で降伏。この時、新選組頭取だった。のちに西本願寺の警備員となり、境内で突然死。葬儀には永倉も参列した。享年七十三。

相馬主計。降伏文書への署名など戦後処理の必要上、新選組さいごの隊長に就任。流刑ののち赦免。結婚後、謎の自殺を遂げたとされる。没年不詳。

さあ、いよいよだ。歳三は目を開けると、

「隊士は持ち場を守り、定められた兵法に従い、たとえ組長斃れしも退くを許さず。その屍を乗り越えて、忠義のために闘うのだ」

軍中法度を唱え、自らを奮い立たせた。

だが……

待てよ、忠義？

突如、生じた疑問である。

この一本木関門で賊軍と対峙する我々にとっての忠義とはなんであろう。
恭順した徳川。降伏を検討中の榎本。もはや忠義の対象ではない。
たとえ、こっちがそう思っても、向こうは迷惑がっている。
武士ならば、主君のために美しく立派に果てるものだ。
自分はなんのために戦っているのか。
薩長どもに権力の正統性はない。
この思いだけで戦っている。
それで武士と言えるのか。
そうか、もう。
いや、もともと違っていたんだ。
誰もが努力次第でなりたいものになれる。
そうだ。四民平等の国づくりのために、その信念に俺は仕えてきたんだ。
そうだ。それでいい。何も間違っちゃいない。と、思った、その時だった。
「もういやだ。いやだあ」悲鳴が聞こえ、我に返る。
兵士たちが逃げてくる。右にも左も、十名近くいた。
いったんは戦場に戻った伝習兵たち。やはりかなわぬと逃げてきたというのか。
そんな……
自分に呆れるしかない。

気持ちの整理などしているうちに、戦いが終わっていたとは。
ズシリと重い不快な感覚に襲われる。
それが数秒ののち、つま先から外へと抜けて行った。
快感であった。
ここまでか。みんな、ありがとう。よく頑張ってくれた。
「もう、いいよな」と、ポツリ。
心を覆ってきた鬼の副長の鎧を外すときがきたようだ。
横をすり抜けて行こうとする者たちに、身体を捻り、
「お、おい、どこへ行く」
呼び止めながらも、なぜだか微笑みかける自分がいた。
しかし……
ダン。
「えっ」
背中に強い衝撃。
逃げたい。でも、土方歳三がいる限り、それはかなわない。
だから……
その一心から放たれた銃弾だった。
歳三は腹部が赤く染まっていくのをみとめ、沢に、こう言った。

「や・ら・れ・た・よ」

歳三、最期の言葉である。


気づくと、誰かが自分を抱えて走っている。

勇さん。俺は味方に撃たれたよ。凄え格好悪いじゃねえか。

本当は逃げたかったのに。無理に付き合わせちまった結果がこれかよ。

「俺を担いでいる君は誰だ」

そう言おうとしたが、もう声を出すことができない。

あっけない。こんなもんかよ。

死ぬ……？　それなら、最期に、そうだ、空だ。青空がみたい。

多摩川でも、京でも、ここ蝦夷地でも、ずっと空をみてきた。同じ志をもって夢を追いかけた仲間も、愛しい人も、一点の曇りもない空の下ではずっと一緒だった。

双眸を開く。

一八六九年六月二十日（明治二年五月十一日）、午前九時。

北緯四一・七八〇二、東経一四〇・七三三七にて。

「ああ、もう何もみえない。いや、青過ぎる。青過ぎて黒くみえるんだ。きっと」

新選組副長、土方歳三。享年三十五。

完